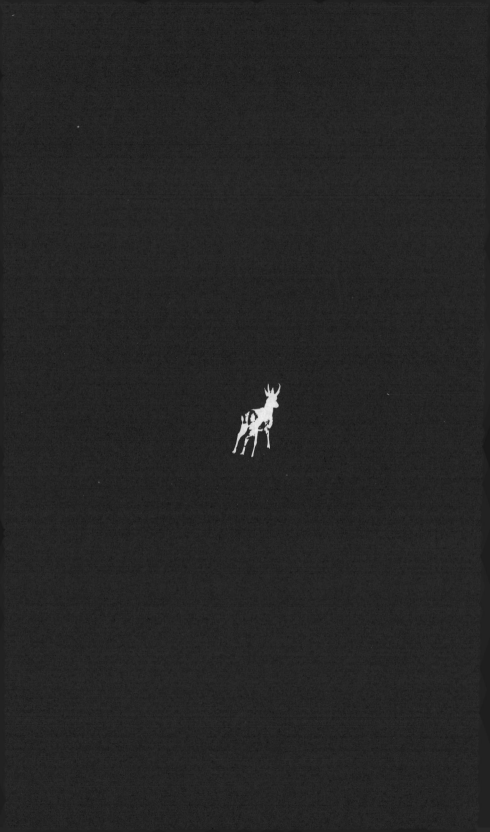

Monika Fagerholm

¿QUIÉN MATÓ A BAMBI?

Monika Fagerholm

¿QUIÉN MATÓ
A BAMBI?

Traducción del sueco de **Carmen Montes Cano**

Nørdicalibros

Título original:
Vem dödade bambi?

F I
L I

This work has been published with the financial support of FILI
– Finnish Literature Exchange

© Monika Fagerholm 2019
Published by agreement with Salomonsson Agency
© De la traducción: Carmen Montes Cano
© De esta edición: Nórdica Libros, S.L.
C/ Doctor Blanco Soler, 26 · 28044 Madrid
Tlf: (+34) 91 705 50 57 · info@nordicalibros.com
Primera edición: octubre de 2024
ISBN: 978-84-10200-67-8
Depósito Legal: M-19678-2024
IBIC: FA
Thema: FBA

Impreso en España / *Printed in Spain*
Imprenta Kadmos
(Salamanca)

Diseño: Filo Estudio y Nacho Caballero
Maquetación: Diego Moreno
Corrección ortotipográfica: Victoria Parra y Ana Patrón

«La choza de la que todos procedemos» (Emmy S.)

Busca en Google «country». Se convence de que no es más que la música. Pero cuanto más lo piensa, más... más piensa en lo otro, en los almiares, las lentejuelas, las ratas, la humedad... Madera carcomida.

En la voz...

La choza de la que todos procedemos. Esa oscuridad.

PARTE 1

CORAZÓN PALPITANTE DE CONEJO
(LA INQUIETUD DE EMMY)

GUSTEN A LA ORILLA DEL LAGO, 1

Se puede empezar aquí. Una mañana de septiembre de 2014. Gusten Grippe baja a la orilla del agua. El lago Kallsjön, la ciudad de las villas; hace ya que no va allí por su cuenta, hace bastante. Una vez, varios años atrás, se mudó de la ciudad de las villas, donde se había criado, y prometió no regresar jamás. O sea, ¿qué hace aquí ahora justo esta mañana de septiembre de comienzos de un otoño que lo obligará a volver a aquello que abandonó un día? La respuesta: nada. Ningún pensamiento, ningún objetivo. Simplemente, ha venido a parar aquí durante su habitual carrera matutina. Sí, aún sucede, a veces viene a correr a la ciudad de las villas, coge el coche hasta aquí desde el pueblo vecino, donde reside en la actualidad, con elegancia, en una lujosa guarida de soltero de dos plantas (nuestro Gusten es agente inmobiliario, *el agente infernal* lo apodan, por lo bueno que es). Quizá sea un presagio, una señal, algo relacionado con el sexto sentido. A lo sumo seguramente solo una casualidad, una irónica coincidencia.

Pero una vez, cuando Gusten era niño, este era su mundo: la ciudad de las villas, el lago Kallsjön, las playas circundantes, *las fincas que rodeaban el lago*, y el bosquecillo y el sendero deportivo que discurre a la orilla de la fangosa corriente de agua que no es ni profunda ni fría ni peligrosa, ni siquiera tiene misterio, como él tan ansiosamente quería creer de niño, él y su amigo Nathan, que tenía la misma edad que él. Cuando estaban allí juntos, los dos con gorras idénticas. Cerraban los ojos y echaban a volar la imaginación, se contaban historias acerca de todo tipo de cosas emocionantes que digamos que PODÍAN suceder allí también, pero eran historias inacabadas, que quedaban suspendidas en el aire, cabos sueltos. Y si volvían a abrir los ojos veían claramente, además: imaginaciones, solo eso, caprichos sin correlato en lo real; pero, el agua, poco profunda, de color ocre por la tierra. Y *las granjas que había alrededor del lago*... era precisamente Angela, la madre de Gusten, la que tenía por costumbre invocarlas, justo allí, en aquel sendero deportivo por donde ella y su hijo daban los paseos matutinos, en cierto modo como un *show*, porque así era ella. O así es: Como salida de una ópera, directamente llegada del escenario antes incluso de subir a él. Si hoy escribieran una biografía de Angela Grippe, estos episodios de los primeros años de la infancia de Gusten en la ciudad de las villas constituirían el primer capítulo, que se llamaría «Preparativos» y que trataría de los años en que la futura estrella de la ópera, aunque cierto que en un círculo bastante reducido de personas de gusto refinado, *o sea, no una Callas que canta a Puccini para las masas*, entrenaba la voz a conciencia antes del estreno. Caminaban sin parar alrededor del lago, ella y su hijo, que tenía cuatro, cinco, seis años (Gusten tiene ya veintiséis). Y de pronto, al verlo ahí delante en este preciso momento, hoy, comprendo que aún puede vivirlo todo muy cercano, como si fuera ayer: «*...y eso era nuestro, y eso y eso*», Angela en el sendero, llamándolo, señalando con el dedo índice en todas direcciones hacia las informes playas cubiertas de cañas. «*Y eso...*». Porque ella quiere decirle que una vez, en el origen de los tiempos, toda la tierra que rodea el lago perteneció a su linaje y a su familia…, algo que el propio Gusten en esa época en la que aún es pequeño no sabe si es verdad o si es una broma o, algo que a mamá Angela se le da muy bien, si solo es una forma de decir otra cosa, puesto que en las circunstancias reales, en la infancia de Gusten, hay muy pocas pruebas concretas de tantas y tan grandiosas propiedades en la familia. Hasta donde le alcanza la memoria, él y Angela han vivido siempre juntos en el mismo pisito de dos habitaciones de un bloque del centro de la ciudad de las villas: el único bloque de pisos que había en aquella época (en la ciudad de las villas lo mejor es, claro está, vivir en una *villa*, es lo más elegante) y tampoco ha conocido ni se ha relacionado con ningún pariente. A pesar de todo, le gusta el juego, sabe de qué va. «¡*Todo es nuestro!*». Angela, su madre, en el sendero, señala, se ríe, y él se ríe también, ocurre una y otra vez, porque esta es una anécdota que se repite de forma idéntica justo en este lugar concreto, un claro entre los juncos con un peñasco al que te puedes subir y desde el que tienes la vista despejada al mar y a las playas. Y, por supuesto, él sabe bien lo que vendrá después: que Angela extenderá el dedo índice en dirección a la playa de enfrente, más o menos entre el Buque Fantasma, que es la casa de los Häggert, y el largo muelle de baño del hogar de señoritas Grawellska (esos dos lugares, por cierto, las únicas edificaciones visibles junto al lago), en un bosquecillo casi asilvestrado espesamente poblado de alisos… Acto seguido va bajando la voz hasta convertirla en un susurro claramente audible en el que también se puede caer como en una vieja cantinela, si así se quiere: «*Y ahí, justo ahí… estaba la choza en la que vivían el caballerizo junto con su mujer y su hija*»… pausa teatral, guiño a Gusten: «*La hija del caballerizo, Gusten. Con cabeza para estudiar. Así que mi padre, que no valía para nada, pero que tenía un corazón que valía su peso en oro, puso interés en apoyarla... Mientras quedara dinero, se entiende. Y es que luego lo perdió casi todo especulando.*

»*Ya desde el principio, se entiende. Le pagó a la muchacha el colegio, procuró además que tuviera todo lo que necesitara. Con un talento extraordinario, ambiciosa, era aquella hija, absolutamente brillante, pero, como se suele decir,* of slender means*».* Y en ese momento, al mismo tiempo, en el sendero, se oye un rumor entre los arbustos, el sonido de pasos y voces que se aproximan, y Angela presta atención, se le ilumina la cara. «*Una auténtica* high achiever, *y se llamaba...*

»¡*Annelise*!», exclaman los dos al mismo tiempo.

«*Annelise*», como una invocación; porque lo bueno es precisamente que en realidad ella suele aparecer justo en ese momento, Annelise Häggert, de la misma edad que mamá, su amiga desde hace muchos años. Se acerca al sendero desde el otro extremo tirando de su hijo Nathan, y luego siguen muchos gritos de alegría, *hola, hola*, montón de besos entre las dos mujeres, porque la historia es precisamente que Angela Grippe y Annelise Häggert son muy buenas amigas, antiguas compañeras de colegio en la villa a pesar de que sus respectivas carreras profesionales las han llevado por caminos distintos en la vida, *una vida muy muy ajetreada*, a la que ellas se refieren así precisamente la mayoría de las veces. Pero en esa época, en la primera infancia de Gusten, Annelise es la que viaja por todo el mundo como conferenciante y profesora en simposios y congresos: es abogada empresarial y economista y miembro de varios consejos de administración, ya ha culminado su primer cargo como directora a pesar de que solo tiene veintisiete años, además de que acaba de ser nombrada catedrática de Economía de una de las principales universidades del país. Mientras que Angela es más estacionaria. Ha ganado un gran concurso internacional de canto de música clásica, pero luego no ha ocurrido gran cosa, que en realidad es justo lo que tiene que ser. Para que una voz apta para la ópera desarrolle el máximo de su potencial tiene que madurar y evolucionar y entrenarse primero lejos de los focos y los escenarios, lo que significa quedarse en casa y, bajo la guía de pedagogos competentes, practicar, practicar y prepararse para la escena operística. Ámbito en el que ella terminará alcanzando reconocimiento, ante todo en la tradición posmoderna, por ejemplo, en obras del dúo experimental Schuck & Gustafson. Justo ahora, AHORA mismo, en el otoño de 2014, Angela Grippe está triunfando de hecho en el papel protagonista del estreno mundial de *Dissections of the Dark Part III*, en una de las pequeñas óperas de Viena. Y allí la ha visto en escena el propio Gusten durante el fin de semana, en compañía de una amiga, Saga-Lill (la mejor amiga de su exnovia Emmy Stranden, amiga con la que inició —*let's face it*— una relación sexual intermitente no del todo exenta de fricciones cuando Emmy lo dejó por otro, pronto hará tres años, aún no lo ha superado).

Pero volvamos a la infancia, y al sendero. Después de Annelise, su hijo Nathan. Nathan Häggert, el único hijo de Annelise y Albinus Häggert, alias Abbe, de la misma edad que Gusten y, por tanto, también a causa de la larga amistad de las madres, amigo de la infancia y compañero de colegio de Gusten a lo largo de todos los años que vivieron en la villa, hasta el final, el penúltimo año de secundaria, que acaba en catástrofe.

Sí. Catástrofe. No es una exageración; tampoco tiene nada de conciliador ni de atenuante. Todo lo que se estrella y se rompe. Para siempre. E igual de obvio: *Es culpa suya.* Y de Nathan (sobre todo).

«*Brutal violación en grupo en el domicilio de Annelise Häggert*».

«*Maltrataron a una joven durante horas en el sótano de la mansión del elegante barrio*».

«*Los cuatro agresores, "los muchachos", son todos del mismo grupo, y compañeros de colegio*».

«*Señalan a Nathan Häggert como instigador*».

Nathan. Pero aquí, en la infancia, por el momento, es solo el pequeño Nathan, el rezagado. Y sí, claro, en ese momento aún *es* pequeño. «*Como quien cabe en una caja de cerillas*», se ríen las dos mamás alegres y de buena gana en el sendero. Pequeño, pálido y callado.

Ahí viene, el último, y se queda ahí plantado mirando fijamente bajo la visera (lo que, curiosamente, llevará a Gusten a insistirle a su madre cuando lleguen a casa «*¡yo quiero una igual!*»... y a conseguirla).

Pero Nathan terminará creciendo... y también el silencio terminará por cesar, al mismo tiempo que crecerá de un modo extraño.

Se vuelve amenazador.

Time.

Time — Nathan que baila baila solo en un suelo enorme, al ritmo de esa música, Prince, siempre Prince, a Nathan le encanta Prince...

los ojos cerrados

Y abre los ojos en pleno baile, me ve y grita —imposible huir— *¡GRIPPEE!*

Nathan, más adelante, en la adolescencia, con el primer gran amor (que lo deja). Se llama Sascha, nueva en el colegio, del hogar de señoritas Grawellska.

Nathan.

No, *I have X:ed you out of my world* (piensa Gusten ahora).

No existe otra posibilidad.

O sea aquí, en el sendero: punto. Las risas de las mujeres que desaparecen en el recuerdo, se extinguen. Todo está cambiado, nada permanece.

La casa del otro lado de la bahía, que se vislumbra entre los árboles. La casa de los Häggert. Tan silenciosa. El Buque Fantasma. Ahora, destrozada: cristales rotos en el piso superior. Como un puto monumento (pero ¿a qué?)

— *La casa es un organismo, como un Buque Fantasma se mueve en la oscuridad...* Y al mismo tiempo también lo recuerda siempre, esa sensación ha vuelto ahora con toda la intensidad: cómo adoraba aquella casa.

Como un Buque Fantasma al atardecer —pensaba. Cuando era niño, joven, sentía fascinación por lo exclusivo de su arquitectura, un estilo muy propio. El lujo, a un tiempo sin precedentes y moderado..., burlón, según parecía cuando lo veías desde el otro lado de la orilla, sí, desde aquí, precisamente, a unos cientos de metros de distancia del peñasco que hay entre los juncos, al que Nathan y él solían subir para otear las playas...

Y soñar:

La casa es un organismo (una canción infantil)
Como un buque fantasma se mueve en la oscuridad
Viento, sala de estar y sótano
El Niño en el desván, el Niño en el sótano

La casa que
avanza como un velero
Dos niños con las gorras iguales.
Que eran amigos (y sus madres, Angela y Annelise,
tan orgullosas de esa amistad).
Dos niños con gorra (o bien *«Los intercambiables»*, uno
de los juegos a los que jugaban).
Uno a merced del otro.

Nathan en el peñasco cuando ve la casa que es su hogar, a
distancia (un recuerdo infantil): «Yo pienso ser arquitecto.
Y tú, Grippe, ¿qué quieres ser?
Gusten, tras unos instantes de duda, porque de pronto
se siente extrañamente hueco, vacío, se aclara la garganta:
«No lo sé».
Y luego, más tarde, en la juventud, resulta que él también vive en la casa de Nathan, largos periodos a veces al
final del instituto. Él mismo lo ha elegido así, no quiere andar con su madre de ciudad en ciudad, de teatro en teatro
por todo el continente, cuando la carrera de cantante de
ópera por fin empieza a tomar carrerilla. Quiere quedarse
en la villa, ir al colegio allí, estar con sus amigos, entre todo
lo que le es familiar.
—Pues claro —dice Annelise, la madre de Nathan—.
Por supuesto. Nuestras puertas siempre están abiertas para
ti, Gusten.
La casa es un organismo
Desván sala de estar y sótano...
Un Buque Fantasma que se mueve al atardecer

Por allí, en el centro, en la cocina, por un breve tiempo,
ese último otoño antes de que todo se rompa en pedazos,

tocan música. Él y Annelise (cuando está en casa), junto a la mesa de la cocina, los dos solos.

«*Qué mano tan fría,* madame».
Dos bohemios pobres en París cantan a Puccini.
—Para las masas —suele decir a veces mamá.

«*Pero Gusten* —dice Annelise *en la cocina—. Tiene que ser una pesadez cantar SOLAMENTE a esos compositores experimentales. "Dissections of the Dark"».*
(risita)
«*INTERESANTE música, Gusten, pero ¿qué tiene que ver con nosotros?*
»*Quiero decir: ¿La idea no es que la música nos conmueva en lo más hondo del corazón?».*
Y sube el volumen.
«*Me ha rozado usted la mano, señora».*
Y él se la coge…
mientras un bajo grave retumba en el piso del sótano, ahí están, ese último otoño, Nathan, a veces Sascha también, en su patio.

Pero, anda ya —recuerdos, fantasías—, todo eso ya ha pasado (la vida ha seguido, no queda nada de entonces).

Annelise ya está muerta, se la llevó un cáncer feroz, fue en agosto, hace dos años. En la necrológica solo había una firma: «Querida, añorada. Tu hijo, Nathan».

«Sabes, Gusten, me siento como si fuera un superviviente. Pero el precio por haber sobrevivido es que te vuelves como una parodia de ti mismo».

Mamá ocupando toda la pantalla del ordenador, con un turbante y grandes gafas de sol oscuras (ella y Gusten hablan por Skype ese verano; ella está en su Rincón Secreto, ese sitio *secreto* de veraneo donde suele pasar periodos cada vez menos frecuentes en su antigua patria. Ahora tiene otra vida en otro lugar, una casa, un perro y alguien con quien comparte sus días, llamado Compañero). *Mamá.* Esa capa externa, su piel, arrugada, tensa, como el cuero. ¿Cuántos años tiene ahí? (Respuesta correcta después de pensarlo: como Annelise al morir, alrededor de cincuenta y dos).

Los últimos años después de la catástrofe, Annelise y Nathan vivían solos en el Buque Fantasma. Su padre, Albinus, llamado Abbe, los había dejado, los había abandonado. La carrera de Annelise se había ido a pique. *«Cayó desde muy arriba»*, decía Angela a veces, las raras ocasiones en que Annelise salía a relucir en la conversación, sin llamar a lo ocurrido por su nombre. Ella, Angela, nunca decía agresión, violación en grupo...

solo (si no le quedaba más remedio) «el asunto».

Todos los años posteriores en que el contacto entre ella y Annelise —y entre Nathan y Gusten y entre Gusten y Annelise— estuvo y seguiría por siempre roto (y Sascha Anckar, la víctima de la violación, se hundió en las drogas en algún lugar de Estados Unidos).

Sí, y oye, sobre Annelise también hay que aclarar algo: que lo del *caballerizo, la hija del caballerizo* que Angela iba recitando por el sendero deportivo en los paseos cuando Gusten era pequeño, *también era* simplemente una forma de decir otra cosa. Nunca existió ningún caballerizo con su familia, nunca existió ninguna familia. Porque Annelise, apellido de casada Häggert (uno de los más distinguidos de la villa), en su momento la mascota y la niña mimada de toda la villa a causa de su brillante carrera, que proyectaba esplendor sobre todos ellos, los años en que fue famosa de verdad, elegida Mujer del Año, Mujer de Negocios del Año, ganadora de la beca Fredrika y de la beca Ulrika y todo lo demás, pues Annelise procedía en realidad de un orfanato, se había criado en el hogar Grawellska, que también estuvo junto al lago en su día. Una *del Grawellska*, en otras palabras. Aunque cuando Sascha, muchos años después, vivió allí un tiempo entre el otoño de 2007 y la primavera de 2008, hasta que se produjo la catástrofe, el Grawellska ya no era un hogar, sino un reformatorio en régimen privado para niñas y jovencitas en situación de riesgo que, por distintas razones, no podían vivir en su casa o que directamente no tenían casa. Como, por ejemplo, Sascha, que, como consecuencia de diversas actividades delictivas menores como hurtos, abuso de drogas, fue expulsada del hogar que compartía con su padre. («*Joder, papá* —dijo Sascha—, *chulo de putas de mierda*»).

En la casa seguía Nathan. Que aún vive allí. No, no, no…, él y Nathan no se ven, no tienen contacto, *jamás en la vida*, pero Gusten está al tanto, por supuesto, forma parte de su oficio, porque trabaja en el ramo inmobiliario. Está al tanto también gracias a otro amigo de la infancia llamado Cosmo Brant. Que se empeña en llamarlo por teléfono, escribirle, quedar. Y traerlo aquí, al lago Kallsjön.

«La casa se llama Bad Karma *o* La vida negligente. *¿Verdad, Grippe? Lo recuerdas, ¿no?».*
Gusten guarda silencio, pero claro que lo recuerda.

«*Y Gusten…*», continúa Cosmo, *the-least-likely-to-suc-ceed-guy* en aquella brillante pandilla dorada de la villa a la que ambos pertenecieron un día (aunque Cosmo era más bien uno que les seguía el rollo), hoy por hoy productor cinematográfico (y quizá el más exitoso y conocido de todos ellos, la cosa empezó ya en la escuela de cine y ahora dirige y produce documentales y largometrajes, tiene su propia productora, se mueve en festivales, gana premios).

Y el único de esos amigos de la ciudad de las villas con el que Gusten aún tiene contacto, por alguna razón (quizá porque Cosmo quiere mantenerlo a toda costa, también después de haberse convertido en alguien importante en el mundo del cine).

«*… A veces aquella historia SE TE VIENE encima…*». Cosmo con esa voz aguda fingida a propósito a lo Truman Capote (ese tono, su brío) en una de sus conversaciones telefónicas. O cuando pasean por la villa, hasta la orilla del Kallsjön —algo que de hecho hacen, no a menudo, pero sí a veces—, porque Cosmo tiene que bajar aquí e ir en su compañía para poder decir esas cosas acerca de lo pasado.

Y parece que el propio Cosmo se transforma, se vuelve de nuevo alguien distinto de la persona del mundo del cine que es ahora, ratificado, sin pasar inadvertido, con identidad y con la seguridad consiguiente.

En cambio: el que era entonces (aquel del que se burlaban, se pitorreaban, se reían, se cachondeaban). Una figura que, contra todo pronóstico (sufría mucho acoso, sobre todo por parte de Nathan), poseía una energía y una resistencia admirables, locura, tenacidad ya en aquel entonces; tenía cien proyectos en marcha en «la oficina» de su casa del barrio de Brantska Branten, donde todo el clan Brant tenía sus mansiones y su hogar, en la parte oeste de la villa (y allí también, en «la oficina», un club de cine extraoficial para iniciados donde proyectaban cine de autor, Haneke, Pasolini…, cosas así).

An Entrepeneur at Heart.

Un viejo enano y duro en el cuerpo de un niño.

Además, se vestía de un modo «desenfadado» con traje y corbata de seda auténtica (de marca supercara).

An Entrepeneur at Heart se leía en la tarjeta de visita de la que imprimió quinientos ejemplares en la impresora de un supermercado. Lo que (para algunos) solo era, lógicamente, fuente de más bromas y risas.

Al mismo tiempo, cuando Gusten pensaba en Cosmo pensaba (también) en una aspiradora.

Los ojos, los oídos bien atentos quieren absorberlo todo…

Había una vez un caradura que se pegaba a las ventanas, a las puertas cerradas con llave, a las paredes, para oír, ver, *captar cosas.*

Uno que Absorbíabsorbíabsorbía…, ¿qué podemos sacar de esto? Cosmo, por el que nadie habría apostado nada, un marica inconfeso acosado hasta la saciedad en el colegio (y fuera de clase, por sus amigos, sobre todo por Nathan).

Stefan Culofino, hasta que se cambió el nombre. Era Nathan el que lo llamaba así, hasta que le dio a Cosmo un puñetazo tan fuerte en la cara que lo tuvieron que llevar al hospital.

Y cuando Cosmo salió del hospital, se había cambiado el nombre.

Por el de: Cosmo *fucking* Brant (*«Casi suena cosmológico, ¿verdad, Grippe?»*).

Pero vuelta a esta mañana de septiembre.

La casa. Que se adivina entre los árboles, quietos como el lago, como la potente sensación de intemporalidad que reina aquí. El Buque Fantasma. Oscuridad en las ventanas, ningún movimiento en la granja, nada. La decadencia —es fácil imaginarlo—

brilla por todas partes.

Bad Karma.

(La vida negligente, descuidada)...

«Casi como una violación..., igual de destruida. ¿A que sí, Grippe?».

«Fíjate, Grippe, que Nathan vive ahí todavía, en medio de semejante mierda», (dice Cosmo Brant).

«Y a veces, Grippe, es como si todo se te echara encima. Toda la historia, quiero decir... En fin. ¿Qué hacemos ahora, Grippe?».

«¿Cómo?».

«¿De verdad crees que debemos dejar que la fiera siga durmiendo?».

«¿Qué quieres decir?».

«La película... podría llamarse "Bad Karma", por ejemplo. O "La chica del sótano", también como un espacio metafórico, claro. Y podría tratar de..., en fin, ya me entiendes, Grippe».

«¿De qué?».

«Ah, ya sé —continúa Cosmo—. "¿Quién mató a Bambi?". El cervatillo aquel. La imagen perfecta de la inocencia... Who Killed Bambi, una vieja canción de los Sex Pistols, por cierto.

»¿Lo pillas?».

«¿Si pillo el qué?».

«EL SILENCIO. Otra vez reina el silencio, la calma en la superficie...».

Y
Plomp
Cosmo arroja una piedra
Y clonc clonc
Solo por un instante se divide la superficie. Y luego,
vuelve el silencio.
«Pero ¿y Nathan?».
«¿Qué pasa con Nathan? ¿Es que crees que le tengo miedo?».

De pronto, Gusten siente que se le acelera el corazón, le sube la adrenalina. Y una vez y otra y otra toma conciencia de que: *desde luego que no, no tengo nada que hacer aquí.*

Y Gusten Grippe, veintiséis años, adulto hoy por hoy, agente inmobiliario de éxito y todo lo demás, se da media vuelta, se marcha a toda prisa...

El teléfono emite un pitido, un mensaje. *¡Gracias por un fin de semana de ensueño! Saga-Lill.* Y por un momento lo atraviesa el recuerdo de la noche: suavidad, oscuridad, cuerpo e intimidad... Saga-Lill y él se entienden bien en la cama, pero...

no hay más

no de día, no aquí.

Cierra el mensaje, no responde.

Se ha interrumpido la parálisis. Gusten sigue corriendo en la mañana.

LA CASA DEL VETERANO

Emmy camina al sol con su perro, un salchicha persistente de dos años de edad que se llama Corazón. Va caminando por entre las casitas de la nueva zona de la ciudad de las villas, sí, precisamente en *ese* barrio tan elegante, acaudalado, donde ella, Emmy Stranden, procedente de Gråbbå, un pueblucho, reside en la actualidad. A la orilla del agua, en La Playa, que es el nombre de la zona más elegante del lago de Kallsjön, la cual, por lo demás, es inaccesible de tan escarpada, y en lo alto de un flamante edificio de cinco plantas que la gente llama La Torre de Cristal, porque está construido con mucho cristal y porque la forma del edificio es algo redondeada por fuera (aunque en el interior no se nota). O sea, que viven en un piso. Mats Granat, el marido de Emmy, se ha cansado de lo de la casa propia y de la vida en un chalé y de los problemas de mantenimiento y de retirar la nieve de la entrada y de calderas rotas y cosas por el estilo, dice. Claro, ya es mayor, tiene cincuenta y cuatro, y su mujer, Emmy Stranden, veintiséis, su segunda mujer. Y Emmy no tiene nada en contra: porque ahí, en el balcón acristalado del quinto piso, puede ponerse a mirar el mar y las copas de los árboles y el cielo y pensar en sí misma; por ejemplo, que era la chica de pueblo que llegó a la ciudad, sola, con las manos vacías, ¡y que acabó así! Pensar en sí misma como en un relato, como en una *narrativa*, como diría su mejor amiga Saga-Lill —las dos dejaron juntas los bosques de Gråbbå justo después de terminar el instituto—, que estudió Teología en la universidad hasta que lo dejó. Utilizaría esa palabra en concreto para tener la oportunidad de explicarle lo que *significa*. Saga-Lill ha empezado a aficionarse a ello, a explicarle a la gente lo que significan las palabras. *«Narrativa es el relato de algo, ni más ni menos»*, dice (y lo dice como si uno no tuviera ni idea, además). *Mujer joven al sol, la cabeza en las nubes, los pies en la tierra.* Pero así, entre otras cosas, tenía costumbre de describirla Saga-Lill tiempo ha cuando todo era distinto, en Gråbbå, donde las dos compartieron el final de la adolescencia antes de dejar el campo por *«la luz de la ciudad»* (sí, ridículo, quizá, pero así es como hablaban entre ellas). Y con entusiasmo. Era casi como un pasatiempo en aquella época en la que pasaron muchas horas en el cuarto de Saga-Lill en el centro de Gråbbå, en el piso de arriba de la consulta de odontología, con el luminoso de neón parpadeante que decía UNA AMPLIA Y BLANCA SONRISA, donde estuvieron trabajando sus padres mientras existió. Antes de que muriera Joel, el hermano de Saga-Lill, y la familia se disgregara (el padre se largó unos meses después a Noruega con Gunvej, la recepcionista; «se fugó por amor», según sus propias palabras. Pero Saga-Lill y ella no hablaban nunca del tema cuando estaban juntas, y quizá fuera lo mejor): el hecho de caer una y otra vez presa de la exaltación mutua... como si se fotografiaran mutuamente de forma imaginaria y de verdad. La fotografía era el pasatiempo de Saga-Lill, tenía una cámara muy cara y un cuarto oscuro que se había montado en uno de los tres baños del piso que se encontraba en el elegante edificio de piedra

—en el que era prácticamente el único edificio de piedra que había en el centro de Gråbbå— donde vivía, a unas pocas manzanas de la plaza del centro del pueblo. Sí, sobre todo a Emmy la fotografiaba mucho, en diversas situaciones que luego recibían títulos estupendos, como capítulos de una historia burlona: EMMY AL SOL, EMMY CON LA CABEZA EN LAS NUBES Y LOS PIES EN EL SUELO, EMMY VIVIENDO LA VIDA (que de hecho *es* el nombre del blog que Emmy había empezado unos años atrás y que aún hoy trata de mantener vivo con éxito ciertamente irregular).

LA JOVEN DE PUEBLO QUE CONQUISTÓ LA CIUDAD, vamos. Aunque, vale, puede que las cosas no sucedieran exactamente así, pero bueno. Jamás en la vida creyó que *ella*, Emmy, natural del este de los bosques de Gråbbå, un rincón perdido, acabaría aquí..., en un lujoso barrio residencial en el penúltimo lugar en deuda fiscal de todo el país, a menos de quince minutos en coche de la capital. En tal idilio casi de alta burguesía (las manzanas que rodean Glastornet y La Playa y el viejo barrio residencial de Kallsjön, al menos).

EMMY VIVIENDO LA VIDA LOCA CON SU GUITARRA (EMMY CANTA COUNTRY*)*

Cómo iba a acabar aquí.

Y a estar a gusto aquí.

Y aun así..., si lo piensa bien, *casi* que fue aquí adonde vino a parar, ya desde el primer momento, hace cien años (seis o siete, para ser más exactos) después de terminar el colegio y de dejar el campo por la ciudad, o sea, tal como ella y Saga-Lill habían soñado juntas en su casa hasta perder el sueño los últimos años que pasaron en Gråbbå. En fin, no exactamente *aquí*, a la ciudad de las villas, pero sí cerca, al barrio de al lado, donde casualmente encontró un subarriendo a buen precio en un viejo edificio tan bien situado que podía ir en bicicleta a la clínica veterinaria donde trabajaría en verano hasta que comenzara sus estudios (cuidados de animales de compañía en un instituto) llegado el otoño. Una planta entera con entrada propia y cocina y aseo y baño con bañera exenta, en la casa de un veterano, bien cuidada y con un amplio jardín en el que crecían manzanos y lilas, lo que, de hecho, le recordaba a Gråbbå, quizá incluso demasiado, pero, claro, el alquiler era bajo y el arrendador se ausentaba con frecuencia —un hombre mayor, veterano de guerra, que a veces pasaba largos periodos de rehabilitación y en el hospital—.

Y lo primero en lo que se implicó, aparte del trabajo, fue en la sección local del club Los Amigos de la Canción, que organizaba veladas de micro abierto en el local de reunión un miércoles al mes. Lo más parecido que encontró al *country* en la realidad, lo que no eran sueños «en el almiar», como también decían Saga-Lill y ella, porque a veces, en Gråbbå, se refugiaban en un granero abandonado a las afueras del pueblo y se quedaban allí las dos solas, Emmy con la guitarra, que actuaba para un público de una sola persona, cuya afición era la fotografía, y que tomaba fotos sin parar clic clic clic…

EMMY CANTA *COUNTRY* —*los almiares, las lentejuelas, las ratas y, en la voz, la choza de la que todos procedemos*—

El caso es que ella sacaba al perro. Un caniche consentido del barrio residencial que no quería ir a ningún otro sitio pero que echaba de menos a sus dueños, que lo habían dejado allí para irse a su viaje anual de dos semanas a Italia. De modo que Emmy y el perro se quedaban sentados en un frondoso parque: una zona ridícula y diminuta de césped con el irónico nombre de Parque de los Leones, en pleno barrio residencial, donde el caniche tenía su hogar y donde Emmy se ofreció de «*au pair* canina» (una idea absurda que se le ocurrió a ella misma para que le cundieran los ahorros, porque digamos que en verano no ganaba nada en la clínica veterinaria, puesto que ese trabajo contaba como prácticas de unos estudios que aún ni siquiera había comenzado). A los dueños del caniche, una familia de veterinarios de la ciudad de las villas que se apellidaba Brant, los había conocido en la clínica. ¡Barrio pijo de mierda! Que en aquel momento aún no era para ella más que un recordatorio de lo poco *ciudad* que era la ciudad que ella añoraba cuando estaba en Gråbbå…, pensarlo la había puesto si cabe de peor humor de lo que ya estaba a causa del perro, que se llamaba Nöffi (¡por si fuera poco!) y que no quería saber nada de ella. La odiaba. Se negaba a moverse del sitio, se quedaba en el pulcro sendero de grava en medio del parque que había junto al espantoso centro comercial de la ciudad de las villas —un coloso de hormigón de los años setenta en medio de aquel entorno tan refinado— y la miraba altanero hasta que se veía obligada a sentarse en un banco antes de que resultara demasiado embarazoso. «Bola de sebo, mueve el culo», le susurraba ella, pero de nada servía. Nöffi no se inmutaba, más bien parecía disfrutar de la atención que le prestaba. Y justo cuando sacó el teléfono para llamar a Saga-Lill (que estaba estudiando primero de Teología y había conseguido una habitación estupenda, luminosa y agradable en el campus universitario del centro de la capital) para lamentarse del destino que le había tocado lejos de su hogar, *yo, que creía que había dejado el pueblo para siempre*, se sentó a su lado en el banco del parque un melancólico joven.

El joven, que resultó tener la misma edad que ella, se llamaba Gusten Grippe. «¡Qué nombre más ridículo! ¡Supercursi!», le dijo Emmy después a Saga-Lill muchas veces por teléfono al principio, pero con una risita de satisfacción, claro, ¡porque en realidad estaba desesperada y locamente enamorada de él!

Emmy y Gusten. Gusten y Emmy. A partir de entonces, fueron inseparables. «Pasó sin sentir. No sé explicarlo. A veces… las cosas pasan sin más», le dijo a Saga-Lill por teléfono. Ella y Gusten. Juntos. *Just kids*. A vivir juntos en el piso de la casa del veterano en las afueras de la ciudad de las villas, todo lo demás se desvaneció. Emmy y Gusten: con su amor, sus juegos *Adults by daylight*, *Vive la vida como un musical*, y todos los sueños de una existencia llena de entrega y creatividad: Emmy con la guitarra. Sí, porque ella iba a ser cantautora, acababa de darse cuenta; y Gusten escribía relatos y cursaba el primer año en la escuela de teatro.

Un periodo bastante largo, la verdad, ella y Gusten Grippe. Casi tres años, hasta que dejó a Gusten cuando conoció al que sería su marido, Mats Granat, en un espectáculo de micro abierto en el local de reunión de Los Amigos de la Canción, en la ciudad de las villas…, adonde por fin se animó a ir un miércoles del otoño de 2011. Con tres años de retraso: fue como si le hubiera llevado tres años enteros llegar a Los Amigos de la Canción, lugar al que siempre quiso llegar.

Mats G., que no canta pero que sí toca la guitarra (es una especie de asesor en una gran empresa), se encontraba por casualidad entre el público ese día en aquel acto abierto en el que Emmy actuó en público como cantautora por primera vez. Interpretó en solitario varias canciones suyas acompañándose de la guitarra: *The Wide Wide Fields of Homeland*, y otra, *Hillbilly, libre como un pájaro*, pero, la verdad, no salió nada bien, porque no había practicado todo lo necesario, y sonó desafinado (si hasta ella misma lo oyó, cómo chillaba). Pero ante todo, las letras tenían algo —o sea, las letras que ella misma había escrito en un piso mucho tiempo atrás, durante un verano solitario, el primer verano después de Gråbbå, antes de Gusten Grippe, antes de toda la historia—.

Como si ya no encajaran bien, fueran excesivas, pretenciosas, ridículas, ni mucho menos sencillas y honradas como debían ser. *¿Cómo que* wide wide fields: *¿te refieres a los campos de Sagga?* Emmy casi podía oír la voz amarga de Saga-Lill resonándole en la cabeza mientras cantaba, pero, gracias a DIOS, ella no estaba allí. Se le había olvidado invitarla, porque se habría muerto de vergüenza. Y es que, sí, claro que SE REFERÍA a los campos de Sagga, al menos, en cierto sentido, o sea, *metafísicamente*: ese era el material de todo trabajo creativo, en eso siempre estuvieron de acuerdo también Gusten y ella. Hablaron mucho de ello al principio, antes de que él dejara la escritura y abandonara la escuela de teatro: formar y formular a tu manera *una imagen de la realidad representada de la forma más clara posible* (según lo había expresado Gusten). Liberarse de la realidad y, al mismo tiempo, recuperarla para conseguir que signifique lo que debía significar. *Con toda su libertad y toda su imaginación.* Aunque sinceramente, una vez más —ya no estaba tan segura de ello—, como que la música, en el *country*, tenía algo que era mucho más real en Gråbbå con Saga-Lill, *Stand by your man en el almiar.* Incluso aunque en aquel entonces no hubiera almiares ni *hombres* de los que ella pudiera cantar igual que hacía Tammy, en cambio sí un montón de chicos. Para Emmy siempre hubo chicos, sus hermanos, otros como Joel, el hermano de Saga-Lill, el que murió. Esa suavidad, como el calor de los conejos, ese *pelillo* (aunque arrogante… ¿Es posible pensar así de alguien que está muerto? Y tampoco lo conoció tan bien, no les dio tiempo: llevaban juntos ocho días cuando él falleció en un accidente de autobús camino de un campamento de esquí deportivo en Lappland).

Pero

el caso es que allí estaba *él*, Mats G. en el local de reuniones. Con la mirada totalmente fija en la primera fila de sillas de la amplia sala, observándola a ella, en fin, lo que se dice observándola…, sin poder apartar la vista y sí, claro que Emmy pensó enseguida que bueno, sí, es guapo, pero muy mayor, seguro que más de cuarenta (en efecto, al final resultó que tenía cincuenta y dos), pero con un aspecto que era… bueno, atemporal, en cierto modo, patinado, «como un jugador de tenis retirado», como dijo después entre risitas cuando intentaba contarle a Saga-Lill su encuentro definitivo.

No apartaba la vista de ella, de Emmy. Por lo que a él se refería, se encontraba en el local de reuniones por casualidad, ya que comunicaba con la oficina del pastor, y tenía pensado pedir que publicaran las amonestaciones de su boda con la novia que tenía entonces, Therese (cuarenta y dos años, actriz). Claro que eso Emmy no lo sabía: hasta después no le contó cómo, cuando iba pasillo arriba, la vio por la puerta entreabierta. Y todo se detuvo, se sintió atraído por ella como por un imán. Entró, se sentó en la primera fila y se limitó a mirarla. Y ella, a su vez, intentó hacer como si nada al principio mientras actuaba, pero luego no pudo dejar de corresponderle y sus miradas se encontraron, se encontraron Y se encontraron una y otra vez. Lo sentía en todo el cuerpo. ¡El cuerpo! Como si (a pesar de todas las notas estridentes que ella le arrancaba aquí y allá; sí, claro que ella misma lo había oído, había oído lo terrible y lo falto de talento que sonaba, pero de pronto, con un punto de rebelión, ¡le importó un pimiento!) el cuerpo hubiera despertado a la vida exactamente allí. Y se abrió digamos que como una flor y ella cayó cayó cayó de cabeza y poco después estaba embarazada (de lo que por desgracia resultó ser el primer aborto; o quizá podría decirse simplemente el Aborto, porque luego no tuvo ningún otro, sino solo, durante dos años, incontables resultados negativos del test de embarazo) y se casaron y con el tiempo al final después de varios retrasos terminaron de construir el piso que Mats había reservado para ellos en la última planta de Glastornet ¡y se mudaron a sus ciento cincuenta estupendos metros cuadrados! ¡Porque Emmy, UNA MADRE DIFERENTE, iba a tener hijos, claro que sí!

Y el resto resultó ser historia. O lo es aún. O qué es…, quizá no sea preciso darle un título o un nombre, todo lo que *tiene* Emmy. Mats G. al que ella quiere con esa obviedad que no se ha difuminado. Y él, Mats G. la quiere, *ella lo sabe*; aunque es un amor mucho más tranquilo que el de Gusten, por ejemplo, que no ha hecho más que continuar estos casi cuatro años después de que rompieran. Es como si no pudiera pasar página, la llama, le escribe correos y mensajes de móvil. Y se cruzan continuamente. Tanto que a veces casi podría pensarse que la está siguiendo.

En cambio Mats: un amor como más maduro, más adulto. Y el cuerpo…, esa sensación en el cuerpo…, la de necesitar, amar, entregarse. Querer poseer. A otra persona. Hasta ese punto. *Desear*. Ese deseo, qué intenso es…

Además es un tema sobre el que Emmy ha filosofado en el blog, y sobre el que empezó a filosofar más aún, lo sabe. *«¡La alegría de tener una vida sexual espléndida y que funciona a la perfección!»*. Etcétera, más detallado y exacto aún. «Tan maravillosamente *sensual y placentero*», según lo formula Gunilla Gahmberg, su mentora en la *blogosfera*. «Un tema conmovedor, en el que todos quieren hacer clic», (le ha dicho también). Y sobre el que seguir hilando para desarrollar el blog de EMMY VIVIENDO LA VIDA, cuya existencia es más bien vegetativa, puesto que Emmy no tiene fuerzas para escribir en él, lo que la llena de remordimientos. Tampoco es que sepa muy bien por qué; y cuando Gunilla Gahmberg le pregunta, no es capaz de responder con precisión. Y ¿por qué se lo toma como un interrogatorio? Debería estar agradecida de que una persona tan exitosa en la *blogosfera* como Gunilla Gahmberg, cuyo blog *La Dolce Vita* tuvo en su día miles de seguidores, se moleste siquiera en colaborar con ella.

Con el corazón en la mano, sinceramente, Emmy lleva mucho tiempo sin tener ganas de escribir en el blog. *Ni por asomo*, tal es la aversión, aunque eso no PUEDE decírselo a Gunilla, claro. Sería demasiado negativo. Gunilla detesta todo lo que es negativo, «every cloud has a silver lining». Y en esos momentos, cuando Gunilla se pone a «animarla», sí que echa de menos a Saga-Lill. En fin, no es que sean enemigas, pero se enfrentaron a base de bien hace unos meses y, aunque se han reconciliado, no es como antes…, es como que hay una frontera invisible entre las dos, cierta resistencia, y una prevención nueva, muchas cosas de las que no hablan (como de Gusten, por ejemplo).

Sin embargo… la echa de menos. Su vieja amiga Saga-Lill.

Ya ha llegado a la casa. Por alguna razón, el perro y ella siempre acaban recalando allí. Caminan y caminan sin parar, se ha convertido en algo así como una manía tanto caminar últimamente. Levantarse temprano y salir a pasear varios kilómetros antes de ir al trabajo en la tienda de mascotas, donde seguirá trabajando media jornada por un tiempo, porque van a cerrar dentro de poco. Cruza la ciudad de las villas hasta las afueras, donde ella misma vivió un día, primero, sola; luego, con Gusten. La antigua casa del veterano, hoy vendida, remodelada y recién pintada de rojo con las esquinas blancas y el jardín que, literalmente, estalla inundado de flores, todo un jardín de rosales donde una vez hubo lilas. Y cuando mira prudente por encima de la valla —también nueva y recién pintada de rojo—, se acuerda a la perfección de la joven que era ella y que se pasó un verano entero allí dentro en soledad, «con la música». Quiere intentar captarla a ella, solo a ella, ese verano, el primero después de Gråbbå, un verano solitario.

La muchacha, *la joven* que era ella... sin relato, sin cámara que la fotografiara, solo la mujer. Sola en aquel desván donde se pasaba el tiempo rasgueando la guitarra y escribiendo canciones, canciones suyas, *hillbilly, country*... Porque eso era lo que ella creía que quería, «country», no Gråbbå, el campo, pero sí algo relacionado con esa sensación, con ese ambiente. *La choza de la que todos procedemos*..., los campos, los conejos..., el pelaje entre los dedos, esa áspera humedad. El temblor del corazón de conejo, el calor, el aleteo de las orejas y esos ojos vacíos, despiertos. Algo frágil. Y puede que no fuera verdad todo lo que ella intentaba incluir en los textos, quizá ni siquiera fuera bueno (seguro que no, según ha comprendido ahora), pero de todos modos, fue un tiempo hermoso el de aquellas semanas, ella sola con la guitarra en el desván de la casa del veterano.

Un estado insólito, feliz, pero qué frágil (eso también).

Porque luego…, pues sí, Nöffi, el Parque de los Leones, Gusten. Como si la música (o lo que fuera) se hubiera quedado en el desván, también durante el periodo con Gusten. Raro, quizá, pues precisamente con Gusten debería haber sido al contrario. *Just kids, Adults by daylight, Vive la vida como un musical* y la madre de Gusten, Angela Grippe, que era cantante de ópera.

O bueno, que lo es. De Angela Grippe, que precisamente ahora en septiembre de 2014 está triunfando con el estreno mundial de *Dissections of the Dark Part III* en una ópera de Viena… *«Naked Woman in the Bathtub hohhohoo»*, se burlaba la propia Emmy hace tan solo unas semanas hablando por teléfono con Saga-Lill, que de pronto se dejó caer con que Gusten la había invitado a ella, a Saga-Lill, a un viaje de fin de semana a Viena para ver a su madre en tan escandalosa representación. «Busqué en Google el tráiler. ¡Todo el primer acto con la madre de Gusten sin ropa en una bañera transparente llena de agua verdosa! ¡O sea, para moriiirse!», no ha parado de decir, aunque ella misma se ha dado cuenta del tono algo feo, exagerado e infantil de su voz… y aun así, añade (como de pasada): «¿Pero-tú-sabes-que-él-solo-te-está-utilizando-y-no-vas-a-ir-verdad?». Porque, claro, lo que ella quiere es proteger a su amiga, porque sabe que Gusten la corteja solo como un recurso para acercarse más a ella, a Emmy, de la que aún está enamorado hasta las cejas, a pesar de que ya han pasado casi tres años desde que lo dejaron. Al principio, más o menos justo después de que ella dejara a Gusten por Mats G. Saga-Lill y él llegaron a tener incluso una auténtica relación breve; una especie de amorío al que él puso fin bastante rápido. *«Dado que los sentimientos no eran los que correspondía»*, le declaró por teléfono con tono grandilocuente, antes de susurrarle: *«Tú eres la única persona sin la que no puedo vivir, ya lo sabes».* Y fue horrible oír aquello, y ella intentó consolarlo como pudo, aunque al mismo tiempo se sentía satisfecha en cierto modo.

Pero luego, en todo caso, hace nada, esta primavera, se ha sabido que Gusten y Saga-Lill siguieron viéndose y acostándose y relacionándose sin que ella lo supiera. Una especie de relación sexual *on-off* que duró años y que dura aún hoy; una relación de la que después de todo Emmy desea *«saber lo menos posible»*, lo que les ha repetido a las dos partes una y otra vez, por supuesto. Sin embargo, al mismo tiempo ha confesado sentirse terriblemente decepcionada, incluso herida, y fue a contárselo a Saga-Lill, fue a verla a su apartamento y se enzarzaron como nunca. *«¿No comprendes que a mí, que soy tu mejor amiga, ME DUELE ver cómo te trata?».* También ha intentado explicárselo a Saga-Lill con toda la tranquilidad y la calma del mundo, pero solo ha conseguido indignar más todavía a su amiga, que, desde luego, no estaba nada arrepentida. *«Dime, ¿en qué sentido te incumbe eso a ti, si puede saberse? ¿Es que estás celosa? ¡¡Déjame en paz!!».*

Y así estuvieron gritándose en ese lío terrible que es la casa de Saga-Lill, que más parece un cuartucho lleno de basura y cajas vacías con el fregadero a rebosar y ese olor mohoso a sudor que se extendía por la única habitación amueblada tan solo con una silla, una mesa, sin cama, solo un colchón directamente en el suelo con una manta y sábanas sucias, pero *¿cómo puede nadie vivir así?* Eso pensó, al tiempo que caía en la cuenta de que hacía mucho que no iba por allí.

Pero ni ella ni Saga-Lill cedieron, y ella salió hecha una furia y después de aquello pasaron varios meses sin tener contacto: hasta primeros de agosto, hace unas semanas, cuando Saga-Lill llamó de pronto una mañana (en que ella había concluido una conversación maratoniana con la estrella bloguera Gunilla Gahmberg, de la que se había hecho amiga entre tanto, y se había dejado convencer para comprarle el paquete de *coaching* llamado *Lanza tu blog 5 X live coach: buenos consejos 24/7*).

Y estuvo —Saga-Lill al teléfono— como si nada, como si la pelea por Gusten no se hubiera producido nunca, como si no se hubieran separado como enemigas, sino que solo se hubieran tomado un descanso.

—He intentado llamarte. Comunicaba. *What have you been up to darling?* —Así, sin más, y desde luego que Emmy se puso contenta, de verdad que sí, pero a pesar de todo se esforzó por no demostrarlo demasiado, dejó caer como de pasada: —Estaba hablando con Gunilla Gahmberg.

—¡Vaya! —exclamó Saga-Lill sinceramente sorprendida—. ¿*La Dolce Vita*? ¿Y TÚ tienes contacto con ella?

—Sí —respondió tratando de aparentar toda la indiferencia posible—. Y además tengo un *stalker*. En mi blog. Un trol.

—Madre mía, ¡VAYA! —Como si a Saga-Lill le hubiera impresionado eso también—. ¡Qué emocionante!

—¿Tú crees?

Se hizo el silencio al otro lado.

—Bueno, no... —Tras una breve pausa—: En realidad, no... Estoy un poco dispersa. Te habrás enterado, ¿no?

—¿DE QUÉ? —(Emmy, con los cinco sentidos alerta, preparada por si acaso se trataba de Gusten).

—De lo de mi madre. El cáncer… se ha reproducido. No sé si lo sabes, pero estuvo muy enferma cuando yo era adolescente. O sea, hace ya. Antes de que llegáramos a Gråbbå. Fue un golpe para ella y para toda la familia. En realidad, por eso nos mudamos a Gråbbå. Para empezar de nuevo, lo cual —una risita leve— salió como el culo. Como ya sabemos.

—Pero. —Emmy se quedó sin habla, en silencio—. Es horrible, tienes que… tienes que decirme si hay algo que yo pueda hacer…

—No pasa nada. —Saga-Lill la interrumpió—. No te preocupes. Me las arreglo bien. Y otra buena noticia. Además, vendió el piso. El de Gråbbå. Por fin.

—Bueno, eso está muy bien —respondió Emmy con prudencia.

—Y ahora todos esperan ansiosos que se mude de allí. Pero, oye —vuelve a sonar alegre de pronto—, *what have you been up to* concretamente? Cuéntame, anda. Por cierto, Gusten me ha invitado a Viena.

—¿Gusten? ¿A ti? ¿A Viena?

—Sí, a la ópera esa en la que su madre…

—¿Pero-no-vas-a-ir-verdad?

—Emmy… Somos amigos, nada más.

—¡Y una mierda! —gritó Emmy—. ¿Me estás pidiendo permiso para que Gusten pueda utilizarte?

Y *por poco* empiezan de nuevo… si no fuera porque Emmy se contuvo y reculó, aunque herida, irritada.

—Sí, tienes razón. En sentido estricto, es algo que no me incumbe.

A lo que Saga-Lill respondió igual de irritada:

—Vale-pues-ya-está-no-voy. ¿Amigas?

Así que todo sigue como antes aunque en realidad no, porque algo parecido a una impaciencia y una prevención nuevas se ha instalado entre ellas. No han recuperado la compenetración de antaño.

Y sí, claro, *siente* remordimientos por pensar así. Porque Saga-Lill está pasando un momento complicado, su madre enferma... y la pinta que tenía el piso, *es que la pobre no está bien*. Pero al mismo tiempo no puede evitar la sensación de que Saga-Lill no quiere intimidad, ni como la que tenían antes, ni de ninguna clase. Y en particular, con ella. La intimidad con Emmy. Se diría que, simplemente, se impacienta cuando ella le pregunta cómo se encuentra su madre, e incluso si le pregunta por las cosas más normales, Saga-Lill le protesta.

Como si de pronto le pareciera que es tonta o la mirara por encima del hombro. Como si no fuera *digna* de compartir con ella sus preocupaciones, su dolor... y en un instante, un soplo a través de su conciencia con la calificación de MUJER FLORERO, como le dejó caer Saga-Lill en una ocasión, aunque de broma, sí, pero ahora:

¿Es eso lo que piensa de mí en realidad?

—Mujer florero. —(Pero hay otro tema que Emmy también ha querido abordar con ella. Algo de lo que podrían reírse, quizá juntas, y exorcizarlo así de este mundo. A propósito de Therese, la ex de Mats a la que Mats abandonó y que lógicamente se quedó muy triste, pero ¿qué podía hacer Emmy ahora al respecto? Desde luego, no fue culpa suya que Mats se enamorase de ella de un modo tan fulminante. Sin embargo, es una cosa que Gunilla Gahmberg le dijo al teléfono como de pasada; claro, Gunilla no conoce a Therese, pero *sabe* de ella, porque Gunilla es de esas personas que conocen a todo el mundo). «No te enfades, pero la

44

verdad es que ha llegado a mis oídos cómo te llama», le dijo Gunilla una vez. «¿Y cómo me llama?», preguntó Emmy. «¿Estás segura de que quieres saberlo?». «Sí». «Te llama —y Gunilla respiró hondo al teléfono— la folliguarra».

—Ay qué gracia. —Emmy intenta reírse al teléfono, pero no lo ha conseguido del todo, porque lo de reírse no le funciona tan bien con Gunilla como en su día con Saga-Lill.

—En fin, qué gracia. Que me llame así. *La folliguarra*.

Pero aun así, con Saga-Lill ha habido aberturas. A otras cosas, a cosas nuevas, y más honradas en cierto modo. Porque también recuerda lo siguiente: que en el lío que había en el piso de Saga-Lill advirtió de pronto un libro abierto en el suelo. Y con un montón de subrayados en páginas enteras. Simone Weil se llamaba la autora. Emmy supuso que era o que había sido un libro de estudio, algo religioso.

«¿Por qué dejaste de estudiar Teología?», le entraron ganas de preguntarle de pronto. «¿Crees en Dios?». Para así iniciar una nueva conversación, hablar con Saga-Lill de un modo totalmente distinto a como habían hablado antes, en lugar de todo el tema de Gusten, que era la verdadera razón por la que estaba allí. Razón que abordaron después, porque debajo del libro, en una pila de ropa, había una prenda en la que ella reconoció una camiseta de Gusten, mientras miraba fijamente una cita subrayada con un trazo grueso en el libro:

Amar a un extraño como a sí mismo implica amarse a sí mismo como a un extraño.

Amarse a sí mismo como a un extraño: esas palabras, cómo se le meten en la cabeza de modo que por un instante llega a pensar en lo que las unía desde el principio: no Gråbbå, los sueños entre la paja del almiar, etc.

Sino Joel. Joel, que era el hermano pequeño de Saga-Lill y que murió en un accidente de tráfico. Así fue como se conocieron en un principio Saga-Lill y ella, se hicieron amigas poco después. Joel y ella, que estuvieron juntos… ocho días, cuando Joel aquella noche de febrero se fue de campamento de esquí a Lappland junto con Edvin Bäck, su compañero de entrenamiento, la gran promesa del esquí de Gråbbå, y se mató. El autobús con los participantes de todo el país acababa de recogerlos en el arcén de la carretera nacional en plena noche cuando perdió el agarre a la calzada (había tormenta de nieve y el piso de la carretera de dos carriles estaba resbaladizo), y empezó a derrapar y acabó chocando contra un camión que venía en sentido contrario: veinte heridos, ocho muertos, entre ellos los dos jóvenes de Gråbbå, Edvin, Joel.

Joel y ella: no llegó a ser una historia, apenas habían tenido tiempo de conocerse. Estuvieron juntos, con cautela, tendidos como dos conejillos muy pegados entre sí en una cama en aquel cuarto de la casa de piedra donde Joel y Saga-Lill, la rara de su hermana, un lobo solitario, pero orgullosa, una de esas que van siempre con la cabeza muy alta y con un libro bajo el brazo. «Algún título de la literatura universal», como la pedante de la madre de Saga-Lill siempre procuraba señalar.

Nada de acostarse, simplemente se quedaban así juntos en la oscuridad, en esa blandura. Una blandura a la Joel.

—Entonces, ¿somos pareja? — le preguntó él.

—¿Tienes el anillo? — preguntó ella.

—¿Cómo que el anillo? —porque Joel no tenía ningún anillo, claro, él no era de esos, tenía quince años, como un niño, y ella tenía dieciséis, casi diecisiete, y también… como una niña.

El extraño, el extraño que hay en mí. Qué va, nada de anillos; ni ninguna otra cosa tampoco. Así que a ella no le quedó nada suyo aquella gélida noche de invierno en la que murió.

Nada que él pudiera haberle dado…, una prueba o algo así.

Pero, sí, así fue como conoció a Saga-Lill —y como se hicieron amigas—, la hermana de Joel, que poco después del accidente abrió la puerta del que había sido el cuarto de su hermano y la encontró a ella, a Emmy, allí dentro (se había colado junto con un grupo de compañeros de clase de Joel que habían ido con flores invitados para «honrar su memoria»), y allí estaba ella tendida en la cama de Joel.

… En el recuerdo de aquella blandura, en la sensación de un tímido comienzo.

Pero… ¿dónde estaba ahora? Ah, sí. Aquí, en la casa del veterano de guerra.

Desde luego. *La música,* la suya, si en eso era en lo que debía pensar. (*Una muchacha que estaba en un cuarto tocando y componiendo en soledad,* ¿de verdad era eso?) Pero mientras estuvo con Gusten fue decayendo —algo así como que la música estaba todo el tiempo en otro sitio, ya no tenía contacto con ella. *La choza de la que todos procedemos, aquella oscuridad*—, de modo que perdió el interés y empezó a dedicarse a otras cosas. Y con el tiempo, Gusten y ella dejaron de hablar de todo lo del arte y la «creatividad» de la que a él tanto le gustaba perorar. Terminó los estudios (ella) y Gusten dejó la escuela de teatro después de tan solo dos cuatrimestres y se hizo agente inmobiliario.

Por una sustitución de verano, se quedó en el sector. Y enseguida se vio que era buenísimo. Con el tiempo le dieron varios certificados que él mandaba enmarcar y colgaba de las paredes de la agencia inmobiliaria que se montó en la planta baja de la casa del veterano, que la testamentaría le alquilabó después de la muerte del propietario. Hasta que un día la emprendió con ellos, los quitó de las paredes, rompió los marcos, arrancó el papel a tiras. Fue su último verano juntos, y Emmy oyó el jaleo desde el desván y echó a correr escaleras abajo y se quedó en la puerta mirando. Era muy impropio de él, que siempre se controlaba bastante: «*Es que me ha dado un ataque de rabia Emmy, contra mí mismo, ¡contra todo!*».

El extraño, y el extraño que hay en mí: Como cuando en alguien que creemos conocer a fondo, encontramos algo nuevo y desconocido. Claro que no es que ella tuviera miedo de aquella agresividad repentina, de aquella rabia, ni que hubiera echado por tierra toda su vida cotidiana y que por eso, en aquel preciso momento, comprendiera que debía dejarlo (tal como de hecho haría unos días después en la reunión que celebraron en el local).

Más bien fue que vio algo que en realidad había estado buscando en él todo el tiempo. Una grieta o un agujero… que, en realidad, debería haber implicado más interés y, por tanto, profundizar en la relación *(el extraño que hay en él, la extraña que hay en mí)*.

Sin embargo, en ese momento, Emmy comprendió una cosa muy distinta: la relación llegaría a su fin porque ella ya no lo quería, le gustaba, le importaba, le interesaba, sentía cariño por él; todo el cariño del mundo, de hecho, cuando se le acercó: «Gusten, Gusten», lo abrazó, no había nadie como Gusten, nadie nadie.

Todo el cariño del mundo (lo que era terrible).
Porque iba a dejarlo. Se había acabado el amor.

No. Aquí no queda nada (una familia ha salido al patio, una madre con sus dos hijos, que echan a correr a la cama elástica gritando y saltando, arriba y abajo, arriba y abajo). El perro gruñe. «Vamos, vamos, tranquilo, Corazón», le susurra ella.

Y se da media vuelta y se marcha, regresa.

EMMY VIVIENDO LA VIDA.

De regreso a la ciudad de las villas, a la calle Solskensgatan, la farmacia (adonde, sin saber bien por qué, *también* se ha pasado la mañana queriendo ir).

Pero cuando un rato después está a punto de atar la correa del perro al aparcamiento de las bicicletas que hay delante de la farmacia, suena el teléfono. «Saga-Lill», lee en la pantalla, Saga-Lill, ¡por fin!; *con lo* que lleva intentando localizarla, todo el fin de semana, llamando y llamando sin parar, por algún motivo que ahora ha olvidado, así que tal vez solo fuera una excusa para tener contacto con ella.

Responde a la llamada y Saga-Lill empieza a hablar.

Emmy escucha, y se queda muda.

En unos segundos supersónicos, todo cambia.

La ira la atraviesa entera como una antorcha.

«¿Así-que-al-final-te-invitó? Creí-que-dijiste-que-no-pensabas-ir...».

Pero resulta que no puede hablar.

—¿Puedes esperar un momento? Tengo un poco de lío en casa, te llamo.

Y cuelga. Y se queda allí en la acera de la ciudad de las villas en Solskensgatan y se limita a respirar y a verlo todo negro.

El teléfono de nuevo, suena un mensaje. Plin.
Al final la llevaste contigo a Viena, ¡puto Grippe!

Y luego se pone muy derecha y abre de golpe la puerta de la farmacia.

Pero al mismo tiempo, justo en ese momento: una potente certeza de que la están observando, de que en alguna parte alguien la está mirando.

Gira la cabeza hacia el final de la calle.

Gusten.

Y es él.

Pero no puede quedarse allí mirando, hay gente detrás de ella en la cola.

Así que interrumpe el instante EMMY VIVIENDO LA VIDA

y entra en la farmacia.

GUSTEN A LA ORILLA DEL LAGO, 2

Sí, ahí está, claro. Gusten. En la sombra al final de la calle Solskensgatan, ahí plantado mirándola. A doscientos metros de él, quizá, está Emmy. ¿Qué está haciendo ella aquí? Él se ha parado y se limita a mirar fijamente, hasta que cae en la cuenta una vez, y otra vez, casi como por enésima vez pero con total naturalidad, *es que vive aquí*; en una de esas viviendas nuevas multifamiliares que hay en el barrio de La Playa, el más cercano al lago, la Torre de Cristal, en uno de los apartamentos más altos. ¿Acaso no iba él, Gusten Grippe, *el agente inmobiliario infernal*, a tener eso controlado? ¿Solo por esa razón?

Es él quien, en sentido estricto, ya no vive en la ciudad de las villas, solo pasa por allí cuando corre. «Entrena triatlón», como le dice a Emmy a veces cuando se la encuentra por casualidad; *y es que él quiere encontrársela por casualidad* (por eso, *face it*, va a entrenar por allí). Y ahora que la ha descubierto otra vez le dan ganas de gritar «¡Emmy, Emmy!», acercarse corriendo y presentarse, por enésima vez, porque nunca se cansa de encontrarse con ella una vez y otra y otra… Pero de repente algo se interpone en su camino: una furgoneta negra con las letras NH en un lateral se ha detenido junto a la acera del otro lado de la calle, alguien lo llama desde el asiento del conductor, sale, da unos pasos rápidos y se planta a su lado.

—Hombre. ¡Grippe!

Nathan.

Es Nathan.

Nathan al sol... Y sí, es un momento de locos, una arcada le sube por la garganta, en la boca un sabor agrio y cargado. Gusten se ve apartado de golpe de todos sus pensamientos, de todo lo que es y ha sido el último tiempo, todos esos años *después...* y todos los recuerdos, todas las historias, todo, todo lo que iba a olvidar vuelve en el instante en el que Nathan Häggert le da la mano para saludarlo.

Gusten coge la mano, dura y fresca, traga saliva, oye su propia voz, que lo tranquiliza: «*Ciao,* ¿qué-pasa-tíooo?».

Con total naturalidad, tranquilo, además, porque Gusten tampoco es de esos tipos raros que van por ahí comportándose de un modo extraño a la vista de todos: qué va, Gusten sabe moverse y desenvolverse, en ese sentido no se diferencia de la mayoría del círculo de jóvenes acomodados en el que se criaron Nathan y él en la ciudad de las villas: desde el jardín de infancia hasta el instituto y de ahí a la vida adulta que para bastantes de los chicos sobre todo, muy relajados y ágiles cuando es preciso, durante los cinco o seis años que transcurrieron desde que terminaron los estudios, llegó a significar rápidos avances a puestos elevados en el mundo de la industria o de las finanzas. O tal vez hereden la empresa de papá, algo así; y luego el matrimonio y la vida familiar con las «esposas» (esa palabra tan grandilocuente que esos «muchachos» también aprenden a pronunciar sin problemas en cuanto cumplen los veinticinco) de las mismas capas sociales. Y aunque las cosas no hayan sido exactamente así para Gusten Grippe, el ramo inmobiliario, en el que él tiene un éxito sorprendente e incluso escandaloso a veces hasta para él mismo, no es tan distinto. Más *down to earth* quizá, *más próximo a la materia*, por así decir, porque las casas y los pisos son cosas concretas: cemento vidrio hormigón y como empresario se vuelve uno quizá con el tiempo también más sudoroso y avinagrado así como por dentro, mentalmente (pero nuestro Gusten solo tiene veintiséis, de modo que *eso* aún no se le nota por fuera).

Mientras que Nathan Häggert, que una vez fue lo que podía considerarse el líder de un círculo, una pandilla *crème de la crème*, *Being in a gang called The Disciples*, chicos y chicas de la ciudad de las villas nacidos con una cuchara de plata en la boca, el más brillante, el más talentoso de todos. Pues bueno, al final, no llegó a ninguna parte, en realidad: nunca empezó en la facultad de Arquitectura, como se suponía que iba a hacer. Ni siquiera lo admitieron, se convirtió en algo así como un renegado, un inútil *Mr Trash* (como dice Cosmo, el azote de Nathan, a veces sin intención, a veces con tono de satisfacción), instalado en el Buque Fantasma, el que en su día fue el prodigioso hogar de los Häggert.

—Bien —responde Nathan, se quitas las gafas—. La cosa va bien, ¿sabes, Grippe?. —Y a pesar de la apariencia algo mugrienta (vaqueros sucios, sudadera desgarbada y descolorida) deja ver los mismos ojos azules que tan bien conoce, casi de un azul irreal, unos ojos que siempre le dan a su cara una forma tan perfilada y definida… y de pronto se aprecia lo lisa como la de un bebé y lo bonita —¡sí!— que sigue siendo todavía: esos pómulos altos, esa nariz recta, esos labios finos.

Exactamente igual que entonces
y también: esa mirada penetrante, esa cara pálida de expresión neutra que provoca inseguridad, incomodidad.

—Y Cosmo, ¿ha estado en contacto contigo?

—¿Qué Cosmo?

—Solo hay uno, Grippe.

Movimiento microscópico de la comisura de los labios.

—Ah, sí. No… He estado en Viena. O sea, este fin de semana. Mi madre…

—Me ha llamado.

—… tiene un contrato allí. En Viena.

—Ah, sí, Angela. —Una fugaz sonrisa amable y breve—. Estoy al tanto de su carrera. Es espléndida. *Espléndida.* Solo Nathan, *Nathan al sol,* podía decir algo así y conseguir que resultara totalmente natural, interesante.

—Y… ¿qué quería?

—Un proyecto de una película.

—¿Una…pelí…cula?

—Que va a hacer una. Una película, sí. Tiene una productora. Cosmos Factory.

Nathan insinúa una sonrisa. Igual que Grippe insinúa una sonrisa.

—Ya. ¿Sobre qué?

—¿De verdad tengo que decírtelo, Grippe?

Se quedan en silencio.

No, claro. Obvio. Nathan no tiene por qué. Gusten se retuerce.

—Bueno, Grippe. El caso es que no la van a hacer.

—Ajá… —responde Grippe, lo único que sale de él, como un gritito, como un pobre sonido animal.

Pero en ese momento Nathan se remueve, se da la vuelta.

—Tengo que irme, Grippe. Llámame si tienes algo que decir sobre el tema.

—Vale —dice Gusten, como por un acto reflejo. Y, un segundo después, Nathan cruza la calle con paso largo, entra en el Toyota negro… y se marcha. Y desaparece. Gusten Grippe se queda solo en la acera de la calle Solskensgatan en medio de la nueva zona de la ciudad de las villas donde antes, cuando él vivía allí hace ya una eternidad, solo había bosque y más bosque; y nunca, ni por un instante, se le ha pasado por la cabeza en serio volver a mudarse a ese lugar.

Nathan.

Nathan al sol. En su patio, el sótano del Buque Fantasma. Cien metros cuadrados por lo menos, grandes ventanales del suelo al techo en la pared que da al lago Kallsjön, con muelle de baño a un tiro de piedra de la entrada particular al cuarto de Nathan… **todo** *el sótano con sección de sauna y ja-cuzzi.*

Nathan, que baila, con los ojos cerrados, solo en un suelo enorme, una superficie vacía, vacía.

Being in a gang called the Disciples, high on…

Time. Time.

Prince, siempre Prince, a Nathan le encanta Prince.

Nathan baila. Puede que haya más gente allí, pero pese a todo hay ensordecedoramente uno solo: Nathan.

Nathan que baila solo… y abre los ojos.

—*¡¡Grippee!!*

Y

no es posible ver en el fondo de esos ojos, afrontar esa mirada que es

dura, implacable, cruel.

We have to break through the stage of pleasure to reach the stage of tears.

—Una película. ¿Y sobre qué?

—¿Te lo tengo que decir, Grippe?

No. Claro. No tiene que decir nada.

Y de pronto para Gusten aquí y ahora en la ciudad de las villas, en la calle Solskensgatan justo esta mañana de lunes de septiembre de 2014, seis años después de todo: todo lo que lo rodea, la calle, la acera, un día de un calor demasiado bochornoso (es el veranillo que precede al invierno, tormenta en el aire, lleva así muchos días); todo tan igual como hace un instante, hace tan solo un momento... y aun así, totalmente cambiado. Nuevo.

Como encontrarse de pronto en un nuevo planeta. O más bien, uno viejo que se hizo inhabitable para la vida humana, por desgracia, por desgracia, así que hay que abandonarlo y por eso ha dedicado los años intermedios a flotar libremente en el espacio.

Pero ahora: otra vez aquí. De Golpe. Zas. En el suelo. En la ciudad de las villas. Inevitablemente. *Nathan al sol,* «*El cuarteto del horror*», «*Los muchachos*».

«*No tuvieron piedad*».

Y ahora va a hacer una película. Él, Cosmo.

¿Una película? ¿Y sobre qué? ¿Te lo tengo que decir, Grippe?

No no no, uno no quiere, además uno quiere protestar porque tampoco es así. Ha corrido el agua, él —ellos, todos— es otro ahora, son otros.

¡Y Emmy!

Gusten mira alrededor casi con desesperación.

¡Ella estaba ahí! ¡Hacía un momento! Al final de la calle, la ha visto...

Ahí, en el hueco entre las dos aceras, en la esquina de la farmacia.

¡Ahí estaba!

Ahora está vacío. Nadie por allí. Y por un instante se tambalea el mundo entero, se le pasa por la cabeza: *como si ella nunca hubiera existido siquiera.*

Un aleteo en el estómago, las náuseas lo invaden con violencia otra vez y ahora no hay posibilidad alguna de contenerlas y el vómito aterriza en la oscura acera muy cerca de un seto precioso que rodea uno de los jardines prácticamente idénticos a los que hay alrededor de las casitas de una planta de esta parte nueva de la ciudad de las villas.

Se pone derecho, mira alrededor. No, nadie lo ha visto ni lo ha oído, trata de respirar. Y ahora, largo. Y Gusten sale a la carrera…

Saga-Lill nos contó que fuisteis juntos a Viena ¡¡¡ESPE-RO que lo pasarais bien!!! Cuando va bajando en el móvil hasta encontrar el mensaje ya se encuentra en otro lugar: junto al lago Kallsjön, por segunda vez ese día; en La Playa, en el claro del bosque donde hace tiempo, cuando era adolescente, había un bar ridículo llamado *Cosmo Beach Club* (uno de los primeros negocios de Cosmo Brant, una de sus primeras quiebras también, ha habido muchas después de aquella). Y antes hubo una especie de lugar de recreo para que acamparan las familias que la planificación urbana había pensado que viajarían allí desde la capital en su tiempo de ocio para favorecer la vida al aire libre, por ejemplo, para estudiar la vida de las aves en la región lacustre, asar salchichas en la zona. Los bancos y las mesas siguen ahí, sólidamente montados en el suelo rocoso, y un pie de cemento con un *grill* oxidado y la pared totalmente cubierta de garabatos obscenos y grafitis varios. Por lo general aquí no venía nadie, ni siquiera entonces, hace mucho, salvo más adelante, en su época: algunos de los jóvenes de la ciudad de las villas empezaron a ir por allí, a pasar las tardes hasta entrada la noche y los fines de semana... Y «Cosmo Beach Club», sí, el viejo letrero aún sigue allí arrumbado de cualquier manera entre los juncos. En otras circunstancias habría sonreído al descubrirlo; aunque solo más tarde, después de que pasara todo, tuvo actividad aquel «club». Y solo por un breve tiempo: un verano, un verano lluvioso y frío y, además, aquella zona siempre fue bastante sombría. «Cosmo Beach Club», ridículo: todo lo que tocaba Cosmo resultaba ridículo. *An Entrepreneur at Heart*, como mandó poner en los quinientos ejemplares de tarjetas de visita que se imprimió en el automático de un supermercado. Nathan y él iban allí a menudo y también se reían de eso, él y Nathan y los otros chicos de su círculo que eran algo mayores, como por ejemplo Alex, John, la pequeña Evelyne, Sara, Natalie... Y todo eso, los años antes de que pasara todo, tenían trece, catorce, quince, dieciséis... Y luego, también Sascha Anckar, que apareció a principio de curso el último año de secundaria. *Destellos por aquí, destellos por allá, con un perrito en un bolso demasiado grande*, aunque, claro, ella no era «de aquí», sino del hogar de jovencitas Grawellska.

El caso es que ahí está Gusten ahora mirando un mensaje que acaba de entrar como el que mira un fantasma: un mensaje de *ella*, de Emmy, con tres signos de exclamación y una nube de tormenta detrás. O sea, no es un mensaje amable, pero bueno. Gusten sonríe, se esfuerza por sonreír, por apartar todo lo demás y volver a meterse en la cabeza esto: Emmy, la maravillosa Emmy, llenarse de ella, como si fuera una protección. Por ejemplo, lanzándose a un debate en el que ya se han visto muchas veces: *Él y ella... «Grippe, ¿cuántas veces tengo que decirte que no es justo que utilices a una muchacha que siente algo por ti cuando tú no sientes nada por*

58

ella?». «¿Y cómo sabes tú que no siento nada por ella?». «¡Pues porque tú mismo lo has dicho!». «¿Ah, sí?». «A ver, ¿sientes algo por ella o no?». Y por supuesto que ella tiene razón, los dos lo saben, la respuesta es obvia, qué va a sentir él nada por Saga-Lill, *no de esa manera,* aunque le gusta verla y acostarse con ella. *«Mira, Grippe, Saga-Lill es mi amiga y simplemente no puedo hacer la vista gorda cuando una persona que **a pesar de todo** me interesa se porta mal con ella».*

«¿Ah, sí? ¿Yo te intereso? ¿Cuánto?». Y entonces siempre se queda callada o cortada sin más, dice que tiene que irse. *«Mats, mi marido, y mi perro me necesitan, Gusten, pero gracias por llamar».*

Y cuelga.

Gracias por llamar, Gusten Grippe. Así que claro, podría quedarse ahí con Emmy, en esa riña sobre Saga-Lill con la que es verdad que tuvo una relación breve justo después de que Emmy lo dejara hace unos años, pero a la que él dejó a su vez sin tener la fuerza o la voluntad o lo que sea de romper con ella del todo. Por ejemplo, ayer mismo y antes de ayer pasaron Saga-Lill y él solos un fin de semana estupendo en Viena. Se alojaron en un hotel *boutique* y vieron monumentos y a su madre, Angela, en escena (desnuda en una bañera durante todo el primer acto) en una obra muy comentada, el estreno de una ópera reciente, *Dissections of the Dark Part III,* de Schuck y Gustafson, y la verdad es que ha sido una experiencia muy bonita, como un descenso al inconsciente, como suele ocurrir con la ópera cuando es buena de verdad, también la puesta en escena, un paisaje onírico, de contrastes intensos, fuertes, oscuridad y luz, negro y rojo… *«Elcasoesqueyonosénadademúsicaperointeresantesíquehasido»,* dijo Saga-Lill después, mientras cenaban con Angela. Con un tono simpático así pronunciado en el dialecto de Gråbbå que también le agradó a Angela, y luego dijo que había estado la mar de a gusto en compañía de aquella joven (Emmy y ella nunca llegaron a entenderse del todo), y luego volvieron al hotel y se acostaron, follaron, follaron con los cuerpos rendidos hasta el domingo cuando llegó la hora de volver a casa.

En cambio ahora, dejarse arrollar por eso: esas oleadas sencillas, cotidianas de sentimientos y las pullas que se lanzan *pese a todo* las personas que se tienen aprecio cuando no quieren o no pueden, o lo que quiera que sea, interrumpir el contacto a pesar de que ya no comparten sus días… *I can't live with or without you*, como Emmy le cantó una vez mientras mantenían aquella relación que era tormentosa intensa juguetona pesada ligera. *Adults by daylight, Just kids,* algo fantástico de verdad.

Mientras duró (hasta que ella terminó con él de manera que solo quedan las pullas y por eso entre otras razones se trata de aferrarse a ello y, *let's face it,* porque quizá sea la palabra adecuada: esa manera de seguirla como un *stalker).*

Y al mismo tiempo

no puede ser.

Gusten lo comprende ahora, allí en La Playa, y guarda el teléfono.

Porque es un alivio, pero, al mismo tiempo, no lo siente así.

Esto es mucho más fuerte:

Nathan al sol.

Being in a gang, called The Disciples –
Time.

O sea, nada puede volver a ser como antes.

No hay vuelta atrás.

Nathan. En su sótano, todo un paisaje, cien metros cuadrados por lo menos, con grandes ventanales del suelo al techo en la pared que da al lago Kallsjön, con muelle de baño a un tiro de piedra de la entrada privada al cuarto de Nathan... al patio de Nathan: todo el piso del sótano con sección para sauna y jacuzzi.

Nathan baila. Con los ojos cerrados, solo en un suelo amplio, una superficie muy muy vacía. Prince, a Nathan le encanta Prince, Being in a gang called The Disciples
Time. Time.

—Piedad —dijo ella, Sascha.

Pero ellos no tuvieron piedad.

«El cuarteto del horror», como los llamarían después.

«¡*Grippee!*».

Being in a gang called The Disciples...

«Brutal violación en grupo».

«Joven violada durante horas».

«... los cuatro agresores, *los muchachos*, son todos del mismo grupo, todos compañeros del colegio...».

Nathan baila, Gusten baila observa a Nathan, no se cansa de mirar.
Nathan advierte la actitud de Gusten. En medio del baile, lo mira, baila, Nathan baila, Gusten baila...
Nathan para, se vuelve y lo mira...

Hubo un tiempo en que fueron buenos amigos, Nathan y él. Íntimos amigos, aunque nunca se lo dijeran expresamente. Pero juntos: en una ocasión, siendo niños, Nathan y Gusten bajaban en bicicleta a La Playa por las tardes para hacer lo que suelen hacer los niños, contemplar las estrellas por ejemplo —una afición que los dos compartían— con un telescopio de verdad que «Abbe» Albinus, el padre de Nathan, había comprado y montado para ellos en la playa. O avistar aves en el bosque que había donde hoy se alza la Torre de Cristal: escuchar con atención su canto, grabarlo para luego tratar de memorizarlo y luego ponerlo para ver si eran capaces de identificar las especies con la ayuda de libros o del ordenador. *Ser ornitólogos*, también ese era un interés que los unía solo a ellos dos (ni siquiera Cosmo Brant, que era un año menor y empezaba a salir con ellos por aquel entonces, llegó a sentir mayor interés por las estrellas, los pájaros: él solo quería estar con ellos).

Sin embargo, lo que mejor recuerda Gusten de esa época era el silencio. El silencio de él, de Nathan, el silencio que reinaba entre ellos: una paz y un silencio concentrado en todo lo que hacían que solo quebraba alguna interrupción cuando había algo que habían leído o pensado o que se les había ocurrido y que de verdad debía decirse en voz alta: algo sobre las aves o sobre las formaciones estelares que podían contemplar con el telescopio y que arrojaban a veces un panorama sin contornos, de luz sola, solo luz. *¡Mira, Grippe, mira!* que te estallaba en los ojos cuando todo estaba tan oscuro. Sí, aquello y otras cosas parecidas, y a eso había que añadir hechos puros y duros sobre todos esos fenómenos naturales que tan bien se les dan a los chicos, con esa curiosidad irreprimible que tienen ante el mundo como es, y que por lo general desaparece después con el tiempo. Sí, y también leían libros: Jules Verne, después Lovecraft… Libros que constituían mundos en los que entrar, en los que estar. Y, claro, con Lovecraft empezó también algo más. Un relato, o los cabos sueltos de un relato. *Dos chicos con gorra de visera/Los intercambiables*, en torno a los que no paraban de inventar. El chico que hay por dentro y el chico que hay por fuera, ellos eran los dos intercambiables, a veces uno, a veces otro... Complicado, sí, y era posible volverse loco teniendo ideas así, y puede que eso fuera lo que le ocurrió a él, a Gusten, llegó al manicomio psicótico, después de todo aquello (aunque eso fue muchos años después, y entonces era casi adulto).

Un libro favorito sobre Lovecraft: *Against the World, against Life, Contra el mundo, contra la vida* (menudo título).

Pero luego se hicieron mayores y se acabó el silencio. O quizá fue así: que precisamente ese silencio se transformó en el caso de Nathan en una curiosa capacidad de ver que... bueno, que lo volvió todo incierto. En Gusten. Quizá también en el de otros, no lo sabía, no lo sabe porque se encontraba en una época, en esos años de la adolescencia, entre los trece y los catorce, tan ocupado con la metamorfosis del momento que cada vez que pensaba en ella era como contarse cuentos a sí mismo.

Como si un *mister* Hyde apareciera de pronto desde el interior de aquel adolescente de trece años que el mes de junio se había ido de vacaciones con sus padres como de costumbre. La familia de Nathan siempre pasaba los veranos fuera, solo en otoño y en primavera iban a la «Cabaña del Pescador» (un chalet de lo más elegante en una isla remota del archipiélago, pero con la carretera hasta la misma puerta). En Suiza, donde Abbe, su padre, también tenía una «choza», como tan alegremente la llamaban en su casa, o en algún mar del sur donde *podían estar todos juntos*, disfrutar de verdad de la mutua compañía. Y sí que podía resultar absorbente, como Annelise, la madre de Nathan, le decía riendo a su amiga Angela, que iba allí los veranos.

«Qué pena, Angela, que casi nunca nos dé tiempo de vernos. La verdad es que deberíamos... Pero ya sabes, Albinus tiene su alergia al polen, que cada año va a peor, y resulta muy difícil pasar el verano con este clima... Pero menos mal —le alborota a Gusten la melena— *que tenemos a Gusten aquí y que nos ha prometido ser nuestro chico para todo este año otra vez, ¡cuidarnos la casa y regar las plantas!».*

Ahora bien, ese año Nathan volvió como cambiado, tan elegante, de pronto, o tan guapo, más bien, como una flor oscura que hubiera florecido. El pelo moreno, los ojos azul acero, y esa cara lisa, muy lisa, esa forma de moverse como un felino (en esa época, además, dejó el patinaje artístico, se había pasado años entrenando en la clase juvenil masculina, pero su cuerpo aún conservaba ese toque blando, de una elegancia sexi).

¿Simpático?

¿Nathan? Hum... Bueno, Nathan nunca había sido particularmente agradable en el sentido de educado, amable (aunque podía serlo, claro). Si bien tampoco lo contrario, o sea, un cerdo con la gente, vamos. Como tantos otros chicos de los hogares acomodados de la ciudad de las villas, también Nathan era un niño egocéntrico y mimado. Estaba acostumbrado a ser el foco de atención y a salirse con la suya, de lo contrario se enfadaba, y lo dejaba bien claro. Pero sí, desde luego que había habido auténticos numeritos e incidentes con anterioridad, por ejemplo, en el colegio. *«En realidad, Nathan es un chico tímido y sensible»,* se veía obligada a aclarar su madre en los encuentros con los profesores o en las reuniones de padres (aunque, en realidad, habida cuenta de quién era ella, Annelise Häggert, economista de renombre internacional, alumna en su día del mismísimo Milton Friedman, una tarjeta de visita de un impacto enorme para la ciudad de las villas tanto dentro de las fronteras del país como fuera. Nadie quería exponerla a la vergüenza de una confrontación en presencia de todos los padres, así que por lo general lo abordaban con ella en un *tête-à-tête*, en un aparte) … «*Y es que en casa es muy distinto*». Por lo general se trataba de acoso, en ocasiones de maltrato leve de su compañero un año más joven que él, Cosmo Brant, que era el saco de los palos de Nathan sobre todo en el colegio (y *a pesar de todo*, Cosmo seguía andando con Nathan, en el colegio, en el área de recreo, en todas partes).

Sin embargo Gusten no participaba en nada de eso por elección propia. En el colegio buscaba a otros compañeros, otras actividades. Nunca fue sobresaliente en los estudios, como Nathan, aunque sí era querido y un «buen compañero», se implicaba en diversos clubes, el de naturaleza, el de lectura y —lo que supuso un antes y un después— en el club de teatro (cómo le gustaba el teatro, ver teatro, hacer teatro, actuar en el escenario). Se mantenía rezagado en algo parecido a la infancia, y a veces parecía que a Nathan le gustara. Por ejemplo, estar en el Buque Fantasma con Gusten exactamente igual que antes, lo que, claro está, entusiasmaba a Annelise más aún: *ejerces en Nathan una influencia buenísima, Gusten*. Y Gusten intentaba casi protegerse en ese infantilismo hasta que todo se aceleró y ya dejó de ser posible no preocuparse: un telescopio volcado en la arena, destrozado, según comprueba una vez en el sitio… No tiene por qué ser Cosmo.

Puede ser otro, cualquiera.

Pero

Stefan Culofino. A Cosmo lo llevan al hospital, sale molido, vendado entero. Y como de costumbre… todos son tan asquerosamente como de costumbre (salvo por el hecho de que Cosmo se cambia el nombre de pila: por Cosmo, se imprime tarjetas de visita, *Cosmo Brant, an Entrepreneur at Heart*).

Y luego llega la pubertad, luego llega Sascha… Ella deja a Nathan. Nathan se vuelve loco y todo se precipita… «La voy a matar». Eso dice él (Nathan). Gusten y Nathan. La última vez que se ven es en el Buque Fantasma, abajo en el cuarto de Nathan, después del juicio, la noche después de que hayan pronunciado los (clementes) veredictos; casi se matan el uno al otro. Gusten golpea y golpea y golpea una y otra vez, casi como en trance, a Nathan, que está borracho, borracho. Asquerosamente ido por el alcohol y por todo lo habido y por haber, está tendido en el suelo de su cuarto, la luz como de focos que cae del techo sobre él como un rayo de sol, *Nathan al sol* mirando entre carcajadas a Gusten que no para de golpearlo una y otra vez…

Y luego Gusten se aparta y sale corriendo por el bosque y hacia la carretera y el puente, piensa tirarse desde allí, quitarse la vida, morir… pero se lo impiden, y acaba en el manicomio (y se inicia una recuperación que, ahora lo comprende, quizá aún continúe).

Cuatro años más tarde Sascha Anckar muere de una sobredosis de heroína en Estados Unidos, adonde se muda unos meses después del juicio para entrenar e iniciar su formación deportiva en una universidad de élite.

Y la madre de Nathan, Annelise.

Amada, añorada. Tu hijo Nathan.

«¿Sabes, Gusten? Me siento como si fuera un superviviente. Pero el precio por haber sobrevivido es que se convierte uno en algo así como una parodia de sí mismo».

Angela, en Skype, después de que los dos, cada uno por su lado, hayan visto la necrológica de Annelise en el periódico. Y él querría preguntarle a qué se refiere, pero ella empieza a llorar. Su madre llorando en el ordenador y el verano que florece al otro lado de la ventana. Eso es mucho después, claro, después de la infancia-adolescencia, el último verano con Emmy, aunque él aún no lo sabe, pero dentro de unos pocos días, ella actuará en el local de reuniones de Amigos de la Canción y conocerá a Mats G., se mudará a la ciudad de las villas y dejará a Gusten. El último verano en la casa del veterano, que alquilan en el barrio de al lado: Emmy, que en ese preciso momento está ensayando para la actuación: *«Mi estreno»*, dice, es importante, puntea con la guitarra y canta desafinando en el piso de arriba.

Y él, que está sentado en el despacho de su agencia inmobiliaria en la planta baja, rodeado de títulos enmarcados y de certificados de méritos cosechados en el sector, que él ha colgado en la pared para que sus clientes vean lo bueno que es, lo ambicioso, fiable y serio.

Gusten concluye la conversación con su madre, la interrumpe en pleno llanto, la corta (después le dirá que se cortó sola y que trató de llamarla, pero sin éxito, que no lo consiguió, como la conexión es tan mala en la zona de Lugarsecreto…), *anda ya, esas lágrimas de cocodrilo*, piensa Gusten de pronto.

Y es demasiado, le entran unas ganas enormes de *destrozarlo todo*, lo que, por otro lado, termina haciendo después. Tira al suelo las carpetas de las estanterías y la mesa, se emplea a fondo con los diplomas enmarcados de las paredes.

Emmy, que está en el piso de arriba, oye el jaleo, deja de tocar y baja. Nunca lo ha visto enfadado. *«Pero, Gusten».* Es totalmente impropio de él.

¡Emmy!

Cuando Gusten conoció a Emmy, ya había ocurrido todo. En cambio: él no le contó nada.

Nada de nada. Muy raro. Estuvieron juntos varios años y, aun así, no le contó nunca nada.

Y, al mismo tiempo, es totalmente coherente.

No mires atrás, lo nuestro empieza aquí. Como por un acuerdo mutuo.

Cuando se conocieron en un banco del Parque de los Leones a finales de agosto de 2009. Emmy levanta el dedo índice (cuando él abre la boca para seguir contándole quién es y, cómo decirlo, cuáles son sus «condiciones»).

—Chist. No quiero saberlo —le dice—. Y tú no quieres saberlo. Nadie quiere saberlo.

De las sombras al sol, no mires atrás. Tabula rasa.

Dejar el lado sombrío de la calle y cruzar al otro lado: donde brilla el sol. Y brilla, vaya si brilla. Incluso ese perro tan tonto que lleva consigo y que no quería ir a ninguna parte ha tenido que rendirse, ante el riesgo de ser abandonado, y que seguirla.

Nöffi.

De esto también quería decir algo (el viejo perro de aguas torpón de los abuelos paternos de Cosmo).

—Te lo voy a contar…

—¡Chist!

—No nos da tiempo. Ven, vámonos.

Ella ya se había levantado. Y fue como en las películas.

De una historia a otra.
Toda una vida nueva
    explotó
        ante los ojos de los dos.
Como el arcoíris, y en esa película en tecnicolor se sumergieron, ella y él y todo lo antiguo se había hecho irrealidad.

Pero ahora, tantos años después… ahí está plantado mirando un letrero sucio, *Cosmo Beach Club*. Entre los juncos, como la basura.

Cosmo Brant y los demás que siempre se reunían ahí abajo. También después, cuando ya había ocurrido todo, pero nadie lo sabía aún. Los días en que Nathan estuvo desaparecido y Sascha… ¿dónde estaba Sascha? Venían a este lugar porque en realidad no había ningún otro en el que pudieran estar, a causa de la preocupación, y por lo tenso que estaba el ambiente. Nathan, que de pronto era como si se lo hubiera tragado la tierra, ¿y Sascha? ¿Dónde estaba Sascha? La última vez que la vieron (los que la habían visto, que no fueron todos, sino los que estuvieron en el sótano de Nathan) estaba desmayada y en muy mal estado en la sauna de Nathan. A la pálida luz de la mañana, después, cuando lo hecho, hecho estaba.

—Nathan se ocupará de ella —dijeron aquella mañana de domingo cuando se despertaron con resaca y asqueados de la sangre, de los vómitos y de sí mismos. Y llenos de arrepentimiento, conmocionados (también Nathan, o eso creían, al menos). Gusten dejó la vivienda en último lugar. A casa (*con su madre*. Sí, en efecto, Angela iba a ir de visita a Finlandia durante unos días de vacaciones ese invierno y Gusten —después de ducharse, cambiarse y lavar y lavar la ropa una y otra vez— iba a recogerla en el aeropuerto).

Pero, *ocuparse de ella,* ¿qué quería decir? Pasaban los días, Sascha no estaba en ninguna parte. Y Nathan. Corría el rumor de que lo habían visto en su casa, pero nadie les abría cuando llamaban a la puerta del sótano del Buque Fantasma. Las persianas estaban echadas, el teléfono, desconectado.

¿Dónde está Sascha?

¿Dónde está él?

¿Qué vamos a hacer?

Preguntas no pronunciadas que, aun así, deben mantener en secreto. O más bien: mantenerlas ahí precisamente, en ese lugar… que el aire espeso de marzo casi llenaba de silencio agresivo, frustrado (y Gusten recuerda cómo sintió que la rabia le crecía por dentro: una ira como nunca la había sentido).

Bueno, ¿y cómo vamos por aquí, eh?

Y en medio de todo aquello, un tal Cosmo Brant que apareció en el área de recreo y estaba como siempre. Estaba como si nada, pero, fiel a su costumbre, con las antenas invisibles puestas, casi susurrando en el aire *ajá… ¿qué está pasando aquí?* (A causa de la rubeola no había estado presente en la fiesta en casa de Nathan…, no sabía, pero presentía…, quería saberlo *todo todo todo*).

¿A ver, quién está haciendo niños por aquí?

Cierra el pico, Brant.

Perdón perdón, es que estaba pensando… Y Cosmo, malicioso, hizo un amplio gesto con las manos, como dando a entender que, en cualquier caso, lo sabía todo. Y eso también era fuente de inseguridad: él no estuvo presente, pero *¿qué sabía?* ¿Y qué había pensado hacer con lo que sabía?

En todo caso, esa curiosidad suya, esa astucia.

Había una vez un caradura: en otro cuarto, una especie de terraza caldeada con plantas en las ventanas y una mesa, de modo que era como encontrarse en un jardín en pleno invierno…, allí se reunieron luego, apenas un año más tarde, antes y después del juicio. «Los muchachos», como los llamaban en una época en que parecía que fuera de la ciudad de las villas los conocían en el mundo entero. En todo caso, una denominación más neutral que las otras, «El cuarteto del horror», «Los jóvenes violadores», aunque no lo parecía ni mucho menos.

Bajo la guía de su terapeuta oficial (bueno, no exactamente, pero fue el que les recomendaron): un renombrado psicólogo de gente famosa que, casualmente, era *un primo mayor* del de la nariz de patata, que aquellas tardes de final del invierno se pegaba al cristal de la puerta para espiar, escuchar a escondidas, averiguar cosas.

Un jardín espantoso desde el que uno salía (si uno era Gusten Grippe) y enfermaba (enfermaba más aún) de la cabeza y, de ahí, al manicomio.

Pero el de la nariz de patata, el que estaba al otro lado de la puerta, ese era otro chico de la ciudad de las villas, Cosmo Brant.

Gusten Grippe mira por encima del lago directamente a la otra orilla.

Ha subido a la roca, la que está entre los juncos.

El Buque Fantasma. La casa de Nathan.

Ahí, a un lado, al fondo de la bahía.

No se distingue muy bien, desde luego (pero puede intuirse).

Leve bruma sobre la bahía, alrededor del pequeño embarcadero que se adentra en el agua. El sol se ha ocultado entre las nubes, una vez más, es como si la tormenta que ha estado en el aire todos estos días se encontrara cerca, cerca. Puede estallar en cualquier momento, descargarse sin más. Gusten mira el teléfono. Empieza a sonarle en la mano. Es ella. Emmy Emmy Emmy, parpadea en la pantalla.

Él no responde.

Ve un globo.

Un globo aerostático, rojo, que sobrevuela majestuoso el lago Kallsjön en el sordo cielo otoñal donde el sol asoma de pronto una última vez.

Se le hace un nudo de llanto en la garganta, el teléfono deja de sonar. Y de repente ve varios globos, toda una flota, azules, amarillos, estampados, algunos con publicidad —que se abren paso a galope tendido sobre las copas de los árboles y el lago— globos globos, un momento antes de que el sol se oculte entre las nubes y la lluvia empiece a caer atronadoramente. *Up up and away.* Nancy Sinatra canta la canción en un viejo, viejísimo fragmento de una película de los sesenta. Él y Angela, su madre, lo han visto en youtube muchas veces: Nancy, con botas altas de color blanco, entra en una cesta al final, despegan y empiezan a elevarse hacia el cielo: *up up and away.* Nancy canta, su madre canta... Por algún motivo, a ella le encanta esa canción.

Tengo que buscarme otro pasatiempo, piensa Gusten. *Viajar en globo, por ejem...*

«La película se llama... ¿Quién mató a Bambi?
Una representación metafórica...
Aquella inocencia perfecta...»

Y luego marca el número de Cosmo Brant.

LA TIENDA DE MASCOTAS
(EMMY, POR LA TARDE)

Antes de llegar a la tienda de mascotas, Emmy trabajaba en una clínica veterinaria en la ciudad de las villas, donde entonces aún había varias. Un día entró un conejo, un conejo abandonado, viejo, en malas condiciones, pero gordo y bien alimentado, así que, dondequiera que hubiera estado antes, había llevado una buena vida. Por alguna razón, iban a operarlo. Pero la cosa no funcionó, la operación fracasó, el animal murió, y alguien le sacó el corazón (un joven estudiante de Veterinaria que quería mostrar a los cuidadores qué aspecto tenía). Y allí estaba, tendido en la mesa de operaciones. Ella lo recuerda a la perfección, tan oscuro y rojizo y absurdo, pero casi echando vapor de tan caliente.

Antes de que se enfriara: un corazón palpitante de conejo.

Una visión que no desaparecía, no era terrible (o sí, también era terrible, pero eso no era lo fundamental, de ninguna manera, y si hubieran estudiado cómo se cuida a los animales pequeños igual que Emmy, habrían visto antes algo parecido).

Era solo. Una visión. Un corazón palpitante de conejo.

¿Y por qué piensa en eso ahora? Es un poco más tarde ese día, está en el trabajo en la tienda de mascotas vacía y callada de la primera planta de un antiguo centro comercial al que nadie acude ya; y mucho menos a la primera planta. ¿Será por eso por lo que está a punto de quebrar, por lo que lo van a cerrar? No lo sabe. En todo caso: eso tuvo algo que ver con el hecho de que le pusiera al cachorro de perro el nombre de... Corazón. El cachorro con el que Mats le dio una sorpresa la primera Navidad que pasaron juntos, después del aborto.

Está sola en la tienda. Pasan las horas, los minutos. Así que tiene tiempo de sobra para hacer lo que no quiere hacer: trastear el teléfono. Llama y llama sin parar, pero Gusten no responde.

La tienda de mascotas: va a cerrar dentro de unos días, ya se sabe. Están en pleno proceso de venta. Pero no pasa nada, los animales se han vendido bien a precio rebajado, solo quedan tres conejos y un par de serpientes.

Y un roedor, un hámster pequeñito y noble (tiene pedigrí), muy mono.

Todos los conejos están ya asignados salvo uno, pero Emmy tiene pensado convencer a la niña que ya ha comprado el hámster de que, cuando venga a recogerlo esa misma tarde, se lleve también el conejo. Seguro que funciona, la niña es como el hámster, pequeña y muy mona. Lo cierto es que podría llevárselo ella... Emmy tiene una relación bastante particular con los conejos, le recuerdan a Gråbbå, donde tenía una «granja» (un nombre elegante para un proyecto mal ideado de la organización juvenil 4H en el que ella haría negocio prestando y vendiendo conejos, conejos de invierno, conejos de verano, para los interesados, pero la cosa no fue bien, ahí no había negocio, y los animales empezaron a multiplicarse indiscriminadamente, a copular como

como cone...

No, no, ahora cae en la palabra adecuada, le viene como un silbido, como *folliguarros*...

Y, además, ese conejo. Aparece un recuerdo absurdo del verano. Cosmo Brant, el nieto de su antiguo jefe en la clínica veterinaria (era uno de esos clanes acomodados cuyos miembros vivían todos en el mismo sitio en una de las zonas más finas de la ciudad de las villas, donde era importante saber cómo estaban todos emparentados entre sí, y que todos lo supieran) apareció de pronto en la clínica e insistió en fotografiarla con el conejo en brazos. En un primer momento, ella se negó, no le caía bien Cosmo Brant, era más o menos amigo de Gusten también. El único amigo de la época de Gusten en la ciudad de las villas que apareció en la vida de ambos cuando vivían juntos en la casa del veterano, pero siempre puso mucho cuidado en demostrar que ella no le interesaba, que la veía más o menos como una paleta de pueblo carente de interés y algo inferior con la que no merecía la pena relacionarse. «Mona», le dijo a Gusten, como si estuviera valorando un objeto. Y eso la sacaba de quicio, naturalmente, pero, al mismo tiempo, ¿qué le importaba a ella una persona como Cosmo? O más bien a ellos, a ella y a Gusten. Ellos se bastaban mutuamente en aquel entonces, y fuera de su relación no había nada. Sin embargo, él insistió, dijo que ella era la dependienta de la tienda y que debía ofrecerle el mejor servicio al cliente. Y que él necesitaba de veras aquella foto para una película que pensaba hacer. «Yo no quiero salir en tus películas». Él se sonrió, «tranquila, si no tienes que salir, la foto será una sombra, chica con conejo en brazos, una silueta. Para la portada de la presentación que piden para solicitar financiación.

Solo me hace falta eso». «¿Una silueta?». «Exacto». Y cuando quiso darse cuenta, allí estaba, de espaldas con el conejo en brazos y dejándose fotografiar.

—¿No me vas a preguntar de qué trata la película?

—No me interesa. ¿Has terminado ya?

—Ahora mismo. —Él se echó a reír y siguió haciendo fotos—. La muerte de la inocencia. ¿Quién mató a Bambi? Por una vieja canción de los Sex Pistols.

—Ya.

—¿Cómo que ya? Tienes que decir «interesante», dependienta. Interesante.

—Oye, pero ¿tú de qué vas? ¡Vete a la mierda!

Pero en ese preciso momento entró un cliente, y el conejo se le escapó dando saltos, de modo que Emmy tuvo que salir como un rayo para atraparlo y evitar que se escapara por la puerta entreabierta. Y Cosmo se marchó, y cuando ella volvió a verse sola en la tienda, se quedó un buen rato sentada con el conejo en brazos, sintiendo el cálido cuerpo del animal, la piel suave, antes de volver a dejarlo en la jaula.

Claro, podría quedárselo ella, pero ¿qué iba a hacer con él? Ya tiene un perro, y Mats piensa, y seguramente tiene razón, que los conejos son para los niños.

Sí, los niños.

Los niños.

Puto Gusten, ¡responde de una vez!». Emmy se levanta como un resorte de la silla, donde había estado vacilando detrás del mostrador en medio de aquel vacío y aquel silencio. No, ¡aquí no viene nadie! Y se acerca al escaparate, todo el puto escaparate a través del cual no se ve la calle… Llama y llama, Gusten no responde. Vuelve a comprobar, por enésima vez, el mensaje furibundo que le ha enviado antes. Sí, dice «entregado». Pero bueno, es de lo más extraño que no contacte con ella de una forma u otra. No es propio de él, vamos (suele ser uno de sus principales entretenimientos discutir con ella, sobre todo cuando, como él dice, ella trata de corregirlo en lo relativo a Saga-Lill: «*¿Qué es, que estás celosa?*». Y sí, claro, cuando le hace esa pregunta, ella oye cómo le resuena la esperanza en la voz).

Y Saga-Lill no ha dado señales, en su casa: *el número al que ha llamado no está disponible* una y otra vez. Por otro lado, lo cierto es que fue ella quien dijo que llamaría aquel día en que se puso tan FURIOSA que no le salía la voz del cuerpo.

Hoy mismo, más temprano, hace tan solo unas horas y, aun así, de todos modos, hace mucho, en otro tiempo. Bajo esa horrible luz solar pegajosa, delante de la farmacia. En la calle de Solskensgatan, la calle del sol.

Ahora el sol se ha ocultado entre las nubes, quizá ya haya empezado a llover: una bruma suave se extendía sobre el lago Kallsjön cuando ella salió de casa. Globos aerostáticos que unos instantes atrás sobrevolaban las copas de los árboles reluciendo de todos los colores con el cielo azul de fondo. Ya no: todo está más oscuro y quedamente cargado de lluvia.

Pero aquí dentro, en la tienda de mascotas, ahora solo hay silencio…, tanto silencio que se puede oír caer un alfiler, o eso imagina ella: todas las niñas que van a comprar conejos, serpientes, hámsteres empiezan a llegar a partir de las cuatro, aún falta un rato, solo son las dos y media. Saga-Lill. *El número marcado no está disponible.* Y claro, ya sabe ella que tiene que vivir y dejar vivir, dejar de estar celosa. Si es que es eso lo que le pasa… En fin, como sea, pero SI está celosa, pues lo está y punto.

No se puede fengshuisar a los amigos que no tienen la imagen adecuada (o cómo se dice ahora… *wabisaba, no se puede ¿LIMPIAR DE CADÁVERES?*).

En eso sí han estado siempre de acuerdo Saga-Lill y ella, ya en los tiempos de Gråbbå. Un recuerdo del último año que pasaron allí: ella está tendida con la cabeza en el regazo de Saga-Lill, Saga-Lill ha dejado la cámara. *Tú eres mi tema favorito*, suele decirle, solo que ahora no está haciendo fotos…, ahora está hablando de amistad, muy bajito, con los dedos en el cabello de Emmy. «*Una amistad que no admite cambios no es tal amistad*», dice, y Emmy está de acuerdo, al hablar del futuro, donde sea en el ancho mundo, ocurra lo que ocurra después, cuando abandonen Gråbbå y tomen quizá rumbos diferentes, porque además las dos van a estudiar cosas distintas, y quizá cambien con ello. En el futuro. Antes de conocer a Saga-Lill, Emmy no tenía ningún futuro. No así, dicho a lo grande, no es que fuera desgraciada, pero fuera de Gråbbå, ningún futuro, desde luego. Ella no pensaba irse de Gråbbå, o irse no era lo principal.

Sino casarse con algún chico.

Y tener muchos hijos.

Eso sí que lo sabía ya entonces con total seguridad, ¡iba a tener muchos hijos! Pero con Saga-Lill surgieron otras muchas ideas, otras posibilidades, ideas de cambio, de desarrollo, y eso también le pareció muy acertado, muy emocionante y positivo.

Una escena tan bonita de Gråbbå, Saga-Lill y ella junto al riachuelo (el que corta como una línea el centro de Gråbbå, nada extraordinario, solo esa raya, la herida que cruza la ciudad, por lo demás fea y anodina), el último otoño, el veranillo que precede al invierno, ella con la cabeza en el regazo de Saga-Lill.

En un banco
Aquel calor
La dulzura
La docilidad…
también, en algún punto, latiendo de fondo, algo que estaba apartándose de la conciencia: Joel, que había dejado de existir, pero su roce.
La docilidad de Joel.
—¡Pienso tener HIJOS! —dice Emmy al aire bien alto, a propósito del futuro.
—Y también pienso tener un blog.
—¿Un *blog*? —dice Saga-Lill riendo.
—Sí, un blog, y lo voy a llamar UNA MADRE DI-FERENTE.
—¡Espera! —le grita Saga-Lill emocionada—. ¡Quédate así!
—¿Qué?
—¡Esa expresión! Tengo que…
Hacer una foto. Y Saga-Lill hace la foto.
Le da al botón.
Una MADRE DIFERENTE. Queda un primer plano bastante borroso de una cara infinitamente guapa (sí, Emmy es guapísima).

Y ahora, de pronto, al verse ahí de pie, Emmy, desconcertada en pleno día en la tienda de mascotas, siente ese cuerpo.
SU PROPIO cuerpo.
Tan fuerte, tan musculoso, tan cálido y vivo.
E indómito.
Y piensa: Sí. Ahora.
Esa certeza repentina: como si todo el día la hubiera conducido a ese momento.

Y a las tres y tres minutos de la tarde, Emmy cuelga el cartel de «VUELVO ENSEGUIDA» en la puerta de la tienda de mascotas y cierra con llave.

Luego coge la bolsa de la farmacia con el test de embarazo, va a los servicios y se hace el test.

Es negativo.

PARTE 2

BAMBI

LAS FOTOS DE EMMY, 1

«*Then I got Mary pregnant and BOY that was nanaaaiina all I nanaaaiina and for my nineteenth birthday I got a union card and a wedding nanaaaiina...*»

El paisaje de Emmy: Gråbbå, hace una eternidad, Emmy está cantando. Han bajado al riachuelo, al punto donde más ruge: ha habido deshielo, lluvia, desbordamientos, en unos pocos días, de repente, primavera. Tienen los conejos, los muertos, que soltaron de las jaulas en la granja de Emmy porque actuaron como idiotas (ellas, no los conejos): Saga-Lill iba a hacer fotos. Iba a hacer fotos de Emmy con los conejos, captar el instante en que se abren las jaulas y los animalitos salen saltando alrededor de ella hacia la libertad (Emmy ha asegurado que solo la obedecen a ella, pero luego resulta que no). Clic clic clic, Saga-Lill hace clic, pero, claro, los animales huyen. Todo se les va de las manos, y tienen que ponerse a perseguirlos, tratar de atraparlos, pero algunos se han ido hacia el bosque, lejos de su alcance, y otros, desconcertados, han huido hacia los campos, donde las máquinas que aran la tierra, que remueven la tierra, los sajan o los atropellan. Ellas van recogiendo a los muertos y a los heridos, los matan (Emmy les dispara con una escopeta o les retuerce el cuello, de una forma con la que consigue que sea rápido y fácil), y los llevan al río, los arrojan al agua en un punto donde hay profundidad y mucha corriente: los conejos muertos, cuerpos lánguidos, sangrientos, caen de sus manos al río, el río ruge, Emmy canta, ahora canta cada vez más alto para acallar el rumor del agua, grita a voz en cuello en el crudo aire de la mañana:

«Now all the things that seem so important mister na-naaaiina nanaaaiina vanish into Earth is a dream a lie that don't come true or is it something worse...

»That sends us down to the River

»And into the River

»We dive...

»Down to the RIVER you and I...».

Es del todo patético, pero una imagen fabulosísima: Saga-Lill hace fotos... Emmy, con la mirada rendida, sangre en las ma-nos, la chaqueta

    clic clic clic

    Es la primera vez que Saga-Lill oye la voz de Emmy. No es bonita, desde luego, no tiene talento, no es limpia.

    Pero sí inolvidable.

    Y cuando Saga-Lill termina de fotografiar, le coge a Emmy la mano y piensa en Joel por primera vez.

    Emmy le devuelve el apretón, sigue cantando, se ríe. No está triste, no, solo aturdida, y es que los animales mueren, a veces tienen que morir... Por horrible que sea, pero es natural, aquí en el campo... y las gaviotas descubren su presencia, lle-gan volando en círculos chillando sobre sus cabezas...

    (Las fotos las fotos miles de fotos de ella, de Emmy, me dejan sin aliento. Me siento en la tapa del váter en el cuar-to oscuro que tengo en la casa de mi infancia, y oigo cómo me late me late el corazón).

MEMORIAS DE ÁFRICA
(SAGA-LILL EN GRÅBBÅ)

Soy yo, yo soy Saga-Lill. Y de nuevo estoy en Gråbbå, en el hogar de mi infancia, he dejado los estudios y el piso de estudiantes de la capital, que, por lo tanto, hay que dejar vacío, pero mi madre me necesita, está muy enferma y también va a mudarse muy pronto.

El hogar de mi infancia: el otro, el que llegó después, «después de África»; yo ya tenía catorce años cuando nos mudamos al centro de Gråbbå. «Después de África», un nombre en clave en una jerga que utilizábamos en el seno de la familia mientras esta aún existía para referirnos a la sensación de haber abandonado una pequeña ciudad costera junto al mar, llena de viejas casas de madera con torre y tonel para recoger el agua de lluvia, una vieja zona de baño en la ciudad, con una pensión, por esto: la gris y callada Gråbbå, lejos del mar abierto, con tan solo un estrecho riachuelo que la corta por la mitad, como una raya sangrante, tan negra e inexpresiva.

Donde mi madre siguió viviendo durante mucho más tiempo del debido en cinco habitaciones demasiado amplias y una cocina que se había negado a abandonar hasta ahora. No aceptó venderla hasta el verano pasado, a los nuevos propietarios de SONRISAS BLANCAS Y SANAS (que, lógicamente, ahora se llama de otra forma, algo más rectilíneo, digamos Clínica Dental, por ejemplo…, parte de una cadena de esas, en todo caso). La amplia sonrisa blanca que relucía con luz de neón en la noche de Gråbbå la han desmontado y se la han llevado al vertedero, porque en el trastero inesperadamente reducido de la imponente casa de piedra ocupaba demasiado espacio. Pero ahora, de pronto, a mi madre se le ha ocurrido irse, en medio del tratamiento contra el cáncer. Gunvej, en Noruega, está embarazada, Bror (mi padre) pone en Facebook fotos de la barriga, son unas fotos muy luminosas, asquerosamente felices, ¿será por eso? (Aunque lógicamente a ella no se le puede preguntar por ese tema así, sin más, y además, ¿por qué preguntarle? «Lejos de aquí cuanto antes», dice de pronto. «De vuelta a África», dice. «Mi querida África»: aquella ciudad de veraneo ventosa y abandonada en invierno donde, según ella misma dice, tiene su hogar. Aunque cada vez más a menudo pienso que no tiene ningún hogar en otro sitio que no sea el dolor, el odio que alimenta en su interior como a una criatura sorda a pesar de la enfermedad y de esos, como ella misma también los llama, «pensamientos positivos que mi lucha por la supervivencia debería promover». Es decir, los que sí debería esforzarse por pensar, según le dicen, para poder curarse. Mientras que yo, cada vez más, cuando oigo que mi madre está de ese humor, me pregunto si se la puede odiar a ella, Karen, a la propia madre. Una pregunta tonta. Claro que sí, pero y yo, que soy su hija y la única que le queda…, ¿puedo odiarla yo? ¿Y de qué serviría, si así lo hiciera?

No lo sé. De modo que estos últimos días sigo en la casa, antes de entregarla a los nuevos propietarios, empaquetando cosas en las cajas de la mudanza, desechando, clasificando, empaquetando, desechando, desmontando el equipo de música, el televisor, el cuarto de la niña, el cuarto del niño, el cuarto oscuro… Restos de una vida, la vida de una familia, del paso de la infancia a la adolescencia.

Y Emmy. Todas las fotos que tengo de ella inundan mi antiguo cuarto oscuro, las fotos, todas las fotos de ella, de Emmy. Emmy. «Mi tema». Eso le decía, sí. Pero riéndome. Emmy. Una niña en el cuarto de Joel. «¿Estabais juntos?». Emmy se encogió de hombros. Y se marchó. Con un anorak que le quedaba pequeño. Y yo salí corriendo detrás. «¡Espera!».

Mi tema, le dije solemnemente poco después, cuando quise localizarla de nuevo en la casa del abuelo, la choza en la que Emmy vivía por aquel entonces. Y Emmy, mi tema, se reía a carcajada limpia en los campos de Gråbbå... y... clic... eso también lo fotografié. «A ti te falta un tornillo», aseguró Emmy entusiasmada. «Y a ti», le dije, y nos echamos a reír otra vez.

Y así exactamente era como luego nos gustaba describirnos. Y nos encantaba describirnos: con un tornillo menos, reckless, *«chifladas» (lo que bien podíamos ser, siempre que fuéramos dos).*

Y sí, claro, quizá pueda verla ahora también: ahí, en ese precioso apartamento de la ciudad de las villas con su Mats. Pero él no está en casa en estos momentos, esta noche de noviembre, es tarde, Emmy se encuentra delante de la ventana del salón, sola en casa. Empieza a nevar.

La primera nieve: finos copos que relucen al resplandor de la farola de abajo se arremolinan en dirección al paseo marítimo, como llaman al sendero asfaltado que hay entre la casa y el lago Kallsjön, o como lo llamarán más adelante, porque si dices ruta peatonal, por ejemplo, siempre hay algún vecino que forma parte del consejo de administración de la sociedad de la vivienda que te corrige, como si el valor de las casas empezara a bajar si lo llamas como no es.

Pero un sendero de asfalto es lo que es, piensa quizá Emmy ahora algo injuriosa. Un camino con cubos de hormigón a ambos lados: bloques de cien kilos colocados entre sí a una distancia exacta al milímetro y con algo parecido a un macetero con flores medio mustias. Igual que en Gråbbå, cae en la cuenta. Unos geranios rojos de lo más corriente en jardineras cuadradas de cemento... bum bum bum puuutos geranios de mierda y de repente, en sus recuerdos, se encuentra de nuevo conmigo en Gråbbå, en una de esas noches de sábado tristes comodeaquía-Lima, en una inspección del terreno en el centro de Gråbbå. Totalmente «reckless», como solíamos decirnos cuando ya llevábamos unas cervezas por barba o algún vino horrible fermentado que hubiéramos robado «de la bodega de mamá», que se encontraba tan solo a unos estantes de la mermelada y el zumo en la despensa de la elegante casa de piedra en la que vivíamos nosotros, la familia del dentista. La familia perfecta al principio, papá, mamá, hijos, pero con el tiempo y, desde luego, en aquella época, esa épocaoscuradelatardedeotoñoelúltimo añoenGråbbå, reducida a madre e hija: una hija. Porque Joel estaba muerto, claro, y un cotilleo que circulaba por la ciudad era que tan solo unos meses después del terrible accidente de autobús en el que Joel falleció, mi padre, Bror, abandonó a la familia de buenas a primeras, se mudó a Noruega con Gunvej, la recepcionista de la clínica dental, con la que llevaba un tiempo manteniendo una relación, algo que sabían todos ya en la ciudad (todos menos su mujer... y su hija, que era yo).

«El Vino Estival de Karen», «El Vino para Postres de Karen», «El Vino de Ensueño de Karen»... Ella (mi madre) hacía su propio vino (pero, con independencia de la etiqueta, siempre el mismo sabor dulzón y horrible).

Pero bum bum bum en la plaza de Gråbbå, en la noche de Gråbbå, vacía y callada: ese bum, que sonaba cuando yo, totalmente «reckless» en verano daba una patada por ejemplo a un aparcamiento de bicicletas que había entre dos mazacotes de cemento con montones de geranios horribles, aunque ahora no hizo tanto «bum», sino que más bien me hice mucho daño en el pie y no me quedó más remedio que gritar y que ponerme furiosa (yo nunca me ponía furiosa por lo general, salvo cuando estaba borracha, lo que rara vez ocurría, solo que no tenía que beber mucho porque mi cabeza hueca siempre ha sido poco resistente).

Y salir pitando en la negra Gråbbå mientras Emmy me gritaba: «Para yaaa, Saga-Lill». Pero para entonces yo ya estaba muy lejos y seguí corriendo hasta que empecé a sentir náuseas y el cuerpo se me dobló y vomité.

«El Vino de Ensueño de Karen, el Vino para Postres de Karen», y todo lo demás.

Y llegaba la calma, porque tal vez Emmy estaba allí entonces y me rodeaba el hombro con su brazo, me consolaba aunque no estuviera llorando… yo no lloraba nunca, simplemente me sentía como una mierda.

Pero se me pasaba enseguida y luego volvía a amanecer.

Y entonces volvía a encontrarme allí. En casa de Emmy. Con todas aquellas ideas, ocurrencias y fantasías, y con la dichosa cámara, y salíamos y yo empezaba a fotografiar incansablemente, clic clic clic…

Pero, a ver: ¿dónde estaba Emmy? Ah, sí, Emmy está en el cuarto, se ha apartado de la ventana, Gråbbå ha estado haciendo de las suyas, y Emmy no es capaz de mirar la nieve.

Y me deja aquí, en Gråbbå. En una vieja historia.

La bautizo «Memorias de África». Por la primera frase del libro de Karen Blixen al que mi madre, en su mejor momento, cuando las cosas aún estaban bien, siempre se refería como «nuestro libro» y, de entre todos los libros buenos de la literatura universal, como el que más le gustaba.

Por ejemplo era capaz de estar en la plaza del pequeño centro de Gråbbå y dar uno de sus algo inoportunos y brillantes discursos ante unos y otros sobre quiénes éramos «nosotros»… Ni mucho menos con superioridad ni con voluntad de show off, *sino solo de presentarse, con un tono que hablaba mucho de la nostalgia, de la libertad y de un gran sueño acerca de las inmensas llanuras abiertas.* I once had a farm in Africa. *Yo tenía una granja en África, al pie del monte Ngong…*

La puerta del dormitorio de mi madre está cerrada: ella está tendida en la cama, descansando. Está dolorida, está sola y, sí, claro, literalmente, es digna de lástima.

Los nuevos propietarios de la clínica dental de la planta baja: «Los dentistas hambrientos» (dice mi madre); también una pareja, por cierto, igual que ella y Bror en su día. Karen y Bror…, padres en unos tiempos en que la vida consistía en aterrizar en el centro de Gråbbå, en el jeep *(te lo juro) con ropa de hilo a juego de color claro, caqui, blanco y* beige, *comprada por correo del catálogo de J. Peterman (seguro que Karen y Bror eran los únicos que encargaban la ropa en J. Peterman, de Estados Unidos, por correo, solo por el catálogo, siempre hacían bromas al respecto…* **This is what you wore coming back from the gold fields (The Linen Suit)**… *Y durante un tiempo, la vida también fue un poco así, como en el catálogo de J. Peterman: dicho con humor, claro está, al igual que el catálogo entero de J. Peterman está escrito con humor. O igual que cierta película protagonizada por Robert Redford y Meryl Streep, que se basaba en cierto libro que nunca leían entero, por más que pudieran citar la primera frase una y otra vez, tenía un significado que lo dominaba todo. Esa película, «Out of Africa», en su día la mejor película, la primera película que (esa pareja legendaria de) Bror y Karen vieron juntos* *hacía muchos muchos años de jóvenes y recién enamorados y en su primer año de estudiantes en la facultad de Odontología.*

Llegar pitando al centro de Gråbbå: Karen y Bror, dos hijos en el asiento trasero (mamá, papá, niño, niña). «Memorias de África». ¿Ridículo? Quizá. ¿Verdad? Sí, por desgracia. Verdad.

Irma, ese es el nombre de la mujer de la pareja de dentistas de la planta baja. Y mi madre se pasa una temporada buscando apodos peyorativos para su persona: como un último esfuerzo de otra época en la que no estaba amargada, enferma y sola, sino que disfrutaba renombrando el mundo que la rodeaba al unísono con la familia. Aunque nada malévolo, solo en plan socarrón y con cierto «esprit» (pero qué va, no hay forma, Irma seguirá siendo Irma sin más, guapa, amable, down to earth).

Una época en la que no estaba allí atada a aquella hija suya tan ambiciosa, talentosa, resuelta, etc. (o bien nanaaaiinaa, como Emmy cantaba siempre para rellenar cuando no recordaba la letra de una canción), que a aquellas alturas debería haber terminado la universidad (aunque nadie entendía un pimiento: ¿Teología? ¿Que va a ser qué? ¿Pastora? De una familia tan liberal, tolerante, con altura de miras y espacio para todas las opiniones: ¿de dónde sale esa actitud tan estrictamente literal ante la vida? «Y Saga-Lill» ——lo bastante borracha de vino tinto para hacer esa pregunta, ya que parecía que no haría nada con los estudios—: «¿Has pensado una cosa, has pensado en realidad, en realidad, cuál es tu misión? Tu misión en la vida, quiero decir —un sorbito— así, en términos generales?), en la cocina haciendo crucigramas que su hija Saga-Lill, que tenía un trabajo de verano (obediente, volvía a Gråbbå cada verano durante los primeros años de estudiante para que su madre no tuviera que estar tan sola en aquel piso tan grande) en la biblioteca de Gråbbå, fotocopiaba de las páginas de ciertos diarios en que los crucigramas tenían «finura» y no eran tan fáciles de resolver como los del periódico normal.

Con el tiempo apilados, esos diarios, a fin de tener una reserva cuando la hija no estaba en Gråbbå sino en la ciudad donde estudiaba, y la madre «abandonada» (una palabra que empezó a encantarle utilizar en presencia de su hija) a sí misma después de la repentina muerte de Joel con tan solo quince años de edad. La pobre enfermó entonces de una depresión de la que nunca se repuso del todo. Ahí empezó a tomar medicamentos que afectaban a la motricidad fina, lo que motivó que le fuera imposible volver al trabajo. Bror, en cambio, sí se recuperó bien después de la tragedia familiar (abrió otra clínica en Noruega, adonde se largó tras la muerte de Joel).

Y ellas se quedaron. Nosotras. Nos quedamos: madre e hija, mi madre y yo. Bebiendo vino juntas sentadas a la mesa en la cocina de siempre mientras mi madre hablaba y hablaba sin parar de Bror y del Odio que sentía por él, de todo su abandono, «mi abandono». Desde luego, pensaba yo, como si a él le importara. A veces miro su Facebook. Tiene, según dice en la descripción, una «vida activa» (en la ciudad noruega en la que hoy por hoy reside con su nueva mujer, Gunvej, treinta y siete, que además está esperando el primer hijo, el primero de los dos, de Bror y Gunvej, «mi preciosa, preciosísima mujer»).

«I support an Active Life Style», y debajo se ve a Bror y a Gunvej: haciendo senderismo, corriendo una maratón, remando en canoa en arroyos y otras aguas vivas, y sonriendo felices a los teléfonos con los que se fotografían, siempre y a todas horas. Y sí, parecen felices, la verdad. ¿Eso es felicidad? Sí, puede que de verdad lo sea, y bien está, da igual. Pero *claro, mamá, puedes volverte loca mirando esas cosas. Lo entiendoooo...*

*Los dentistas nuevos son trabajadores de verdad. Ambiciosos, con los pies en el suelo. No hay en ellos ningún «África»... Nada desbordado, «mágico», grande (aunque ridículo), ningún carnaval sentimental de clase media. (La madre blanca exitosa acaudalada, con la vida resuelta, totalmente inconsciente de tales privilegios, se empeña —en el único edificio de piedra que hay en Gråbbå con diseño arquitectónico y en el apartamento más grande al que de verdad está justificado llamar como lo llaman: «piso»— como una adolescente en la relación con el hombre que la dejó hace ya mucho tiempo y que dejó de preocuparse por ella). Ningún catálogo de J. Peterman. («**You can tell that's where her heart is. In the wild and untamed. With style and grace: The Equestrian Coat, No 3480**). Ninguna dentadura esquizofrénica a tamaño ampliado, parpadeando con luces de neón en las callejas más oscuras de Gråbbå: SONRISAS BLANCAS Y SANAS. No, nada de eso. Solo un matrimonio trabajador, amable; sobre todo Irma, que, cuando me la cruzo en la escalera, nunca se olvida de preguntarme lo que mi madre nunca me ha preguntado. «Dime, ¿cómo estás?». Y me mira fijamente a los ojos con una amabilidad tan serena que casi se me saltan las lágrimas y me gustaría decir: como una mierda. Pienso también en los estudios interrumpidos, en dejar de creer (algo de lo que no puede hablar con nadie, no hay Dios, su madre se limitaría a estar de acuerdo y echarse a llorar), pienso en Gusten, en Emmy, en todo lo que es mudo y en el desorden terrible de mi apartamento de estudiante antes de que tuviera que dejarlo. Todo lo que germinó allí y que yo no tuve fuerzas para remediar. Pero precisamente en esos momentos, con Irma en la escalera, también pienso que en realidad... no* *puedo quejarme, con tantos privilegios como tengo. Así que respondo: «Bien».*

Y además: lleva mucho tiempo como el gato alrededor de la sardina, la tal Irma (de ahí el epíteto de «hambrientos» que le ha puesto su madre a ella y a su marido: «El hambre que les brilla en los ojos…»). Está a la espera, de verdad que sí, de que el apartamento en el que aún sigue viviendo mi madre, pero que ya han comprado ellos, quede vacío. Lo que, a causa del tratamiento de cáncer que sigue mi madre, se producirá, de forma excepcional, por iniciativa del vendedor, «según lo acordado», si bien no más tarde de doce (12) meses después de la firma del contrato de compraventa (lo que a su vez ocurrió a final del verano pasado, cuando constataron que tenía cáncer). Y la tal Irma está impaciente. Lo va gritando, pero con un grito silencioso y educado que quizá sea, razono yo filosofando para mis adentros, un grito peor que los aullidos que mi madre podía soltar al aire después de la muerte de Joel, y unos meses más tarde, cuando Bror la dejó de pronto sin mediar palabra («se fugó por amor»… con la expresión de mierda que él mismo utilizó incluso después, como si fuera sordo a cómo sonaba. Y quizá sí que lo era, quién sabe. A lo mejor solo pensaba que era como… I once had a farm… que sonaba lo bastante solemne y bonito).

Porque lo cierto es que había cierta redención en el hecho de gritar así. La misma redención —una palabra un poco rara, ¿no?— que para mí cuando me dediqué a fotografiar a Emmy sin parar todo aquel año después de lo de Joel.

En lugar de esta actitud al borde de la explosión, contenida, porque Irma no se ha atrevido a mostrar su frustración ante mi madre, que sigue viviendo ahí, a pesar de que el apartamento es suyo desde hace ya tiempo. También Irma, como Gunvej, en Noruega, está embarazada, ¡espera gemelos! (Y no me sorprendería que se escribiera por correo electrónico con Gunvej: las dos se conocían bien en los tiempos de Gråbbå). La fecha estimada del parto es a finales de mayo, así que se comprende que quiera tener la mudanza resuelta porque enseguida llegará el verano… Pero, vamos, que ¡en la vida diría Irma algo así en voz alta!

Qué va, sino que cada vez que me ve en el edificio reacciona con la misma grata sorpresa. «¡Hombre, Saga-Lill! ¡Qué grata sorpresa! Dime, ¿cómo está tu madre?». Siempre mientras me alejo por la escalera, puesto que no puede dirigirse a mi madre, no solo debido a su humor imprevisible, sino también porque EL SUEÑO DE SU VIDA SE HIZO AÑICOS… ¿y si es contagioso?

Como si mi madre le recordara esa realidad (lo cual es un hecho, eso es lo que hace mi madre) y lo frágil que es todo.

No le he respondido. En realidad, podría haberlo hecho.

Pues ya lo veis vosotros mismos, no va muy bien la cosa: se le cae el pelo, le duele, está cansada, sin fuerzas, se arrastra mustia subiendo y bajando las escaleras. Pero, al mismo tiempo, estoy de acuerdo con ellos.

Out of this house, out of here *(porque aquí nos hundimos). Fuera… cuanto antes, mejor.*

LA TORRE DE CRISTAL
(EMMY EN NOVIEMBRE)

Emmy se ha vuelto de nuevo hacia la habitación (exacto, es esa noche de noviembre) y se encuentra con los restos del día esparcidos allí delante, bastante discernibles incluso en la oscuridad. El jersey de Mats en el respaldo de la silla, lo coge, hunde en él la nariz para aspirar ese aroma tan familiar, *él...*, los juguetes del perro y las revistas y los libros en la alfombra bajo el sofá.

El inquieto ir y venir del perro en torno a sus piernas, Emmy le da una patada, quizá por error, «vete a dormir, Corazón», el animal se lamenta, pero se retira obediente al dormitorio.

En la mesa de centro, el ordenador donde esa noche, precisamente, ha compartido en su blog una receta de carpacho de anguila. *Rodajas de anguila ahumadas cortadas muy finas, como el* prosciutto, *sumergidas en aceite y limón, ¡¡divino!!,* ha dejado dicho, *¡¡divino!!* Dos veces y dos signos de admiración en ese blog cuyo nombre ha estado a punto de cambiar también esta noche. *Emmy en septiembre*, por ejemplo, sonaría bien (aunque, a decir verdad, ya *es* noviembre, pero cambia con frecuencia el nombre del blog, de un plumazo, por una inspiración repentina, pero siempre vuelve enseguida al nombre original. Al viejo nombre de toda la vida. Al nombre que el blog ha tenido desde el origen de los tiempos (hace tres o cuatro años). EMMY VI-VIENDO LA VIDA. Pero precisamente en esto está pensando ahora. ¿De verdad que está VIVIENDO LA VIDA, y estar VIVIENDO LA VIDA es esto? *¿Quién soy yo en el dorado septiembre?* Como un eco en la cabeza… y ¿de dónde viene? De algo que Gusten le dijo una vez (ahora se acuerda). Qué va. *Emmy en septiembre.* Resulta forzado, y muy gusteniano también, en cierto modo, y además no es bueno cambiar el nombre del blog. *Si cambias la marca comercial siempre existe el riesgo de que pierdas lectores,* como dice Gunilla Gahmberg, lo cual sería una pena, porque el de Emmy es un blog muy leído. (En fin, decir «muy leído» quizá sea exagerar, *pero, oye,* como dice siempre Gunilla Gahmberg, su mentora, *¿por qué HAY QUE ver las cosas de un modo negativo?*). A pesar de que nunca ha ganado ningún premio de gala, ni siquiera ha sido candidata, lo que ha llamado la atención entre sus correligionarios de la «blogosfera». *«Parece que solo te conviertes en candidato si tienes los contactos adecuados»* es, por ejemplo, una opinión generalizada en el grupo de Facebook «Las otras blogueras» o en «El resto». Es un grupo que ha cambiado de nombre unas cuantas veces durante sus tres o cuatro años de existencia, y del que Emmy formaba parte antes de que Gunilla Gahmberg le ofreciera su mentoría personal, la acogiera «bajo la protección de sus alas», como ella misma dice, y que solía reunirse presencialmente, y Emmy acudía a veces porque, claro, era entretenido y estaba bien tener un contexto en el que poder intercambiar reflexiones, ideas, experiencias de la «blogosfera». Donde recibir buenos consejos y sugerencias, como, por ejemplo, la importancia de no cambiar el nombre del blog con demasiada frecuencia, porque *si cambias la marca comercial siempre existe el riesgo de que pierdas lectores.*

—*No kiddin hey!* —añade Emmy envalentonada de pronto, y comprende que está tratando de armarse de valor para abrir el ordenador otra vez y bajar en el campo de los comentarios.

Así que, para evitarlo, pone la tele, trastea un poco en la oscuridad con el mando a distancia: en Londres se ha incendiado un rascacielos, es un edificio alto con muchas ventanas, muchas viviendas, más de veinte plantas, las llamas devoran las fachadas despacio, ladinamente: no es ningún ataque terrorista (Emmy recuerda las imágenes, el incendio se produjo en primavera). Material barato, inflamable, que se usa en reformas recientes, descuidadas, que se hacen tratando de sacar todo el provecho posible, porque es una vivienda municipal, y en el incendio mueren cerca de cien personas. «Nosotros somos personas que no valemos nada», lo dice una mujer que vivía en el bloque, pero no enrabiada ni furiosa, solo resignada. Como constatando que así son las cosas, y es insoportable. Emmy cambia enseguida de canal, pero es peor aún: una masacre en un área vacacional de Túnez, cadáveres en la playa, en las tumbonas, sobre toallas y bronceadores, diarios, iPads, libros de bolsillo, sangre en la arena, extremidades. Y una pareja inglesa de avanzada edad (hablan *cockney*), un hombre y una mujer que cuentan cómo un grupo de personas corría por un pasillo del hotel seguidas de un hombre con un arma automática y, en el último momento, ellos consiguieron salvarse metiéndose y encerrándose en una habitación, pero la mujer que iba en último lugar no consiguió llegar a tiempo y se quedó sola en el pasillo y como las demás personas que había allí dentro se negaron a abrirle la puerta, el hombre que estaba al otro lado de la puerta cerrada tuvo que oír cómo le disparaban a su mujer, una y otra vez, con varios disparos: la mujer quedó gravemente herida, pero sobrevivió. ¿Cómo sobrevives, te quedas... después de algo así? Como ser humano. ¿Y cómo queda esa relación? Emmy está muy tensa, y ahora además han empezado a reconstruir el curso de los acontecimientos en la pantalla, *¿es que no se cansan nunca?*

Emmy apaga el televisor.

«Pasan cosas trágicas en el mundo, por eso quiero pensar y hasta insisto en pensar en las pequeñas cosas buenas de la vida», reza una de las sencillas declaraciones programáticas de Emmy en el blog. *«Hacer esas cosas buenas, ponerlas por escrito, **esas maravillas chiquitas**»* (¿y de dónde se ha sacado eso?), *«esas cosas que hacen que la Tierra siga girando: tejer guantes de lana, planchar las sábanas de mi casa para que queden lisas, olorosas y blancas... Mostrar esmero por lo cotidiano, sobre todo, con mis acciones».*

Eso ha escrito, y ha quedado convincente; pero, al mismo tiempo, y cada vez más, mientras escribe y después, cuando entra en el blog y lo lee, tiene un sentimiento creciente aunque secreto de que no es posible hablar con nadie en realidad, de que apenas es posible revestir la realidad de palabras para uno mismo, porque ese sentimiento no trata solo del blog y de lo que ha escrito y escribe en él porque es un sentimiento que puede sobrevenirnos de pronto y provocarnos

Pues sí

Ciertamente

Risa. Una carcajada, vamos, directamente en nuestra propia cara.

Y…

lo verdaderamente cómico es, claro está, que ella ni teje (nada de nada, ni «todos los calcetines de invierno de la familia, de un tipo concreto de lana, como mi abuela materna…». Ella no tiene abuela materna, solo una abuela paterna)… ni plancha (*planchar* las sábanas, *come on*…). Y el carpacho de anguila del que ha escrito hace nada… Madre mía, ¿de dónde iba a sacar una anguila fresca en estas latitudes? Pero la cuestión es si de verdad era mentira, porque lo cierto es que ella puede verse perfectamente tejiendo, de modo que cierto *potencial* de verdad sí había; o hay (porque lleva haciendo lo mismo ya bastante tiempo sin parar). Y tejer o no tejer es a fin de cuentas algo totalmente inofensivo. No es que esté fabricando una BOMBA en el armario mientras cultiva un lenguaje florido en el blog «con el objetivo de clarificar su marca comercial».

¿Mentiras? En fin, sea como sea. Es como si alguien lo hubiera adivinado. Porque eso es lo que de pronto apareció un buen día de principios de verano en el campo de los comentarios en letras negras imposibles de obviar. Y ella respondió en plan dicharachero y añadió como prueba una foto de unos calcetines que de hecho había tejido ella misma (aunque quizá diez años atrás, en el colegio). «¡Así de bonitos han quedado!». Pero el trol era implacable: «Sí, pero de eso ha llovido», como si conociera también la verdad de ese dato.

—Todos tenemos un trol —le respondió Gunilla Gahmberg (una de las blogueras más renombradas a las que Emmy se dirigió para pedir consejo: «Tengo un TROL, ¿qué hago?») por SMS, y luego incluso la llamó personalmente—. A veces pasa, los troles invaden la vida en sociedad, por decirlo de alguna forma. O sea. *Take a deep breath.*

It may also mean you are appreciated. Quiero decir que las cifras indican que el número de visitas está subiendo, lo que suele atraer también elementos no deseados.

Es decir, a través del Trol, Emmy consiguió establecer una relación con *The Real Thing* en la blogosfera: Gunilla Gahmberg… Y conseguir que se convierta en mentora suya.

—Me gusta lo que haces en tu blog —le dijo Gunilla de nuevo por SMS al cabo de un rato—. Puedo ser tu mentora si quieres. ¿Nos vemos?

—Mats, ¿has pensado alguna vez en cómo entran los troles en la vida social?

Le ha hablado del Trol también a Mats (que no lee su blog, algo que ella agradece. Lo de Mats es estupendo, muy pocas palabras y muy poco examinar los sentimientos, pero sí mucho de otras cosas…, sí, claro, mucho sexo), contado más bien como de pasada y no como un tema que la tenga preocupada. Son cosas que pasan en la red y quien se presta al juego tiene que aceptar sus reglas.

—Bueno, no es que te hayan amenazado de muerte precisamente.

Mats, en el coche, al volante, se ha encogido de hombros, se ríe y alarga la mano, le revuelve el pelo.

—Ya, no, eso no —le responde ella riendo, de acuerdo con él. Y añade como si nada al cabo de un rato: El Trol puede incluso funcionar como detector de mentiras. A veces tiende una a exagerar, sin duda.

—¿Exagerar?

—¿Qué?

—¿Quieres decir que mientes?

Mats le ha lanzado una mirada jocosa desde el asiento y luego ha vuelto a sonreír con una sonrisa luminosa. Van en el coche, los dos solos, para, por primera vez en mucho tiempo, pasar un fin de semana juntos.

—No exactamente… pero el Trol… El Trol tiene a veces bastante control de cómo son las cosas en realidad.

—No exactamente —repite Mats—. O sea, que aderezas la realidad…

—¿Aderezar?

—Sí, que mientes, vaya. —Mats ha vuelto a reír. Y al principio, Emmy se enfada y piensa empezar a dar rienda suelta a la rabia, pero luego recapacita y respira hondo y dice, como con ironía, y con una risita curiosa—: ¿No es terrible? A veces escribo lo que se me pasa por la cabeza, que hago un montón de cosas que no hago pero que en realidad podría hacer, y me lo creo…, quedo como fascinada por lo que yo misma escribo. Como si fuera otra la que lo hubiera escrito. En fin, yo qué sé. *Si tienes que elegir entre la verdad y la leyenda, quédate con la leyenda*, como dijo Therese.

—¿Therese? —Emmy ha notado perfectamente que Mats ha dado un respingo, pero ella ha sentido cierto alivio al tener un contexto en el que poder decirlo así, directamente (aunque como de pasada).

—Sí, en el programa de televisión en el que la entrevistaron.

—¿Qué programa? —le ha soltado él así, como hace a veces, de modo que uno no sabe si está hablando en serio o no.

—Pero ¿no te acuerdas? ¡Un programa enterito que dieron sobre su carrera y su trayectoria! ¡Hará un par de años! Lo vimos juntos y luego… se nos quedó la cosa a medias, como recordarás. Punto. Punto. Punto.

Porque Mats, y eso se nota luego, recuerda muy bien el momento, no solo por la insufrible pretenciosidad de

Therese en la televisión (el arte por aquí y el arte por allá, *mi arte* y venga a adornar la historia, y eso que solo actuaba en una serie de lo peor que, en esa época, sí, era muy famosa, aunque de lo más corriente y hoy por hoy desaparecida), pero sobre todo porque el recuerdo conectaba claramente con otro recuerdo, uno erótico: de pronto, mientras estaban allí sentados uno junto al otro en el sofá del salón, enfrente del televisor, Emmy se deslizó hacia abajo en el sofá y le abrió la bragueta y se lo metió en la boca y le creció en la boca mientras Therese predicaba sobre su carrera y su vida y sus Numerosas Relaciones Fracasadas. Y un segundo después se habían olvidado de Therese y de la tele y Emmy y Mats estaban abrazados en la peluda alfombra de lana del salón.

—¿Lo recuerdas? —le repite Emmy después en el coche, cuando ya estaba segura de que sí, claro que lo recuerda.

—¿Cómo no? —Con la voz empañada. Y de pronto, mientras se dirigen al pueblo, la situación ha cambiado y se ha vuelto distinta e íntima de nuevo. De manera que ella pensó, aunque no lo dijo en voz alta, que *seguramente somos bastante felices.*

¡Te deseo, Mats! Se oye decir en la habitación a oscuras, a nadie en particular, porque Mats no está en casa. Ha llamado esa tarde desde una fiesta; o algo así, no lo sabe, pero desde luego eso parecía por el ruido de fondo. «Un proyecto», le ha dicho con un murmullo, y Emmy se ha dado cuenta de que estaba un poco borracho, pero no ha sido capaz de decir nada, *ella no es de esas*, sino: «No pasa nada, me quedaré aquí disfrutando de una noche a solas». Y un poco verdad sí que era, porque han pasado juntos un fin de

semana entero, los dos solos, por una vez, y cuando se trata de dos personas adultas con una relación madura es importante que las dos puedan disfrutar de tiempo a solas (y desde luego ella ha escrito en el blog al respecto: EMMY VIVIENDO LA VIDA LIBRE COMO UN PÁJARO).

«Estoy leyendo libros de cocina, con ganas de ir a Grecia…», continúa, pero la conversación se ha cortado y, cuando vuelve a llamar, comunica, aunque minutos después suena un mensaje: «un beso, puede que llegue tarde».

Y ella vuelve al blog, ¡Grecia! «¡Tengo unas ganas locas de ir a Grecia, y la familia tiene que saberlo!», ha escrito como introducción a una receta sacada de *The Greek Way of Life*, un libro que le gusta hojear y en el que le gusta sumergirse en sueños: «No sé qué tiene Grecia, la luz, con esa sencillez…, el aceite de oliva, oliva…».

Sí. Ahí fue donde se quedó. Aquí.

De vuelta en el sofá. Y por fin se arma de valor para volver a abrir el portátil y entrar en el blog y en la última publicación. Y luego, guiada por esa extraña desazón y esa inquietud, ir bajando hasta el campo de los comentarios.

En efecto. El Trol ha vuelto.

Y ese es un momento adecuado para apagar el ordenador: primero eliminar el comentario, claro, aunque nunca desaparecerá del todo, sino que se quedará en el ciberespacio para siempre. Si cerrara el blog tampoco desaparecería, sino que permanecería navegando por el ciberespacio: EMMY VIVIENDO LA VIDA, en medio de un mar infinito de todo tipo de cosas insignificantes, chorradas…, océanos de chorradas.

Pero sí, claro, el Trol tiene razón. Como siempre. Su «marido» y ella no han disfrutado de ninguna *cena griega para dos* el sábado, aunque sí que estuvieron solos, eso sí. Del sábado al domingo, y no paró de llover en ningún momento…, encendieron la chimenea, bebieron vino y se pasaron el día en la cama copulando como conejos de la mañana a la noche, y cuando les dio hambre se comieron un perrito caliente con kétchup y puré de patatas hecho con agua, porque no había nada más en la despensa. Les entró tal prisa por el camino que no tuvieron tiempo de parar en una tienda a hacerse con algunas provisiones.

Un fin de semana fantástico, vamos. Mats y ella y toda esa cosa física que hay entre los dos, que existe, sin más, y que es tan incuestionable. Emmy lo sintió la primera vez que se vieron, como si sus cuerpos se hubieran estado buscando el uno al otro. ¡Cómo se atraían por encima del tiempo y el espacio! Y ESO NO SE HA perdido, sigue *existiendo* y es algo que ella no había experimentado JAMÁS.

Y Mats lo sabe. No hablan del tema, pero él lo sabe. Y es mutuo. «Tienes algo que nadie más…».

Pero el Trol lo sabe también, ¿no? ¿Lo sabe? Y si es así, ¿qué sabe?

Sin querer, Emmy se ha sentado más derecha en el sofá de su gran salón, el ordenador se le desliza del regazo, pero consigue agarrarlo y lo pone en la mesa, junto a *The Greek Way of Life*, se queda totalmente inmóvil, con el corazón acelerado: rodeada de los restos del día en el salón.

Todo lo que te concedan te lo podrán arrebatar.

Memento mori.

Eso ponía. No, por ejemplo, que ella sea INFÉRTIL (como las vacas).

Memento mori.

¿Latía ahí una amenaza?

Saca rápida el número de Saga-Lill. Ella es la única persona en el mundo a la que se plantearía llamar a esa hora, en plena noche, solo porque se siente algo así como abatida. Sí, casi un poco asustada —pequeña y asustada—, la única con la que se atrevería a ser así de pequeña y «débil» también, sin perder la fuerza, el buen humor, la energía.

Saga-Lill…, con ella, además, podía reírse, tal como se habían reído por ejemplo de lo que Gunilla Gahmberg había oído decir de ella y (a petición suya) tuvo la amabilidad de decirle después.

Lo de la «folliguarra». O lo último: «Pero a lo mejor es INFÉRTIL como las vacas, ¿no? Exorcizar todo eso.

Memento

Ja, ja, ja…

Un parpadeo en la pantalla del teléfono.

Un mensaje de texto.

«Solo quería dar las gracias por tan extraordinaria receta, se me hace la boca agua. *¡Viva Grecia!* Tu blog es el mejor y punto. Saludos, Gunilla. Voy a empezar a enlazar a él más a menudo. De hecho, acabo de hacerlo ahora mismo. Guiñoguiño».

Back to normal.

Pero qué ridículo, «tu blog es el mejor y punto». Aun así, se siente bien y es un gesto muy bonito, sin duda.

Y Emmy se ve devuelta a la realidad.

Y, algo arrogante, piensa de pronto: ¡No! Saga-Lill, que nunca la llama, que no se pone en contacto con ella… ¿Por qué iba a llamarla?

Saga-Lill, que pasa de ella y que tiene ese doble juego con su antiguo novio.

Su antiguo novio. Se detiene. Porque, de pronto, ahí, en la noche de noviembre, la imagen de Gusten surge en su conciencia, muy potente y colmándolo todo. Una ternura desesperada también en Gusten. Con *la ropa de triatlón* (o lo que fuera). Gusten, con sus muchas actividades: «*Ahora tengo un pasatiempo nuevo, volar en globo*».

Desde luego, estaba demasiado loco, no podía por menos, no puede por menos de sonreír y de casi derretirse por dentro. ¡No, no! Ya no lo quiere, pero a pesar de todo a veces lo echa de menos una barbaridad... Entre ellos había algo, esa liviandad que se materializaba a veces, *adults by daylight... Just kids.*

Sí, claro, un tanto infantil también era, pero...

En todo caso, con ternura, amor, un mundo enorme y abierto.

Y, claro. El amor, el amor de ella, y el de él, tan irresistible...

Su vida sentimental, salvajemente revestida de palabras en comparación con la de ella, pero a la vez cómo él, de pronto, en medio del torrente de palabras, podía detenerse, guardar silencio, parar y mirarla intensamente y decir:

—*Y también existe la posibilidad de que te quiera, ni más ni menos.*

Casi como extrañado, lo que, de hecho, aún infundía en Emmy una sensación de calidez interior. Algo en lo que pensar en esas tardes silenciosas, solitarias, esas noches... (cuando una no sabe a ciencia cierta para dónde tirar).

En el dorado septiembre (aunque ahora es noviembre): ¿Quién soy?

Gusten. ¿Qué está haciendo Gusten ahora?

Se dedica a volar a vela, correr maratones y hacer escalada. Entrena triatlón.

Y lo último: volar en globo. Ja, ja.

¿Y qué es lo que siento, en realidad?

No, amor no, pero algo más o menos así: la sensación de haber compartido el principio un día, un buscar a tientas…, cierta inseguridad.

Gusten con la ropa de triatlón (Emmy lo recuerda): Una vez, hace un año más o menos, mientras ella paseaba al perro, un coche apareció de pronto y empezó a circular despacio a su lado: el Porsche de Gusten, y Gusten vestido con una especie de equipo deportivo; casco y mallas ajustadas (cuya maravilla ella estuvo observando sin poder reprimir una sonrisa).

Gusten salió del coche y le dio un abrazo como con deportividad, como una actividad llevada a cabo de pasada. «Voy a entrenar triatlón», le dijo escuetamente de un modo extraño en él cuando estaba en su compañía. Siempre andaba con esas aclaraciones: *siento que, mis sentimientos* por aquí y por allí, porque no podía contenerse con ella. Y tan absolutamente atractivo: *¡superguapo!* Aún lo era, claro, y sobre todo cuando en lugar de con palabras reaccionó con una amplia sonrisa de blanco resplandeciente en la que solazarse: ojos relucientes, profundos, mirándola una mañana de primavera en las afueras. Sí, fantástico: en lugar de palabras, palabras, palabras, de pronto un silencio grande, grande.

Por un instante.

Porque de pronto también ella enmudeció. Los dos se quedaron mirándose en silencio. Como en una película (o en una canción pop).

After all this time… como dos…

Dos…, a ver, ¿qué diríamos? ¿Dos idiotas?

Dos *fools* en otro tiempo *in love*.

Y solo al cabo de un rato empezó Gusten a hablar otra vez. *Balbució* unas palabras incongruentes sobre su nuevo pasatiempo, que era la escalada.

—¡Pero si llevas puesta la ropa de triatlón! —exclamó Emmy a su vez casi en mitad de la primera frase de Gusten, como apurada por la situación.

Y Gusten volvió a callar, la observó en silencio con ese toque sordo y entregado en la mirada que, cuando estaban juntos, siempre terminaba con la misma declaración serena:

Y también existe la posibilidad de que...

Pero en esta ocasión no lo dijo. Ni eso ni ninguna otra cosa, simplemente, después de echar una ojeada rápida y teatral al reloj, Gusten murmuró de pronto:

—Vaya. Qué tarde. Tengo que irme. —Y se dio media vuelta y se metió en el coche, arrancó de golpe y se alejó de allí.

Y aquí, en la oscuridad del salón en plena noche (la pantalla indica las 00.53), Emmy siente que las lágrimas empiezan a correrle por las mejillas. El llanto brota de pronto sin más. Llora alto, sin medida, inconsolablemente, como una niña. La mano agarra el teléfono como de forma automática y ya está, enseguida busca su nombre y, cuando quiso darse cuenta, ya ha pulsado el botón de llamada.

Él responde, así de sencillo, así que ahí lo tiene, al otro lado del hilo telefónico. «Emmy, ¿qué pasa? ¿Ha ocurrido algo?». La voz de Gusten, preocupada, intensa y agitada. «¿Qué pasa, Emmy?». Tan directo y tan inquieto, y solo con eso consigue que empiece a llorar a mares otra vez. «Gusten, cántame algo», logra decir. «Arrúllame hasta que me duerma...».

—Emmy.

—Gusten, por favor.

Y al final eso es lo que Gusten hace al teléfono. Le canta *uayayayay buf,* una de sus canciones de cuna favoritas:

Cuando Mamá Trol ha acostado a sus once trolecillos, todos amarrados por el rabo/ les canta bajito a los once trolecillos las palabras más bellas que sabe/ uayayayay buf, uayayayay buf, uayayayay buf, buf, uayayayay buf
Hola, Kid, estoy aquí, Kid
Todo irá bien, Kid...
Buf, buf.

Y mientras él canta, ella se va calmando por completo. Y corta la conversación con Gusten en medio de la canción. Sale con paso resuelto del cuarto de baño. Saca el test de embarazo (uno más) del armario. Se sienta en el váter, orina, pone el extremo bajo el chorro. Espera.

Y unos minutos después se ve claramente. Está embarazada.

Pues claro que sí. Como descargada. Toda la tensión abandona su cuerpo y de pronto siente lo cansada que está. Coge el test, apaga la luz del baño y se encamina de puntillas al dormitorio, se quita la ropa, se pone el pijama, se acurruca bajo el edredón, deja el test en la mesilla de noche, con el perro a su lado.

Y se duerme.

Pero justo antes de dormirse del todo cae en la cuenta, aunque también en calma absoluta, más como una revelación de algo que estaba ahí oculto, que ha intuido en todo momento, aunque no podía dejarlo aflorar a la superficie: «Memento mori. *Todo lo que te concedan te lo podrán arrebatar. La cuestión es recordarlo».*

Saga-Lill en el cuarto de Joel en Gråbbå, una de las primeras cosas que le dice a Emmy. Acaban de conocerse, Saga-Lill ha entrado y se ha encontrado con Emmy encogida en la cama de Joel. La mira y le dice en voz baja y como si fuera una constatación objetiva: *memento mori. Se trata de recordarlo...*

Un momento. Saga-Lill. El Trol.

Pero, maldición: *Si es ella.*

Cuando Emmy vuelve a despertarse han transcurrido unas horas, es madrugada, aún está oscuro fuera. Mats se ha sentado en el borde de la cama con el abrigo puesto, esa trenca tan cara de color claro, huele a alcohol.

Emmy se incorpora adormilada.

—¿Qué hora es? ¿Qué ha pasado?

—Tengo que contarte una cosa, Emmy —dice Mats—. Te he sido infiel. Pero para mí no significa nada. A quien quiero es a ti.

—Estoy embarazada —responde Emmy.

—Ha sido con Therese. Eso también tengo que decírtelo. Pero a quien quiero es a ti. No se volverá a repetir.

—Estoy embarazada —repite Emmy, totalmente despejada de pronto, y lo mira fijamente.

—¿Confías en mí, Emmy? (Mats, unas horas después: se han acostado, desnudos, hablando, llorando, riendo —¡van a tener un hijo!— y abrazándose).

—¿Me quieres?

—Te quiero —responde él otra vez, y otra vez, y la rodea con sus brazos.

LAS FOTOS DE EMMY, 2

… *Pero una cosa más, una observación: «Sonrisas blancas y sanas», «I once had a farm in Africa», «Los dentistas hambrientos», etcétera. Fíjate bien en esas palabras. No muy imaginativas…, ¿no?*

No, lo veo ahora cuando, esa noche, una de las últimas, estoy en mi viejo cuarto oscuro (el aseo de invitados del amplio piso de Gråbbå), desmontándolo, clasificando fotos, fotos y más fotos, millones de fotos de Emmy, sobre todo fotosfotosfotos… que quizá fuera aquella la verdad sobre nosotros, nuestra familia, Bror y Karen, Joel y yo. Que no éramos tan insólitos, flipantes, creativos —tan «de África», la vertiente deslumbrante, misteriosa, con los grandes espacios abiertos. «Todo aquel amplio continente, la inmensa luz y las sombras inmensas— **TODO es tan grande allí, en África… incluso las sombras»**. Mi madre, en su salsa, en su mejor momento, hablaba así después de dos o tres gin-tonics, en compañía y en consonancia con Fulanita y Menganita en medio de la «vida de la ciudad de provincias». Y esas eran, en efecto, sus palabras, pronunciadas con cierto retintín, después, sentada a la mesa solo con la familia, y claro que yo, como la hija retraída y sarcástica que era en aquel entonces, podía pensar que era ridículo, pero al mismo tiempo, un poco gracioso. En la fiesta del coro en la sede de la asociación Martha, en el Rotary o en el Zonta: mamá montaba su show y, además, de un modo totalmente convincente, puesto que nadie de Gråbbå había estado en «África» y, desde luego, no como ella. Y tampoco habían leído a Karen Blixen: «Mi granja africana, «Relatos góticos»… En Gråbbå la gente lee «El abuelo que saltó por la ventana y se largó» y «El alquimista». Lo sé, lo sé de sobra, porque he trabajado extra tres veranos seguidos en la biblioteca del centro de Gråbbå.

Y no es que tengan mucho mundo ni sean muy cultos.

«Strindberg tenía un cuarto rojo, ¡pero yo tengo uno azul!» (Mamá en su edad dorada, respecto al despacho recién instalado en el piso enorme de Gråbbå). «¡Lo de Strindberg era un **bar**, mamá!» (la hija, en su edad dorada). «¿Cómo?». «Un restaurante. El Cuarto Rojo».

—Cuando me jubile, pienso leer por fin En busca del tiempo… Los cuatro volúmenes.

—Son SIETE, mamá.

Y, como se vio después, no eran ni mucho menos insuperables, superiores en su esplendor.

Pero ahí (en Facebook) tenemos a Gunvej, Bror, en la cima de una montaña noruega o junto a una canoa en la playa de algún fiordo.

«Mi mujer, la maravillosa Gunvej…, ¡dadle muchos "me gusta"!».

—¿Has hablado con él? ¿Tenéis algún contacto? (Mamá sentada a la mesa de la cocina, ¿qué es esto, un interrogatorio?).

—No, no hemos estado en contacto —le respondo obediente; aunque cada vez más, cuando bajo en la página y leo esos ridículos estados y comentarios que publican, entro en el Messenger cuando tiene activado el indicador de que está conectado. Si no para escribir algo, al menos para existir en el ciberespacio, por un instante, en el mismo lugar que él.

—*Divino, divino.*
—You're one hell of a lucky guy.

Y en la cabeza
a veces
todo lo habido y por haber. Momentos de intimidad.
Privacidad. Casi prohibido: papá.

A veces, en otoño, largos paseos por playas desiertas (era
en «África», en aquella ciudad estival en la que vivíamos, que
también estaba bastante desierta y era fría y ventosa en invier-
no, pero tenía mar. Cogíamos el coche hasta la reserva natural
que había cerca, cruzábamos por medio del bosque con nues-
tras botas altas, salíamos a montes y a rocas resbaladizas, el
mar se extendía gris y rumoroso en la tormenta, y solo nosotros
dos juntos…, solos con el mar, gritándole al mar, aullando,
vociferando para tratar de acallarlo, como animales).

    O después, en Gråbbå, a veces por la mañana. Andar,
solo andar por la carretera, la salida a la nacional que corta el
paisaje como un trazo húmedo, quince kilómetros hasta la ca-
rretera nacional, y vuelta.

    No recordar lo que íbamos diciendo, o de qué hablábamos.
Recordar la mano del otro en el hombro, recordar abrazos
fugaces.

    Papá. (No Bror).

    Papá y yo. Eso también existió. Algo que no fue de nadie
más, solo mío.

«Una familia normal sorprendida en su momento de mayor
debilidad, y entonces ATACÓ ELLA». (Mi madre, a propósi-
to de Gunvej, en una cocina en Gråbbå, entre vino y crucigra-
mas, todos los años que vinieron después).

    —*¡Mamá!*

—*Como una serpiente.*

—*¡MAMÁ!*

Una familia de lo más normal e insignificante, vamos. Que se rompió en pedazos.

O que, como tantas familias y por distintas razones, simplemente se disolvió.

Después de que Joel muriera y el padre las dejara (cobarde y vergonzosamente: una noche salió para nunca más volver. Dijo que iba a una reunión del Rotary, pero luego resultó que lo tenía todo planeado de antemano. Gunvej aguardaba en un coche de alquiler cargado con lo más preciso. Equipaje ligero. No necesitaban mucho, porque eran dos enamorados que iban a viajar hacia la libertad.

FREEDOM. Como se leía debajo del coche en la foto que colgó en el Facebook unos días después, cuando llegaron a Noruega, la patria de Gunvej, donde daría comienzo su nueva vida. Un tipo de espaldas con una chaqueta de satén en la que se leía FREEDOM en letras relucientes.

Había pensado escribirle: «Papá, quita esa foto por lo menos», pero no le escribí. No fui capaz. También habría sido ridículo, como si me diera vergüenza, en cierto modo. Cara al pueblo de Gråbbå, lisa y llanamente, y a todo. Al final no escribí nada de nada, porque cuando abrí el Messenger, ya estaba allí su mensaje. Aquel mensaje que empezaba: «Querida hija, yo no quería que las cosas fueran así…».

Un mensaje al que era, y ha sido hasta hoy mismo, imposible responder.

¿Cómo empezó (la descomposición de todo)? Posiblemente, no con la muerte de Joel…, aunque sí fue lo que marcó un antes y un después.

Yo tenía dieciséis años, y mi hermano Joel uno menos.

Joel y yo: ninguno de los dos cumplía los criterios para ser personalidades «doradas», impresionantes, como podía pensarse que llegarían a ser los hijos de alguien como Karen y como Bror. Yo era tímida, y Joel era tímido (cuando sufrió la desgracia resultó que quien recibió mayor atención en Gråbbå fue el otro chico del pueblo que también murió en el accidente: Edvin Bäck, la gran promesa del esquí juvenil de la federación deportiva Gråbbå IF).

*Joel era deportista. Competidor júnior de esquí de travesía, estilo clásico. No tenía el talento de una estrella, pero sí era uno más del equipo, un buen recurso en los relevos, apreciado de un modo tranquilo y sereno. También por mí, aunque nunca tuvimos una relación muy estrecha. Y tampoco es que eso tuviera nada de particular, solo que nuestros intereses eran distintos, nosotros éramos distintos. Él era el chico de los deportes y los scouts, y la cosa había empezado hacía ya mucho tiempo, «en África». En aquella familia que, según empecé a comprender cuando papá se fue, se componía de eso, precisamente, de frikis. «Karen», «Bror»: dos que, con sus gestos, alardeaban de su manera de ver la vida o lo que quiera que fuese aquello. Aquello que era más grande que la vida (como decían), «Memorias de África», como si se encontraran en un escenario… cada uno con su Finland-Raincoat» (otro numerito J. Peterman, **«Remember the Day you walked along Mannerheimintie to the Finlandia Hall…»**). Si llovía, lo que pasaba a menudo en aquella ciudad de provincias gris sin entidad en el mapa a la que habían ido a parar por casualidad.*

Los que eran «de África» (después casi como una forma de hablar rara, incomprensible, ridícula, imposible de captar ni como un código).

Eso sí, todos unos frikis, y ese fue un descubrimiento desagradable. Porque antes de aquello yo creía que la única friki de la familia era yo y no pensaba que eso tuviera nada de malo, al contrario. Casi encontraba cierto placer en el hecho de ser, en medio de tanto griterío, tanta blancura vestida de lino… sobre el fondo de dientes que cepillaban, que perforaban
   y cuyas raíces rellenaban
   una manzana al día para mantener a raya la caries
   de ser la más callada, siempre cargada de libros, esa criatura en-sí-mismada, el ratón de biblioteca, la reflexiva Solitaria, The Outsider (uno de los libros que llevaba con determinación bajo el brazo). Casi me demoraba remoloneando en mi condición de diferente: Aquí voy como una extraña entre vosotros; y la soledad que se extendía a mi alrededor casi como una BRUMA.
   —*Tengo que decidir qué es el mundo a partir de mi soledad.*
   Porque yo no sufría. Me gustaba esa soledad. Era segura. Después de todo, en mi familia me querían, me veían.
   … *Ahí va nuestra hija con la literatura universal bajo el brazo, como sus padres, una madre elegante, un padre elegante, con mal disimulado orgullo pese a todo, podían susurrar en pleno cóctel.*
   Un auténtico susurro teatral que se oía por todas partes.
   Y al final, después, no quedaba nada.
   La mudez resonando en los oídos, los conejos, un gran campo blanco.

Pero antes del accidente y de la traición del padre, el mundo podía definirse como que yo era Saga-Lill, la que siempre andaba enfrascada en los libros, y Joel, el chico que siempre estaba liado con el deporte. Y Gunvej, abajo, en la recepción de la clínica dental, «La animosa noruega» (cenando a la mesa de la familia, en alegre complicidad mutua, creían todos, pero, ojo, **nunca** desdeñosa. No me malinterpretéis: porque entonces, cuando estaba en su mejor momento, no había maldad, solo buen humor con la mejor de las intenciones. Lo de «animosa» era simplemente porque el pasatiempo favorito de Gunvej era la vida al aire libre, le encantaba estar en el campo y moverse libremente, algo de lo que, por otro lado, hablaba sin parar; ella era de las que, cualquiera que fuera la situación, siempre tenían la misma receta: salir, pasear, caminar, correr, oxigenarse el cuerpo… y siempre andaba en chándal, resoplando de aquí para allá por el camino que subía a la carretera nacional). Y Emmy Stranden, la Rubita, qué mooona (como un cachorrito, casi). La NOVIETA de Joel (como una curiosidad, como una cosa blandita), una muñeca con tirabuzones, como dijo mamá ocho días antes del accidente.

Y luego, justo después, me dijo a mí: «Pero ¿y TÚ te has hecho amiga suya?». Con entusiasmo, debo decir, por parte de mis dos progenitores.

—¿Síyquépasa?

Lo asombrados que se quedaron. Aunque también aliviados, alegres, con total sinceridad. Joel estaba muerto y, junto con el dolor, con la conmoción, se había desvelado en ellos cierta vulnerabilidad, **todo lo que te concedan te lo podrán arrebatar.** Y al mismo tiempo, una nueva aunque tácita conciencia sobre adónde podía conducir aquella vulnerabilidad, uno podía quedarse terriblemente solo. Y de un modo nuevo por completo. Lo que quizá se manifestaba en forma de una preocupación sincera por mí, que, por lo demás, siempre estaba sola, ¿qué iba a ser de mí?

—Yo no pienso mucho que digamos —aseguró Emmy muy pronto, después de que nos hiciéramos amigas—. Y además, no esperes gran cosa de mí. No tengo imaginación.

Y entonces, de pronto, caí en la cuenta de que era como música celestial para mis oídos. Imaginación. «Bror» y «Karen». África. «I once had a farm».

Memorias de África.

Imaginación. Que estaba harta de la gente con imaginación. Incluida yo misma («la friki de los libros»), a la que de pronto empecé a ver como desde fuera, con los ojos de los demás. Bror ya estaba entonces con Gunvej, su relación se había hecho pública, habían huido juntos. Y mi madre solo tenía unos mensajes melodramáticos en el teléfono a los que aferrarse; «Gracias por todo…, tengo que…».

Y demás, etcétera.

—Es una mierda —dijo Emmy, que había presenciado tanto lo del coche de alquiler como la partida en sí. Porque Gunvej era vecina de alguno de sus hermanos y dio la casualidad de que Emmy había ido a verlo. Y luego me cogió del brazo, me miró y dijo: «Anda, no lo pienses, las cosas se arreglarán…».

Así fue como Emmy entró en juego de verdad. La encontré en la cama de Joel, bajo los retratos de sus ídolos, de los esquiadores noruegos Vegard Hulgaard y Sigred Strömsted y Magne Storfjärt, entre otros.

Que tanta rabia suscitaban en mí: amplias sonrisas de lluvia de medallas de oro a la clara luz del sol invernal.

La pobre Emmy, con un chaquetón demasiado pequeño (todo lo que llevaba en aquella época era «demasiado pequeño». Con esa pinta, con ese cuerpo, que con tanta facilidad y soltura quería liberarse de la ropa y, pese a todo, tan luminoso.

Lo que irradiaba, luz luz luz).

Y las primeras palabras serias que le dije: «Memento mori. Todo lo que te concedan te lo podrán arrebatar. La cuestión es recordarlo». Exactamente eso le dije, literalmente, como la pedorra que era yo entonces, a todas horas. Dándome ínfulas, impertinente. Ahora, en cambio, asquerosamente triste, ANESTESIADA.

«Mi niña querida, no era mi intención que las cosas salieran así...»
«Llámame cobarde, pero era necesario...».
«Esto no cambia nada en absoluto...».
«Yo te sigo queriendo como siempre...».
«... tienes que venir a vernos...».

Y de pronto, aquí, en mi antiguo cuarto. AHORA he vuelto a abrir el Facebook de mi padre en el móvil. El Messenger: me quedo un rato mirando esa carta absurda que de repente no siento en absoluto, tampoco siento el dolor, porque ya ha corrido mucha agua, hace demasiado tiempo. Una idea agradable, liberadora.

Y ahora: el botón verde está activado. Está ahí. Me imagino cómo se le abre el campo para escribir. Mi campo para escribir. El aviso de que estoy ahí. Por fin. Y que quiero decirle algo.

Cómo él espera que en el bocadillo que le avisa de que estoy escribiendo algo en el campo vacío aparezca el mensaje.

Y, claro, ¿por qué no? El corazón me late acelerado de pronto, «papá...», comienzo...

Y de repente: «Saga-Lill, ¿estás ahí?», aparece en la pantalla. Y entonces me quedo cortada. Ahora no, pulso la equis de la esquina superior derecha y cierro el teléfono.

De vuelta en mi cuarto oscuro. Todas las fotos de Emmy.

La visión de Emmy. Con un chaquetón demasiado pequeño. Parecía que tuviera frío. Pero qué va. Emmy era más fuerte que todos, que todo.

Y de pronto, esa sensación: todas las fotografías de ella ya no me dicen nada. Así que cojo la bolsa negra gigante de basura y tiro dentro todo «el laboratorio», el instrumental de revelado, los líquidos, todas las fotos y las tiras de negativos de Emmy y de los demás.

En el suelo al fondo del baño, una pila de diarios viejos de los días y las semanas posteriores al accidente. La portada totalmente negra: 20 heridos y 8 muertos, las fotografías del lugar del accidente. Las entrevistas con supervivientes y familiares. También la que les hicieron a los padres de Edvin unas horas después, en el lugar del accidente. Tan frágiles, tan dignos de lástima, conmocionados. «Ya no está con nosotros». Y es terrible, claro está (también se hablaba de ello, de lo desvergonzado que era andar agobiando a los padres estando todo tan reciente).

«Ya no está con nosotros». Y Joel tampoco. Ni Emmy.

Y cuando ya está todo vacío, llevo las bolsas de basura al vestíbulo. Las dejo en la pila, junto con las demás bolsas que hay que llevar mañana al punto limpio.

CORRELATO: EMMY EN DICIEMBRE

Después no recordará ni adónde iba ni de dónde venía: ¿a la oficina de empleo, al asesor? Estaba en la ciudad, en la ciudad de verdad, en la capital, iba deambulando por allí, un par de semanas antes de Navidad, todo el tinglado que había a su alrededor, la gente que se movía en hordas por las aceras.

Se detuvo en un semáforo en rojo, se quedó en medio de un grupo de personas, turistas sobre todo, hablaban una lengua extranjera, ¿sería japonés? En todo caso, allí estaba, en medio de un fuerte viento muriéndose de frío, porque el viento que sopla por las calles y callejas de la capital siempre es gélido; es por el mar, dicen, por eso sopla tanto el viento.

Y mientras estaba allí, en medio de aquella gente y a punto de morir congelada, lo vio. Mats. En la acera de enfrente. Primero se alegró, y estaba a punto de llamar su atención y saludarlo. De gritarle: «¡Mats! ¡Estoy aquí!». Cuando ocurrió algo raro: sus miradas se cruzaron, y él se dio media vuelta y echó a correr. Como si quisiera perderla de vista.

Entonces el semáforo se puso en verde y ella salió corriendo detrás. Mats había conseguido sacarle cierta ventaja, porque también había muchas personas que sortear o mucha gente entre la que abrirse paso.

Y tenía la sensación de que estuviera persiguiéndolo por aquellos barrios en dirección a la plaza, al puerto.

Lo perdió de vista, volvió a localizarlo.

Y abajo, en la plaza, en el mercado de Navidad…, sí, allí estaba ella, Therese. Estaba allí esperándolo. Y Emmy vio cómo él se le acercaba a ella, los dos se cogían, no se abrazaban de entrada, pero los dos resplandecían al tacto mutuo, cuando él la rodeó con su brazo, la apretó contra su cuerpo. Antes de que echaran a andar de nuevo, de que se perdieran juntos en el barullo del mercadillo, contentos, riendo.

Era como en las películas. Totalmente irreal. Ella se quedó parada, mirando atónita sin más. Y justo antes de que los perdiera de vista, él se volvió. Miró hacia donde estaba ella. Directamente a ella. Pero no la vio.

Como si no existiera. Y, de repente, en ese instante, se le ocurrió pensar en otra cosa, en algo del verano. Cosmo Brant, que llegó a la tienda de animales y le pidió que posara para una fotografía con un conejo en el regazo (uno de los que una de aquellas chicas se quedó para cuidar cuando la tienda cerró definitivamente. La chica quería un hámster, pero, sin tener que esforzarse mucho para convencerla, le dieron un conejo —el último, el que sobró— de propina).

Él había hecho un cartel, y fue a enseñárselo.

—Bonito, ¿verdad?

—¿Qué es?

Porque ella no lo pilló en absoluto. Una mujer, que era ella, aunque no se veía, porque estaba de espaldas, solo la silueta y luego la silueta de un conejo en el regazo: solo se veían la cabeza y las largas orejas.

Una chica sombra y, sobre ella, el texto: «¿Quién mató a Bambi?».

—El cartel de mi primer largometraje. Por lo pronto, la portada del material que vaya recopilando, para posibles patrocinadores. ¿No estás orgullosa?

—¿Por qué iba a estar orgullosa?

Se había enfadado, porque la foto la irritó sin que supiera explicar muy bien la razón.

Pero él, Cosmo, se limitó a reírse, se fue de la tienda, que era el último día que estaba abierta, se largó. «La muerte de la inocencia. ¿Quién mató a Bambi? Por una vieja canción de los Sex Pistols. Y de eso va la película». Tal como le dijo Cosmo cuando le hizo la foto.

Las frases que ahora se le cruzaban por la cabeza, seis meses después, allí en medio del barullo navideño que seguía sin parar, el tinglado de cosas colgando a su alrededor, las luces y un olor dulzón a Navidad en la nariz, a pesar del frío y del fuerte viento que silbaba del mar desde el puerto.

Y aquella imagen horrible. La chica sombra con el conejo en brazos, una persona nada, un vacío. Y pensó: eso era ella.

Poco a poco se volvió y empezó a caminar hacia el centro. Caminaba como anestesiada, no había un solo pensamiento que pudiera pensarse ya, pero de pronto, en plena calle navideña, apareció Gusten. Casi se estrelló con él, se metió dentro de él.

—¡Emmy! —Gusten se la quedó mirando. Y ella —naturalmente— se echó a llorar. Se quedó allí de pie llorando a lágrima viva. Él la abrazó, la abrazó sin soltarla. Ella no consiguió articular palabra, salvo, entre sollozos: «Estoy embarazada». Y siguió llorando.

PREPARACIÓN PARA EL DESCENSO A LO OSCURO DE GUSTEN GRIPPE

«Un globo que navega en libertad se mueve a la velocidad del viento»

—*Mayday, Mayday*.

Cuando Gusten llega a casa esa noche, tiene tres mensajes de Cosmo en el teléfono, todos con el mismo comienzo.

—*Mayday, mayday*, noticias frescas...

Gusten no los abre.

—Estoy embarazada.

Porque eso es lo que lo abruma. Está embarazada. Emmy está esperando un hijo.

Y aquí está ahora, en medio de su apartamento quitándose la ropa..., la ropa de triatlón, sobre todo. Porque de pronto la recuerda aquel día de otoño... —otro año, otro otoño—, en que se cruzaron por casualidad en la ciudad de las villas. Cómo se lo quedó mirando un rato, como examinándolo, y dijo: «Pero, Gusten, si todavía llevas puesta la ropa de triatlón».

El perro sujeto a la correa, como si el animal también lo estuviera observando. Con aire triunfal.

Después de que él le hubiera explicado todo lo que se traía entre manos en su nueva vida, tan rica en acontecimientos. Y cómo, por ejemplo, en ese preciso momento, tenía que salir corriendo para llegar a tiempo a una reunión importante.

—¡Empieza dentro de cinco minutos! —exclamó.

Y a pesar de todo se quedó allí, como un chicle, pegado al suelo.

Así que claro: lógicamente, lo pilló en el clásico de fingir que «la nueva vida» lo estaba esperando a la vuelta de la esquina en cuanto logró liberarse de su antigua relación... lo habían abandonado bruscamente, pero «no pensaba ocultarlo», cosa que insistió en dejarle claro en el momento de la ruptura, hacia el final él tampoco estaba totalmente «satisfecho»..., a saber lo que quería decir con ello, quién sabe, en todo caso él tampoco tenía ni idea. La nueva vida era tan plena y tan rica que tenía que ir corriendo de reunión en reunión, de fiesta en fiesta, de individuo interesante en individuo interesante, y «todas esas mujeres, sí, toda esa vida social, que tan enriquecedora resultaba». Desde luego. «Que la faceta profesional casi se sincroniza con la privada», según tuvo la desfachatez de decirle con una mueca el dichoso agente inmobiliario... y el entrenamiento de triatlón, «que exige mucho pero que da mucho más».

—¿Por qué hablas así? Pareces un catedrático o algo así.

—¿Y qué tiene de malo?

—No, nada. Solo es un poco raro, pero..., en realidad, ¿a mí qué me importa? Anda, corre que no llegues tarde.

—¿Adónde?

—¿No decías que tenías prisa?

Con una risita, un destello en los ojos, y tuvieron que despedirse y Gusten salió escopeteado como si le fuera la vida en ello en dirección a ninguna parte, porque qué iba a tener él una reunión ni mucho menos, y lo de ir a entrenar triatlón fue una ocurrencia, algo que podría empezar a hacer, *strange hobby*, algo así como un código para otra vida posible, pero por ahora se limitaba a correr, como siempre, corría sin objetivo concreto por los barrios del oeste del centro de la capital cada mañana antes de ir al trabajo. Y cada vez con más frecuencia iba a parar a la ciudad de las villas, claro. Por ella, por Emmy (claro).

Y luego, una vez allí, terminaba recalando en todo tipo de rincones… no siempre, a veces: otros lugares no relacionados con ella, los lugares de antaño, como el ahora abandonado Fucking Beach Club de Cosmo, por ejemplo. **El lugar de las excursiones** a orillas del lago Kallsjön… o el sendero deportivo que rodeaba el lago, donde luego, a veces, se quedaba parado contemplando la casa de los Häggert entre los árboles, dentro de la bahía, en la orilla de enfrente. El Buque Fantasma. *La casa de Nathan.* (Y la decadencia de alrededor, en sí fascinante hasta cierto punto, escombros por todo el jardín, agujeros en las ventanas del primer piso, aunque no se veía muy bien, pero era fácil de imaginar, la casa del *Bad Karma*, «la vida disoluta», y todo lo demás, como decía Cosmo).

Y algunas veces tenía que hacer un esfuerzo para no quedarse allí anclado.

Pero, en fin, también corre por las demás localidades. En la de al lado, donde ahora vive él, precisamente, en un «pisito de soltero», «un sueño minimalista» (está intentando venderlo, pero no lo consigue). Allí se encuentra también la casa del veterano, donde vivieron Emmy y él durante tres años, hoy estupenda, habitada por una familia y con un frondoso jardín.

Lacasajustkids. La casa I believe in sunshine, I'm singing in the rain.

El caso es que hoy, hace tan solo media hora, o el tiempo que lleva salir pitando con el Porsche desde el centro de la ciudad a este frondoso barrio de las afueras, a este piso moderno, vacío, que es su hogar hoy por hoy, en apariencia tan adecuado al concepto de «despojado», palabra que, por muy agente inmobiliario que sea prefiere a la expresión «sueño minimalista» y todo lo demás por el estilo que tan bien se le da redactar cuando de verdad se pone, lo que no siempre sucede. Y aunque no se ponga, tanto éxito laboral, tanto dinero como gana, del que el Porsche es algo así como una prueba, y en fin, la frivolidad general, porque *frívolo* es precisamente lo que es ese coche, describe algo así como una actitud: como si de un modo difícil de explicar estuviera vendiéndose al mundo entero, *convertido en su propio* hallick, *eh, ALLÁ VOY...*

Pues sí, el caso es que la ha visto hace solo media hora. Se la ha encontrado, por casualidad. En esta ocasión ha sido pura casualidad.

En pleno barullo navideño. Ella iba caminando hacia él. De pronto se la encontró ahí delante, casi se chocan. «Emmy». Con el pelo nevado, los ojos relucientes como estrellas de nieve, esa expresión tan bonita, estrella de nieve, como si se hubiera creado expresamente para ella).

Y se lo dijo enseguida.

—Estoy embarazada. —Y se echó a llorar—. Estoy muy feliz. —Y se abrazó a él y siguió llorando. Solo unos minutos después, se calmó y añadió—: Estoy muy feliz.

Y él lo comprendió: *Perdida para siempre, ya no volverá.* Una revelación heladora…, pero comprender algo, captarlo de verdad un instante no es lo mismo que comprenderlo para toda la vida, para la eternidad. Eso solo ocurre en las novelas. Porque resulta facilísimo escribirlo. Y él querría decírselo a alguien. No a cualquiera. Querría decírselo a ella. Que lleva su olor por todas partes. Pero es inútil. Así que: *Desnúdate de tu amor, Gusten Grippe.* Desnúdate de tu amor, ahora.

Y eso es lo que hace después —pantalones, calcetines, calzoncillos—, se desploma en el parqué. Y luego se mete en la ducha. Se pasa un buen rato duchándose. Se seca y se viste. Mira el teléfono, no puede evitar mandarle un mensaje al ver que ella no le ha enviado ninguno. *«Espero que hayas llegado bien. Cuídate».* Termina escribiendo, después de media hora pensando. Lo envía, se arma de valor para no pasarse media tarde sentado con el teléfono en la mano esperando una respuesta. Recoge la ropa del suelo de la entrada, la pone a lavar en su cocina «compacta» con lavadora, secadora, lavavajillas, sobre una superficie mínima y, además, unos aparatos admirablemente silenciosos, como «el sueño de cualquier soltero», así definiría él aquella vivienda, si estuviera achispado. «El sueño de cualquier soltero», es lo que ha escrito, estando achispado, porque ha querido describirlo de muchas formas en el anuncio, pero no consigue darle salida de todos modos: es por el precio, claro, que resulta descabellado. Pero el vendedor es un codicioso, se niega a bajarlo, y el piso es demasiado grande para un «soltero» y demasiado pequeño para una familia, así que tiene que trabajárselo ya esté ebrio o borracho —para él no hay tanta diferencia, a pesar de que el vendedor cree que remolonea porque está de lo más a gusto—, que sí, que no, no tiene por qué vivir así: si no se queda a vivir aquí se irá a vivir a otro sitio, a otro inmueble, así lo estuvo haciendo tiempo atrás, de inmueble en inmueble, no le importa...

Y ahora abre el grifo y pone el programa de la lavadora.

Luego, de nuevo en el salón, en ese conjunto moderno y despojado que, pese a lo estiloso y amplio que es a causa de la altura de los techos, tampoco justifica el calificativo de «sueño», demasiado desierto, quizá, demasiado árido, demasiado vago, por así decir, aunque sí que se ve un recorte de mar entre los edificios, grande y ancho se extiende a un trecho de allí: sí, es *prodigioso* (en el trabajo suele sorprenderse al comprobar que le encanta ese tipo de palabras, prodigioso, magnífico), «unas vistas magníficas», de verdad, porque se ven las copas de los árboles incluso el cielo, inmenso allá en el último piso, y globos aerostáticos que navegan tranquilamente sobre las copas de los árboles en otoño, primavera y verano; y de nuevo junto a la ventana, con el teléfono en la mano, ve que ha recibido un mensaje de ella. «Gracias, sí, bien. Solo que todo es muy confuso. Pero ya ha llegado Mats, él cuida de mí».

Ese borrachín. ¿Cuidarte, él? Ya, seguro.

Porque, Emmy. Veo perfectamente que él no te cuida ni mucho menos.

Todo el mundo sabe que se acuesta con su ex.

Y lo invade un cansancio enorme.

«Todo el mundo sabe que se acuesta con su ex». Se lo dijo Saga-Lill, en Viena, en una habitación de hotel en plena noche, unos meses atrás. Habían ido a ver a Angela en la ópera y luego fueron a cenar los tres. Un feliz acontecimiento, Angela y Saga-Lill congeniaron bien, y después de la cena volvieron al hotel, donde Saga-Lill se puso algo quisquillosa después de follar (que fue de miedo también, como siempre con ella y, entre otras razones, por eso le costaba dejar la relación, que solo consistía en follar), y empezó a hablar de Emmy.

—¿Todos? ¿Quién, por ejemplo?

—Pues Gunilla Gahmberg, por ejemplo. Amiga suya. O su *coach*. O su mentora. O como se llame en la «blogosfera». *Anyways*, Gunilla me llamó de pronto un día porque quería saber qué podía hacer *ella*, personalmente, vamos, si debería decirle a Emmy algo al respecto. Si Emmy lo sabía. Se ve que lleva pasando ya un tiempo.

—¿Gunilla Gahmberg?

—Sí, una amiga de Emmy, ya te digo.

—Qué amiga. Seguido de punto, no de interrogación.

—Venga ya, Gusten. Mi madre está en el hospital, sé bueno conmigo, que estoy cansada.

—¿Quién es la otra?

—La ex de Mats. Una tal Therese.

Gusten deja el teléfono en la mesa del sofá que, a diferencia de todo lo demás en esa casa, que está de primera, es un verdadero lío: revistas, cedés, papeles, documentos, todos los libros que ha comprado últimamente: *Ballooning Handbook, Falling Upwards, How We Took to the Air.*

Y se tumba todo lo largo que es en el sofá, cierra los ojos y se deja atrapar por un cansancio pesado como el plomo, que da dolor de cabeza, y todo lo que había pensado hacer esta tarde, el entrenamiento, los planes, todo se transforma, como tantas veces últimamente, en propósitos que ha dejado sin cumplir, lo que tendrá que explicarse a sí mismo. Rendirse cuentas. Mañana, pasado mañana... *desnúdate de tu amor, Gusten Grippe.*

Cierra los ojos. El aroma de ella. Ese olor fresco, como de limón (Emmy entre sus brazos hace tan solo unas horas). *«Mierda, estoy llorando, pero a veces no sé qué hacer, pero es que... lo quiero».* Sollozando apoyada en el pecho de Gusten. Hace tan solo unas horas. «Lo quiere...». Afróntalo. *Un globo que se desplaza libremente se mueve a la velocidad del aire.* Una nota en un papel vacío encima de la mesa. Afróntalo, afronta eso también.

—Esa gente son como niños, Gusten. (Saga-Lill de nuevo).

—¿Qué gente?

—La gente como ella. *Kiddults.* Egocéntricos, ingenuos, irresponsables y... encantadores. Eso es lo peor. Pero mira, Gusten, a veces pienso: los tengo atragantados.

Kiddult, sí, puede, puede que haya algo de eso, puede que sea verdad. *«A veces no sé qué hacer, pero es que lo quiero...».* Porque, claro, es innegable, si se para a pensarlo, y en cierto modo así es como quiere pensar, es como la respuesta de una serie mala de televisión... con el llanto en la voz: ¡qué ingenuo y qué egocéntrico! «¡Abrázame a mí a mí!». Siempre ella, nunca nunca él.

Ese blog espantoso e hipócrita, por ejemplo: «¡HOLA, BLOG! ¡HOY HE HECHO UNA SOPA DE LA NADA! ¡Se enfría el gazpacho! ¡Me muero!», dijo Saga-Lill chillando literalmente en la habitación del hotel, con la voz casi en falsete, como un cerdo al que estuvieran matando. «¡Ja, ja!», él intentó reír con ella. Porque la verdad es que resultaba un poco ridículo, el blog, ¡y todo!

—O sea —continuó Saga-Lill—, ¡gente adulta! Es increíble.

Saga-Lill se ha ido sulfurando cada vez más en la habitación del hotel. «Eh, cálmate», le ha dicho él en un intento de persuadirla, porque por lo demás la tarde ha sido espléndida en todos los sentidos, incluso follar, hasta ese momento. O sea, han visto a Angela en una función interesante aunque una locura, como todas las composiciones de Schuck & Gustafson: son disparatadas pero, al mismo tiempo, *Dissections of the Dark* te llega a la médula, esa oscuridad, ese tono sordo, esa corriente subterránea
que abre,

no cierra.

Después, durante el almuerzo, Angela y Saga-Lill han entrado enseguida en temas «esenciales» (como los ha llamado Angela después), tales como el problema de la teodicea, la cuestión de la bondad frente a la maldad. Han hablado de Simone Weil. «Una gran pensadora, desde luego», ha dicho Angela, y Saga-Lill se ha mostrado de acuerdo. Angela jamás habría podido hablar así con Emmy. «Nunca logré entender a esa chica», le ha confesado Angela a Gusten cuando se quedan solos unos instantes mientras Saga-Lill va a los servicios. «Esta, en cambio, tan culta, amable, inteligente…».

«Solo somos amigos, mamá», ha estado a punto de decirle Gusten, pero, en ese momento, ha vuelto Saga-Lill, justo a tiempo para el postre, compota de ciruela que, según Angela, iba muy bien después de una comida copiosa, «para contrarrestar la formación de gases en el estómago». Y sí, claro, puede que haya sido bueno que Angela haya permanecido totalmente inconsciente de lo que ocurrió después, cuando él y Saga-Lill se separaron de mamá y volvieron a la habitación del hotel. Cómo Saga-Lill de pronto se echó a reír como una loca.

—Una gran pensadora, ¡VAYA MIERDA! —Y se rio con más ganas aún, como si fuera una bruja del abismo, y él no tuvo más remedio que frenarla, que frenarlo todo lanzándose sobre ella, y dando vía libre a aquello que, pese a todo, también compartían, esa cachondez inmensa.

—¡*Kiddults!* ¡Ja, ja! —Gusten se retuerce en el sofá y trata de movilizar una ira más siniestra aún contra la simpleza y el egocentrismo de Emmy. Pero luego, a pesar de todo, empieza… Pues sí, a sonreír. Sonreír, sonreír, sonreír. Esa sonrisa pueril que solo le salía con ella. Le sale con ella, con Emmy. Todavía. Aunque ella ya no esté para verla: *vive la vida sonriendo, Gusten.*

Y ahí está de pronto tumbado en el sofá sonriéndole al techo…

Entonces Saga-Lill empieza otra vez:

—¿Es que no estás nada enfadado con ella?

—¿Con quién?

—Pues con Emmy.

—¿Por qué iba a estar enfadado con ella?

—Porque te utiliza. Quiere tenerte cerca, pero sin dar nada a cambio. ¿No quieres vengarte?

—¿Vengarme? Pero ¿qué dices?

—Tú mismo has dicho que estabas enfadado con ella. Que a veces te pones a pinchar una muñeca y te imaginas que es ella…

—Pues no.

—O sea, como si fuera vudú. Puede hasta sentar bien. Incluso dar energía.

—¿Cómo? Pero ¿tú estás en tus cabales?

—A ver, que no es para tanto, es un gusto poder desahogarse de vez en cuando.

Se sentó en cueros, después del coito. Los coitos (que han sido muy excitantes y fructíferos, eso tiene que reconocerlo).

—Y a veces le troleo el blog.

—¿Es que estás loca?

—Tranquilo. No pretendo asustarla, solo que recuerde…

—¿Qué?

—Todo.

Y en ese momento suelta un pedo bien largo y sonoro.

—Uf, para.

—Para tú. —Y se va corriendo al baño.

Aunque luego, cuando sale, está tranquila y seria otra vez.

—Perdona, Gusten. No sé. Todo son… solo palabras. Palabras, palabras… Pero quería decirte otra cosa. Perdona que me haya reído de ella. Porque me ha caído muy bien. Tu madre.

—No pasa nada.

—¿No? —Por un momento lo mira como si estuviera a punto de estallar otra vez, pero se contiene y dice en voz baja—: Sabes, Gusten, es como si tuvieras dentro un alud. De todo tipo de mierda vieja acumulada que yo no sé muy bien qué es, pero que debería salir ya.

—¿Qué quieres decir?

—*Nevermind*, Gusten. Yo que sé.

No, no está enfadado, qué va, no tanto. No quiere vengarse, nunca ha querido vengarse, no es digno de lástima hasta ese punto. No pretende nada parecido, porque él quiere a Emmy. Y jamás soñaría con hacerle daño, lógicamente.

También porque no es capaz de encontrar ni fuerza ni inspiración ni mierda ni nada en el hecho de ir por ahí con la cabeza llena de ideas de venganza contra ella. Ni contra nadie, por lo demás, se le ocurre pensar. Es que no le sale, es su forma de ser. Se nota un poco en todas partes, en el trabajo también, por ejemplo, es incapaz de pensar en sus cometidos como en una especie de prestaciones que ejecuta para desbancar a otro, para ganar, para ser el mejor o algo así. Sencillamente, es inmune a cualquier tipo de forma de pensar puerilmente competitiva, por ejemplo, como si eso tuviera algún valor intrínseco. Y a pesar de todo, tiene éxito, tan solo después de unos pocos años en el sector, ha conseguido un renombre que a otros les lleva muchos años lograr, si es que llegan a alcanzar el punto en el que él se encuentra ahora, *el agente infernal*. Lo que el entorno, claro está, puede considerar molesto, incluso insolente. Él sabe que provoca reacciones, ese reparto que se hace según las prestaciones, porque él no se concentra las veinticuatro horas del día en maximizar las prestaciones. No se motiva como (quizá) debería: no se levanta temprano por las mañanas para entrenar enérgicamente, levantar pesas, pedalear diez kilómetros antes de que salga el sol, para esforzarse *a tope* ante nuevos logros, nuevos éxitos. Qué va, se levanta y ya; se deja caer de la cama a oscuras o medio a oscuras, se va a las afueras, por esta zona o por otra cualquiera, llega al circuito y empieza a correr, correr... como en un sueño, para, *let's face it*, ya no tiene fuerzas para mentirse a sí mismo: para *no me olvides* verla de pasada siquiera.

Y la ambición... ¿eso qué es?

Vale, sí, puede que no tenga, que no tenga ambición. Lo que sí tiene es una ambición, una aspiración (aunque no tiene muy claro el objetivo, de modo que puede estar mal orientada, no lo sabe). Sin embargo, al mismo tiempo —en lo que al trabajo se refiere— le encanta, disfruta con él de un modo pueril. Todos los espacios vacíos, las vistas (y las expectativas de los compradores y los vendedores y los aspirantes). Todas las habitaciones, todas las... —sí, así es— todas las posibilidades que ofrece ese vacío, una y otra vez. Y quizá por eso se le dé tan bien vender, porque así es como habla con sus clientes y sus jefes, no es como si lo hubiera sacado de un manual, algo así como *fengshuiza la vida tal como la quieres vivir*. Sino que, curiosamente, lo ha sacado de sí mismo, porque en cierto modo él reconoce ese vacío en su interior.

—Grippe el de teflón. —Así lo llama Saga-Lill—. Como si te envolviera una membrana. Pum pum pum. Dispara hasta que te estalle la cabeza. Y deja de ir contando esa historia absurda de que entrenas triatlón. No estás entrenando. ¡Vas a correr por esos barrios para tenerla vigilada!

—¡Qué va!

—¡Pues claro que sí!

—Bueno, y aunque sea verdad, ¿a ti qué te importa? Porque tú no eres mi novia, eres mi *antigua* novia, ¿verdad?

Sin embargo, también tiene que ver el hecho de que a él le encantan las casas, le encantan los edificios; no como a un arquitecto o como un albañil o un maestro de obras («de los ambiciosos, que también los hay», y bla, bla, bla, suelen comentar entre colegas del sector inmobiliario, acerca de todos esos trabajadores, los currantes que no son como ellos, qué va, qué va), con ese ojo práctico.

Sí, edificios, apartamentos, con vistas, sin vistas, armazones firmes, no tan firmes, todo el trabajo de planificación que hay detrás, toda esa visión... En fin, es difícil de explicar

pero como un mapa

testimonio

de una civilización.

—Vaya, ¡qué pretencioso! ¿No vas a abrir un blog y a empezar a bloguear tú también? *¿Testimonio de una civilización?*

—Hay que ver, que no puedas cerrar el pico, ¿eh, Grippe? —Saga-Lill a punto de echarse a llorar.

Y en ese momento, pierde los papeles en la oscuridad del hotel y rompe a llorar. Y Gusten ha tenido que consolarla a ella también.

Saga-Lill, en un banco en pleno diluvio, un mustio día de otoño hace bastante tiempo (al menos un año y medio antes de Viena). Llora (también entonces): un llanto impotente, desconsolado, que le atraviesa la médula y los huesos. Saga-Lill, su exnovia, y su última novia y, por desgracia, la última una y otra vez, porque ese dejarlo y retomarlo no tiene fin, por más que él intente mantenerse lejos de ella. Pero ese recuerdo de un día de otoño en un parque en plena lluvia, cuando él intentó de verdad explicarle las razones por las que no podía plantearse continuar una relación iniciada a toda prisa «sobre premisas erróneas» (eso también se lo dijo, madre mía, así lo dijo exactamente) «puesto que los sentimientos no eran los justos».

Claro, Gusten puede rememorar ese día (aunque ya casi hace dos años y no por eso se ha terminado la cosa), en un banco del parque.

Ella, que lo interrumpió.

—Tengo frío.

Llevaba un abrigo demasiado fino.

Él guardó silencio y trató de rodearle los hombros con el brazo torpemente.

Ella lo apartó cuando él, a pesar de todo, repitió:

—No creo que nuestra relación tenga posibilidades de continuar dado que…

—¿Cómo que dado que?

Se puso de pie y se marchó. La espalda de ella. La soledad de él.

Y en medio de la lluvia, el sol se abrió camino entre la sorda capa nubosa del cielo. Por un instante, todo se iluminó con la luz y el resplandor del arcoíris.

Ese día DORADO de principios de octubre, un día de esos en los que las hojas crujen relucientes por la lluvia.

Un instante.

Pero dorado. Si la cosa hubiera funcionado con Saga-Lill… Ese resplandor dorado en el corazón, la espalda de la persona a la que no amaba aunque le deseaba lo mejor. Eso también lo había dicho en un buen número de ocasiones, *yo solo te deseo lo mejor*… así, de forma despojada, definitiva y firme, por parte de él, vamos, pero ella siguió enviándole mensajes de móvil, quedando con él (y al final, él también, claro).

Y no le ha dicho que no, pero dice… ¿Qué dice Gusten? Pues nada (cada vez más) y, ya se sabe, ocurre a veces que es él quien propone que hagan algo, ir juntos a una fiesta o hacer un viaje, y se acuestan. Y por lo general es estupendo, la verdad. Sobre todo al principio. Antes de follar. Entonces pueden quedarse sentados en el sofá, por ejemplo, deliberando sobre su soledad respectiva y pensando que está bien que, después de todo, se tengan el uno al otro como amigos en cierto modo, y puede resultar una declaración muy sentida de amistad mutua de modo que lo uno lleva a lo otro y de pronto se quitan la ropa y, simplemente, sucede y resulta de lo más lógico, pero luego ella empieza a llorar y a contarle cómo más de una vez sueña que podrían compartir la vida cotidiana.

—Yo podría vivir aquí perfectamente.

—¿Quieres comprarlo? Estoy esperando un buen precio.

—Quiero decir nosotros.

—Que estoy esperando un buen precio, ¿no me has oído?

Saga-Lill. Qué diferencia con Emmy Stranden. Con ella habría querido Gusten pasear a la luz del día por calles inundadas de sol delante de todo el mundo, de todo el mundo. *Sunny side of the street*, sí, vaya que sí, en un universo lleno de gente, lleno de gente que los reconociera… Vecinos, amigos, familia y demás parientes… En suma, con ella, él estaba en el mundo, con ella, él era el mundo…

En fin, ya estaba otra vez con lo mismo.

Ya está otra vez con lo mismo.

—Para ti es un pasatiempo estar conmigo.

Y ese nudo en la garganta de Saga-Lill. Y qué razón tiene, desde luego…

Cierra los ojos, abre los ojos.

Desecha tu amor, un, dos, tres. Prenda a prenda, desnúdate de tu amor. Y en ese momento, suena el teléfono. Un mensaje. Lo coge enseguida.

Cosmo, de nuevo.

Y Gusten abre el mensaje:

«Big news *de Switzerland*. *Mira mi página a las 03.00.*
Es por la película. Funding negotiations.
»*Tiembla, Grippe.*
»*Saludos de Suiza».*
¿Suiza? Gusten se queda un rato sentado, totalmente
vacío de pronto. Petrificado. Pero, Cosmo… No puede ser
verdad.
¿Quién mató a Bambi? *The Movie.* No debe ser verdad.

Se queda sentado un buen rato, y toda la angustia, todo se
desvanece.
«Es como si tuvieras un alud interior, Gusten. De toda
la mierda reprimida». Y Gusten lo comprende: jamás saldrá
de ahí. Tiene que volver.

Se levanta, va al estante de los discos y elige cuidadosamen-
te uno de su colección. Lo saca y lo pone despacio en el re-
productor.
Angela Grippe canta Schuck.
Dissections. Angela. Mamá.
«Cariño mío».
Se pone los auriculares. Y de pronto empieza a tocar
una orquesta de cuerda, una cantante toma impulso, respira hondo…

Señoras y señores, ¡permítanme que les presente a Angela Grippe!
Y Gusten Grippe se tumba de nuevo en el sofá. Cierra
los ojos, se deja llevar, se adentra en la oscuridad.

LOS JÓVENES VIOLADORES
(HISTORIAS ROTAS)

Yo estaba fregando los platos. Fregaba y fregaba sin parar, las tazas de Snoozie. TODAS las tazas, después de la reunión. Disponía de ese mecanismo de huida. Me sorprendieron en plena evasión. In fraganti. Mientras trataba de asimilar la noticia que acababa de recibir a través de mi marido con respecto a mi hijo. Y claro, no quería asimilarlo. De ninguna manera. Era... como morirse... Pero ahora... Creo que yo, que todos... hemos aprendido algo de esta historia. (Annelise Häggert, 2008, en la última entrevista).

Gusten Grippe, después del colapso, se quedaba mirando ese texto y preguntaba (a solas, al aire): «Bueno, ¿y qué?».

Cuando Gusten era adolescente participó en algo que de forma precisa podría describirse como una violación en grupo. «De forma precisa». «Podría describirse». Fuera atenuantes. Una violación es una violación. Eran cuatro. John X, Alex A, el propio Gusten Grippe. Y Nathan. Eso es.

«Los jóvenes violadores». «El cuarteto del horror». O «los muchachos», como terminaron llamándolos en los medios... *Losmuchachosdelacucharadeplataenlaboca.*

Una violación es una violación. Pero decirlo, sobre todo, eliminar las prevenciones, iba a ser un proyecto de larga duración. A ratos, imposible. Llegado el caso, fracasaría. Porque prevenciones era lo que quería el entorno, y lo que muchas veces ofrecía de buen grado. En particular, los más allegados: las madres y los padres sobreprotectores, varios de los cuales eran o se veían en razón de su labor de directores y propietarios empresariales, «representantes de la industria y el comercio», y de su labor de políticos y demás, como: pilares de la sociedad. Cada uno a su manera, pero con amplio espectro, en la sociedad y en el mundo, tanto en lo que podíamos llamar su mundo (la ciudad de las villas, «nuestro entorno»), como en el mundo entero.

Y además, al mismo tiempo, lo que siempre subrayaban enérgicamente, sobre todo cuando, en calidad de lo que cada cual fuera, tenían la oportunidad de hacer declaraciones o se veían obligados a hacerlas. Porque hubo un momento, hoy por hoy prácticamente olvidado, en que esta historia estuvo presente en todas partes: la televisión, la radio, la prensa. Que, y sigue una cita: «A nadie beneficia en este juicio, ciertamente grave, el ir difundiendo mentiras, exageraciones y calumnias. Dejemos que la justicia siga su curso, eso es lo que pedimos, *con total determinación*».

O cualquier cosa que dijeran.

Porque en ese punto no era raro que se enredaran. Cuando iban a hacer declaraciones que, a causa de la conexión con la familia, les afectaban de forma indiscreta e íntima, lo que quiere decir complicada, por ejemplo, el hecho de que uno de los padres fuera el magistrado Albinus Häggert, «Abbe», casado con la economista y abogada empresarial y miembro de varios consejos de administración y profesora universitaria Annelise Häggert, que resulta que era la madre de aquel de los perpetradores que había desempeñado el papel más destacado en, bueno, hay que decirlo tal cual, las cartas boca arriba, utilizar esa expresión exactamente: «la violación en grupo».

Y resulta que fueron esos dos, los padres de ese jovenzuelo —que se llamaba Nathan— quienes a causa de lo prominente de su posición tanto en la vida política como en la vida social fueron los primeros en tener que ponerse delante de las cámaras a responder preguntas.

Y les llevaría un tiempo acostumbrarse: a hacer ese tipo de declaraciones, aprender cómo articularlas. Porque era un papel nuevo, y muy delicado. *Se ve uno tan desprotegido*, decía ella siempre, Annelise Häggert. A veces lacónicamente, a veces colérica, mientras todo aquello sucedía (antes de comprender que para ella tampoco había piedad a ese respecto. La cosa incluso empeoraba si se refería a sí misma y a su familia de ese modo, como *desprotegida*). Desde luego, había sido todo un proceso, por así decir, aprender a no acabar siempre o en posición defensiva o de inferioridad. Que era como «todo el mundo» terminaría viendo el asunto: como una situación en la que era importante posicionarse correctamente. Y aun así, de alguna forma, invocar la justicia, que «tenía que seguir su curso».

Un par de semanas después se contrató —es decir, los padres del acusado y las familias contrataron— a un asesor mediático que les fue muy útil también después, durante el juicio contra los tres o cuatro violadores. La vacilación se debía a lo siguiente: el cuarto era Gusten Grippe, que se libraría con la pena más leve a pesar de que, a través del abogado de oficio —el único de los acusados que se contentó con ello, los demás tenían costosos letrados— y a través de su madre Angela, solicitaría no recibir ningún trato especial solo por el hecho de haber sido él quien acudió a la policía y de aportar la prueba irrefutable de que había habido tanto violación como maltrato. En suma, Gusten tampoco tenía especial interés en una defensa excesiva, sabía que era culpable, quería asumir el castigo.

Pero al principio, al principio de todo, no tomaron precauciones de ninguna clase:

—¿Una pandilla? ¡Mi hijo no forma parte de ninguna pandilla! —Annelise Häggert captada en uno de esos instantes, fuera de La Fuente de Oro, bajo la nieve, en pleno centro. *Prime time public television* y resulta inolvidable, se convierte en un corte televisivo legendario, lo pasan incontables veces y queda en las redes durante años. «¿Nathan?». Cómo se le cae la cara mientras mira alrededor ahí sola como buscando un punto de apoyo o a alguien que pueda confirmarle lo descabellado de tal afirmación. «¿Nathan?». Mientras los copos de nieve caen suavemente a su alrededor: silenciosos, ajenos. Y su mirada desnuda, implorando de pronto ferozmente en directo ante la televisión. Y, andando el tiempo, en todas las demás pantallas.

Annelise Häggert, recién nombrada directora operativa del influyente laboratorio de ideas neoliberal La Fuente de Oro, de negro, con gorro alto de piel en forma de cucurucho (es caro, como todo lo demás que lleva, pero no tanto como para que haga daño a la vista: una elegancia atenuada pero claramente costosa en toda su persona, algo que también causará indignación).

—¡Marchaos de aquí! —Y un segundo después parece que se despierta y la cara se le retuerce en una mueca repugnante y levanta la mano rápidamente, como si quisiera impedir que sigan filmando y con el ímpetu de ese movimiento el gorro se ladea y se le cae mientras, agitando los

brazos, se acerca a la cámara: «¡**Cuervos, medios coministas!**». (Sí, así lo dice exactamente, *cominista*), lo que no me-
jora las cosas, pero desde luego, es famosa por su oposición
feroz a los medios de comunicación públicos. La grabación se interrumpe, la pantalla se vuelve negra unos segundos y enseguida vuelve a verse un gorro negro con forma
de cucurucho que ha aterrizado en la escalera que baja hasta la entrada de un sótano en cuya puerta se lee La Fuente
de Oro en letras sencillas y negras. *Cerda asesina de visones*,
puede leerse en los comentarios bajando un poco en la pantalla del ordenador. *Puta capitalista.*

La Fuente de Oro, un estiloso local subterráneo de un barrio estiloso. «El Cuartito», así es como llaman a la sala
de reuniones de ese laboratorio de ideas. De ahí es, pues, de
donde viene ella cuando sufre el ataque de los periodistas
este mediodía de marzo de 2008. De La Fuente de Oro di-
recta a las cámaras de televisión: como si no estuviera ya al
tanto de lo que ha ocurrido, aunque, como luego se verá,
ya lo sabe (después de la reunión del consejo de administración, se ha quedado allí a fregar las tazas en la cocinita
que hay al lado de la sala de reuniones de su nuevo puesto
de trabajo, y ha recibido una llamada de su esposo Albinus
Häggert, que le ha comunicado que la policía ha detenido a su hijo en la casa de verano, donde llevaba varios días
escondido). Pero ella está como en otra historia, cree que
se trata de otro asunto, y eso es lo que se aprecia. Annelise
Häggert, conocida gracias a sus muchos cometidos en los
consejos de administración y puestos de confianza dentro
del mundo empresarial, pero sobre todo, porque acaban de
nombrarla directora operativa y cara visible de La Fuente
de Oro, el laboratorio de ideas con más capital e influencia

del país. (Y pensar que ella fue en su día una niña de un orfanato, una de los «*alumni* del hogar Grawellska», como Albinus, su marido, suele decir entre carcajadas, y a veces con un tonillo de ironía no del todo respetuosa, a la hora de la cena en la casa de la familia Häggert. Y Gusten, que está con ellos, lo ve, lo comprende…, ¿estará soñando?).

Annelise Häggert ha aparecido en todas partes, en la televisión y en la radio y en la prensa. Por ejemplo, el domingo, tan solo unos días atrás: un amplio reportaje en el hogar familiar con unas fotografías divinas en el reluciente suplemento del principal diario del país.

Annelise H., vestida de blanco, en habitaciones amplias y despojadas y de techos altos, un par de perritos blancos (caniches enanos, «el ojito derecho de mamá» y qué raro que Gusten nunca se acuerde de cómo se llaman, a pesar de que en esa época pasa a veces largas temporadas viviendo en la casa, ¿Mutte, Putte, cómo se llamaban?). Y en el sofá, tumbado, el hijo: El joven dorado cuyo nombre es Nathan (*Nathan, 18 años, quiere ser arquitecto*, se lee en el pie de foto). Y en la peluda alfombra que hay bajo el sofá se entrevé, si uno se esfuerza, a otro: Al amigo de la familia, Gusten, el hijo de los vecinos, que en nuestra casa es «como un hijo más». Ahí va Annelise, rebosante de invencibilidad y de dicha, gorjeando de aquí para allá sin presagiar nada malo ante la expresión amarga y cansada de los chicos… porque en el momento en el que hacen el reportaje, el crimen cometido en el sótano de esa misma casa no se ha descubierto aún. Todo ha ocurrido, ya no hay vuelta atrás, pero cuando toman las fotografías ella es totalmente ajena a los hechos. Annelise, *en la cima de su carrera*, tal como ella misma le indica al periodista una y otra vez —como si hiciera falta repetirlo—, de modo que el efecto resulta cómico sin querer. Una vez más, ve a Gusten, y le revuelve el pelo al pasar, «nuestro querido Gusten, es como un hijo…». Claro que eso no sale luego en el reportaje y para Gusten quizá sea lo mejor, teniendo en cuenta cómo se ensañan después los medios con la familia Häggert. Sin embargo, al comprobar que ha quedado fuera, Gusten no puede por menos de sentir un punto de… ¿de qué? ¿Envidia?

Y por supuesto que todo es absolutamente espantoso, todo.

Y en este punto, Gusten tiene que tomarse una pausa.

Todos esos cortes, imágenes, fragmentos, escenas. Lo ha guardado todo. Tiene una carpeta llena, una carpeta en la que no necesita mirar, a pesar de que hace mucho tiempo, ya mismo hará siete años, a pesar de que no piensa en lo que pasó… Lleva mucho sin pensar en ello. Lo ha expulsado de su mundo, eso es… A pesar de todo, ahora que vuelve a ver las imágenes toma conciencia de que las recuerda, de que se le han grabado dentro quiera él o no, de modo que a veces parecen más reales que la realidad. (De ahí que, además, no sea posible pensar en ellas conscientemente, pueden apoderarse de todo). La realidad: ahí hace ya tiempo que todo este asunto está borrado, han dejado el agua correr y la vida ha seguido su curso exactamente igual que Annelise H. —que no sigue con vida— aseguró en la escalinata del juzgado aquella tarde de la primavera de 2009 después del juicio, después de que dictaran unas sentencias bastante suaves que no pensaban recurrir: «Ahora solo nos queda pasar página y, un buen día, habremos pasado tantas páginas que nada de esto habrá ocurrido».

Así, alto y claro.

Y la familia, las familias, aplaudieron; el asesor mediático al que habían contratado los parientes de los acusados aplaudió… por la vida que fluía, que seguía fluyendo pese a todo… Y sí, sí, por un tiempo incluso él mismo lo vio así: *Just kids*, una historia maravillosa con Emmy Stranden en la que él se había visto envuelto como por casualidad y que lo alteró todo, abrió un mundo totalmente nuevo, lo que en sí mismo constituía la prueba de que lo que en su caso llamarían recuperación, la cual empezó con su ingreso voluntario en el psiquiátrico, era un hecho. También porque, de una forma muy concreta, daba una respuesta afirmativa a una pregunta que él jamás podría responder después afirmativamente…

O sea, después de lo que ocurrió. La pregunta era si él en términos generales sería capaz de amar, de ser amado, después de aquello. Y aunque Emmy Stranden nunca llegó a saber exactamente lo que ocurrió ni en general qué sucesos habían tenido lugar en su vida (más que a grandes rasgos) antes de aquella mágica noche en la que se encontraron de pronto ella y él y Nöffi, un perro tontorrón, en el mismo lugar y en el mismo momento en un parque del universo, la sensación era: Sí, sí, sí, es posible amar, ser amado, amar muchííísimo, a pesar de todo, de forma tan auténtica y abrumadora que se presentaba como algo completamente natural ponerlo todo a cero y empezar ahí. Allí. *Éramos unos niños*, Emmy se reía. *Just kids…*, un libro de Patti Smith que consideraban una biblia, cuyo título se había convertido en un emblema también para ellos y para su historia, donde vivieron y amaron y construyeron su propio mundo durante unos años en la vieja casa del veterano, de jardín asilvestrado, en las afueras, cerca de la ciudad de las villas. Pero da igual, porque lo que importaba era nosotros dos y lo que nosotros dos somos juntos, como Emmy que por lo demás en el curso de la relación empezó a detestar cada vez más estar siempre así, y decía que no soportaba hablar de sentimientos y andar «disecando las relaciones»…, *lo que es obvio que tenemos, Gusten, eso es todo.*

Y aún recuerda lo contenta que estaba cuando dijo aquello, un día de finales de verano junto al mar, muy al principio, te quiero, con gotas de agua en el pelo, el bronceado, que hacía que le brillaran los ojos. Cómo se reía con la boca abierta y nunca nunca existió nada más entero que ella él el sol el mar la roca el verano en ese momento.

Te quiero, te quiero a ti… pero él continuó insistiendo de todos modos.

—Yo también, Gusten, pero no hay que decirlo tanto —empezaba a decir ella a su vez cada vez más a menudo, no sin una impaciencia apenas audible—: Yo quiero vivir en el amor, no hablar de él. Vivir en el amor como vivir en la música, como en algo sin explicación…, lo que es obv… —Y sí, tenía toda la razón, él se mostró de acuerdo y por eso la interrumpió cubriéndola de besos y abrazándola más aún: Te quiero, te quiero, te quiero, siguió repitiendo, sin poder evitarlo, como un loro, repitiéndolo y repitiéndolo sin parar…—. Gusten, yo también, pero no hacen falta tantas palabras a todas horas. —Su voz, que se había vuelto más tensa (y sí, claro que él lo notó).

Y entonces, en algún momento, un par de años después, cuando ya iba tocando a su fin la relación, que tan abruptamente acabó luego. Fue el clásico: apareció otro hombre, irrumpió de pronto en medio de *just kids*, su realidad en una vieja casa desvencijada con un frondoso jardín.

Él había visto una necrológica en el diario de la mañana. «Querida, añorada», una línea solemne, y debajo: «El entierro se ha celebrado discretamente». *Mi madre, Annelise Häggert, 27.2.1961-28.8.2013. Querida, añorada. Tu hijo, Nathan.*

Annelise. Nathan… Y entonces, por un instante, pensó de verdad que debería llamar a Nathan y… darle el pésame, o enviarle un telegrama, hacerle llegar sus condolencias o enviar un giro a la Fundación Social Grawellska, como decía la necrológica. (El Fondo seguía existiendo, aunque ya hacía mucho que habían vendido el edificio y despedido a la propia Annelise del consejo: en la actualidad era una instancia que asignaba becas a jóvenes de la ciudad de las villas, con talento y pocos medios). *Grawellska…* Quizá reaccionó también al ver el nombre… Quizá recordó… Quizá lo atravesó como un soplo de aire el recuerdo de un encuentro, un penúltimo encuentro: «*Yo era la chicasinnada y tu madre, la que lo tenía todo. Y tú eras el niño que había nacido con una cuchara de plata en la boca… pero Gusten, no puedes razonar así, tú siempre fuiste como un hijo en nuestra casa, es verdad y lo sabes*». Annelise en el bosque, esa primavera, después de todo, poco antes del desastre, el manicomio… Cómo, de pronto, ella se presentó allí y le salvó la vida, lo agarró para que no saltara al menos de aquel puente, aquel puente alto e iluminado que conducía al centro.

La penúltima vez que se vieron… La última se produjo seis meses después, a final del verano en que el loco (él) ya estaba recuperado o al menos pudo dejar el manicomio. Y entonces Annelise se comportó como si fuera de teflón, como si nada de lo del bosque ni nada de lo demás hubiera sucedido. Y, a pesar de todo, había perdido muchísimo: su carrera, a Abbe, casi todo.

—¿Qué te pasa, Gusten? —le preguntó Emmy durante el desayuno, con el periódico de la mañana y la necrológica—. ¿Por qué te has quedado tan callado de pronto)

—Nada, Emmy, cariño.

—¿Nada?

—Nada, sí, ¡ya me has oído!

Y se levantó, tiró el periódico con la necrológica y se fue corriendo, como un niño mimado ofendido, dando un portazo al salir, y luego se quedó un rato en el jardín, junto a las lilas mustias, casi hiperventilando a causa de la densidad de la mentira. Y hasta el jardín, a través de una ventana de la buhardilla abierta, no tardó en llegar de nuevo la fina voz de falsete de Emmy: *Just a countrygirl (hot hillbilly!)*… mientras ensayaba para la primera actuación en solitario de su vida, que se celebraría unas semanas después en el local de reuniones de los Amigos de la Canción durante la sesión de micro abierto. Sonaba espantoso, y ¿por qué, por qué no podía o no quería decírselo? Por un momento, allí, en el jardín, estuvo a punto de estallar mientras pensaba en todo. El olor a la vegetación en la nariz y aquella canción horrible y aquel día estival asfixiante que no quería terminar y convertirse en lo que debería ser: truenos, tormenta, lluvia y un frío claro sereno después.

Se limitó a seguir allí a la sombra del gran arce (en la actualidad talado por los nuevos dueños que compraron la casa y se mudaron), apretándose los nudillos entre sí y casi rebosante de odio.

Aunque luego, claro está, naturalmente, se calmó y volvió a entrar y estaba como de costumbre, vio a Emmy —¡querida Emmy!— otra vez, como por primera vez siempre de nuevas, de nuevas, y se le acercó y la abrazó mientras ella allí sentada tocaba a la guitarra los acordes de una principiante. La interrumpió echándosele encima con sus abrazos en mitad de la canción, perdón perdón perdón.

—¡Por Dios, Gusten! No pasa nada, ya SÉ que me quieres, pero ¡ahora tengo que practicaaar!

Así que no. Tampoco entonces, tampoco esa vez aprovechó la oportunidad de contárselo todo, todo lo de Annelise, Angela, Nathan y los jóvenes violadores y... Sascha Anckar. Sascha, que de pronto un otoño a principios de 2007, el último año de instituto, aparece en el área de recreo, salvaje, deshecha (según algunos) y guapa..., *el primer amor* de Nathan, que cae rendido a sus pies.

Sin embargo, poco después de que la necrológica salga publicada en el periódico, él ha estado hablando por Skype con su madre, Angela, que en ese momento se encontraba en el Rincón Secreto. «Vi que Annelise había muerto», le dijo a Gusten enseguida. «Envié flores. Mira, Gusten, me siento como si... Como si fuera... algo parecido a una superviviente. Pero el precio por sobrevivir es que te vuelves como una parodia de ti misma».

MAMÁ ocupando toda la pantalla del ordenador, con un lujoso turbante de seda y grandes gafas de sol oscuras. Esa piel, su piel, arrugada, tensa. Por el sol, la edad, la experiencia. ¿Cuántos años tenía entonces? Gusten no lo recordaba con exactitud, pero esa fue la primera vez que pensó en ello, eso sí lo recuerda: que era vieja y que, de alguna forma, tenía razón..., como una caricatura sarcástica de sí misma. Aquel turbante ridículo (carísimo, ¿de Louis Vuitton, quizá?), por ejemplo. Solo eso, para empezar, solo eso.

—Mira, a veces lo pienso. En cómo nos fueron las cosas a nosotras, Gusten. A mí y a Annelise...

Guardó silencio, se quitó las gafas de sol y empezó a llorar.

—Mamá.

—Dime, Gusten.

Y callaba otra vez, se ponía derecha, se secaba las lágrimas.

—Dime, Gusten.

Lo miró a la cara. La edad. Esa piel. En la pantalla del ordenador. Dos madres, dos amigas. Y eso también se había destruido.

—Yo… —No. Le falló la voz. No sabía cómo continuar—. Yo…

—No pasa nada, Gusten. No tienes que…

Tú, Gusten, tú lo estropeaste todo. Pero no, claro, eso ella no lo dijo. Nadie lo dijo. Nadie dijo nunca nada.

—Yo creo que todos hemos aprendido algo de este suceso. —Podía evocar el recuerdo de Annelise Häggert, justo después del juicio, en otro diario, otro reportaje, hace mucho tiempo, después de lo ocurrido.

Y cómo él mismo se quedaba mirando atónito aquella frase preguntándose: «Sí… pero ¿qué?»

Ya está bien. Se acabó.

¿Qué fue de él? (Como si quisiera escapar de nuevo, huir de la realidad con su discurso).

Sin embargo, aquí, en las fotos, que se le han quedado grabadas.

Una mujer en la cima de su carrera (en un momento).

Un momento después, un sombrero de cucurucho en la nieve. Delante de un sótano. Un instante en el tiempo. La nieve blanda que está cayendo: La Fuente de Oro.

—Su hijo está en búsqueda y captura por su participación en una violación en grupo, maltrato grave y secuestro. Según las fuentes, el delito se ha cometido en su propio domicilio.

—¿Nathan?

Ella mira a su alrededor. Solo nieve, y periodistas. La cámara sigue grabando, pero nadie dice nada.

—¿Nathan?

Nathan. Quiere ser arquitecto (pie de foto). Es decir, esa fotografía la toman una tarde en la residencia de los Häggert —en torno a una semana antes de que el escándalo se haga público— para un reportaje sobre Annelise H., recién nombrada directora operativa del influyente laboratorio de ideas La Fuente de Oro. Una alegre Annelise *en la cima de su carrera* (algo que ya sabemos que ella no deja de señalar hasta la saciedad en esos momentos, y Gusten lo oye, porque se encuentra allí). Después de la entrevista comienza la sesión fotográfica en distintos lugares de la casa, también en el salón, donde resulta que están «los chicos» en ese momento: Nathan y Gusten, uno en el sofá, el otro a su lado, en el suelo, pero los dos silenciosos (enseguida se comprenderá por qué). Mientras Annelise, con un chute de sí misma, de la vida, de su familia, de todo, tan *abundante* como es, ofrece su *show*. Como ya sabemos, no tiene fama de ser muy reservada cuando se entusiasma, una peculiaridad que puede horrorizarnos y que parecernos cómica llegado el caso. Pero en ese momento, antes del escándalo, no es precisamente nada malo en el sentido en que lo será después, en la nueva realidad a la que se verá abocada, *totalmente desprotegida, como el ganado en el matadero* (son sus propias palabras, una comparación que resultará de lo más inapropiada en la nueva realidad donde acusarán a su hijo de una grave violación que se ha perpetrado en su propio hogar y seguramente por eso se dan cuenta bastante rápido de que deben contratar a un asesor mediático para controlar qué declaraciones se hacen a los medios).

—Sí, claro, cuando una era joven siempre estaba en las barricadas —dice con un gorjeo—. Y ahora, en cambio, heme *aquí*, o *allí*, en «El Cuartito», que es como se llama nuestra sala de reuniones, en un sótano del centro… —Con una risita que casi se oye en la página de la revista donde se ha publicado el reportaje…—. Claro que todos llevamos dentro a un héroe en potencia decidido a hacer de este mundo un lugar mejor, así que en ese sentido sí que reconozco a mi joven yo *revolucionado* (un lapsus que se cita literalmente y sin más comentarios en el texto, quizá a propósito…).

Sin duda es *innegable* que resulta enriquecedor participar en los debates con personas tan inteligentes como las que se sientan en torno a la mesa del Laboratorio de Ideas a planificar cómo hacer del mundo un lugar mejor gracias a un orden económico libre. Qué privilegio, me digo, poder sentarme ahí con la gente más inteligente y conocida y famosa y tomar té en las «tazas de Snoozie». Como si fueran… En fin, ¡como si fueran gente corriente! —Y, como un mantra, *«la primera mujer en un puesto tan influyente, qué honor»*. Y nada de falsa modestia (el alto salario que ha logrado negociar también ha sido ya tema de debate público). *«Y es cierto que el sueldo es elevado, pero no injustificado, y ellos saben lo que obtienen a cambio y por qué pagan, y yo nunca»*, de nuevo, otra risita, *«nunca he salido gratis»*.

Ella nunca ha salido gratis.

Todo lo que seguirá conservando en su interior una semana más tarde, cuando de pronto, de un plumazo, se halle en una situación totalmente distinta en la que se verá sola un día inolvidable en medio de la nieve delante de La Fuente de Oro tras la llamada telefónica de Abbe, que ha atendido mientras estaba en El Cuartito. Y que ha hecho que su mundo se tambalee, aunque aún no ha tomado conciencia de ello (se precisa tiempo para asimilar bien una idea así, sencillamente). Se ha puesto a toda prisa la ropa de abrigo —la costosa piel y el sombrero de diseño en forma de cucurucho— para ir corriendo a casa, donde se encuentra la policía, *¡Nathan!*

Pero la sorprenden los periodistas, los fotógrafos, se ve obligada a hacer una declaración. Se pondría a dar puñetazos, sin ton ni son, contra todo realismo y contra toda realidad, porque ella ya lo *sabe*, pero el cerebro, los sentimientos y la capacidad de comprensión rara vez están conectados, lo que en situaciones de presión extrema puede conducir tanto a la negación como a errores de juicio y, en consecuencia, a comportamientos absurdos: «*¡Medios coministas!*».

Y al final, pierde la compostura, se le cae el sombrero de piel y chas chas, agita la mano varias veces con movimientos como de karate: «*¡Parad de grabar!*».

Y allí, delante de La Fuente de Oro, se abalanza corriendo hacia la cámara.

En fin, La Fuente de Oro, aparte de todo lo demás. No tiene nada de cómico. El laboratorio de ideas económicamente más sólido del país, con tentáculos por doquier y al más alto nivel en la industria y la política. Llamado así por un tal Gayn Hand, un maníaco americano fumador empedernido, muerto hacía ya varios decenios, que vestía un abrigo con estampado de billetes de dólar y que escribió muchos libros que en realidad eran novelas. La mayoría trataba, aparte del desenfreno sexual entre los Titanes, del Interés

Sagrado e Inviolable y, por ende, de que el dinero lo es todo (lo contrario sería una ofensa contra todos).

—¡Ay pordiósss! —decía siempre suspirando Angela Grippe, la madre de Gusten, cuando Annelise, su amiga de la infancia, que estudió en el Grawellska, habla en esos términos. Y eso es precisamente lo que hace a la hora del desayuno esa mañana de domingo de principios de marzo de 2008 en el apartamento donde viven ella y Gusten en el centro de la ciudad de las villas, unos días después de la sesión de fotos con Annelise en la mansión Häggert (Angela estaba casualmente pasando unos días en el campo, por el momento tiene un contrato con una ópera de Australia y Gusten, que casi siempre está con los Häggert, se encuentra ahora en casa con ella). Angela lee el amplio reportaje que se publica en el diario matinal: «Por Dios», pero con una risa bondadosa, ji, ji, ji. Porque Annelise y ella son buenas amigas, se conocen de toda la vida. Eso dicen ellas, y se abrazan, se besan aún con cariño cuando se ven, algo que hoy por hoy sucede rara vez. *Muy rara vez*, opinan ellas, porque las dos se encuentran en lo más alto de su carrera, pero son amigas, pese a todo, igual que sus hijos son amigos y todos son amigos por ahora… y aún lo serán por un tiempo, según parece, aunque en realidad sus hijos Nathan y Gusten están ya en otro capítulo.

—Pordiósss —repite Angela con el diario abierto mientras desayuna—. «Mi joven yo *revolucionado*». —Cita el absurdo error de Annelise en el periódico, se lleva las manos a la cabeza—. ¿Cómo vamos a conseguir que se calle de una vez?

Porque aunque son amigas y han seguido muy unidas a lo largo de los años, han elegido distintos caminos en la vida. La una, el dinero: La Fuente de Oro, Gayn Hand y el

Interés Sagrado. La otra, *lo que de verdad importa en la vida, la música clásica.* —Una postura humanista, Gusten, ante todo, el ser humano—. Y es que Angela no comparte en absoluto la visión extremadamente neoliberal que Annelise tiene de la sociedad y no se deja impresionar por La Fuente de Oro, por muchos peces gordos, hombres de negocios y políticos que la apoyen. Porque no quieren hacer nada por nadie, por ejemplo, pagar impuestos (¡La Unión Soviética! ¡Cominism! ¡Viraje a la izquierda!), y disfraza esa codicia suya congénita de principios cuasi filosóficos acerca de lo bueno y lo justo que es sacar tajada a costa de otros. El mal de uno es la suerte del otro: «Deberíííamos ser mejores a la hora de competiiir entre nosotros» (Annelise, cuando iba al colegio de la ciudad de las villas a celebrar lo que ella llamaba «encuentros matinales motivadores»). No, por Diooos, Gusten, no es posible tomárselo en serio, qué banalidaaad. ¿De verdad que Gayn Hand es un filósofo? (Y, en la casa de los Grippe, banaaal es el mayor de todos los insultos).

—¿Y tú cómo lo sabes, mamá?

—Lo he leído. Y Annelise también lo ha leído. Lo leímos juntas. En nuestra juventud se leía a Gayn Hand por los relatos sexuales. Y en voz alta nos leíamos los fragmentos más suculentos, cuando *los arquitectos,* en esos libros todos son siempre arquitectos, se llaman Titanes y follan entre sí… O sea, FOLLAN, Gusten. Se meten en la cama y hacen esto y lo otro y lo de más allá de las formas más ingeniosas que te puedas imaginar. ¡Jamás pensé, nadie pensó en aquella época que ni ella ni ninguna otra persona (ni sociedades enteras, políticos solventes y demás) empezaría a tomarse en serio el material ideológico que se presenta ahí como de pasada! Es algo que me sobrepasa, vamos. Es lo más ridículo del mundo.

Más o menos una novela de Harlequin, Gusten. Es *El clan del oso cavernario*, pero para millonarios.

—*¿El clan del oso cavernario?*

—Sexo de la Edad de Piedra. Mira, Gusten, yo siempre pensé que la gente leía *El clan del oso* solo por puro interés histórico.

»Ja, ja, ja...

—Ya vale, mamá.

—¿Qué?

—Que ya vale. ¿Es que tienes envidia?

—¿Envidia? ¿Yo? ¿De quién..., de Annelise? ¿De *nuestra* Annelise? ¿La chicasinnada del Grawellska? Venga, Gusten, no pongas esa cara, si lo dice ella misma. Y sin nosotros, sin nuestra familia, habría...

—Mamá —Gusten suelta un suspiro bien sonoro—, déjalo.

—Vale, Gusten, pero Annelise es amiga mía. Le deseo lo mejor. No le tengo envidia. Solo que ahora ha conseguido una gran influencia. En La Fuente de Oro. Y a mí eso me asusta. Quizá. Y también el que una persona lista en el fondo caiga en algo así. Que se lo trague. Demasiado banal.

Gusten mira a Angela. De pronto, le parece fea.

También es fea Annelise. Y Nathan. Todos son feos. Esta mañana.

Sascha, en el hospital. *«Jamás en la vida. Me la suda vuestra justicia, Gusten».* (Se supone que le dice cuando él le pide que vayan a la policía a contar la verdad).

Y Nathan. Nathan, desaparecido, ¿dónde está Nathan?

Tiene náuseas. Con el vómito en la boca, se levanta. Y se marcha.

Tiene que marcharse fuera fuera fuera...

No quiere estar en ningún sitio.

—Tengo que irme ya.

—¿Adónde?

—Al trabajo. —En esa época, Gusten clasifica la correspondencia en correos unas horas por semana y, en épocas de mucho trabajo, también los fines de semana

—¿Un domingo? Correos está cerrado. Y ya no es Navidad.

—Siempre hay algo que hacer —responde vagamente desde el vestíbulo, coge la mochila. Fuera hace una negra mañana de domingo, toda la nieve se ha derretido después de varios días de lluvia.

Echa a andar. No sabe adónde, la oficina de correos está cerrada, es verdad, y claro que no trabaja los domingos, salvo alguna vez, durante los envíos masivos de Navidad. Sin embargo, las piernas lo llevan allí, claro está: al Buque Fantasma, la casa de Nathan...

Y media hora después, está fuera otra vez, entre otras cosas, con unos libros de texto mal encajados debajo del brazo. Y con una cámara (no, no es la suya). Se queda parado un rato en el jardín, junto a la fachada. Y en ese preciso momento, toma la decisión. La cosa va rápida cuando da vía libre a la idea. Primero, al hospital, donde se encuentra Sascha, destrozada después de, según ella misma ha dicho, haber sufrido el ataque de «una banda».

Pero no recuerdo nada, estaba tan borracha...

Y luego, con la cámara: a la policía.

Sí, eso es. Aunque, antes de continuar, debemos retroceder a aquel día concreto en la mansión de los Häggert, cuando el periodista y el fotógrafo de la importante revista van a hacer el reportaje en casa de Annelise Häggert, *en la cima de su carrera*, con motivo de su nombramiento como directora operativa de La Fuente de Oro. Tan solo una semana escasa antes de que se vea impotente y sola con el abrigo de piel y el sombrero de cucurucho y la mirada huera y vacilante ante un nuevo tipo de realidad…, una en la que *te ves totalmente indefenso* y donde se precisan nuevas palabras, palabras que aún no existen. De ahí que todas esas palabras viejas, sacadas de una vieja historia: *la* crème de la crème *de la industria y la política, antes estábamos en las barricadas, aquella Vida tan Rica, etc.*, que, a pesar de todo, por inapropiadas que sean en este nuevo contexto, quieran aflorarle a la garganta. También a modo de protección: qué difícil, sobre todo al principio, contenerlas.

Y dos chicos, el hijo, Nathan, «quiere ser arquitecto», y Gusten, «como un hijo más para nosotros», también están presentes. El último se ve sobre todo como una sombra, pelo revuelto de color oscuro, lo borran de las fotografías y borran todo lo que Annelise dice de él en la situación real, cuando se toma la foto, lo que, por raro que parezca, le dolerá un poco.

—… *La primera mujer en un puesto tan influyente* y sí, claro que el salario es alto, pero no injustificado. Saben lo que están pagando —asegura Annelise una y otra vez en el salón—. Y yo soy consciente de lo que valgo. —Una risa encantadora—. Nunca he salido gratis.

—Mamá —se oye a Nathan de pronto—, para ya.

—Y se incorpora en el sofá del salón, donde estaba tumbado sin decir una palabra, exactamente igual que Gusten, su amigo, a su lado en la manta blanca. Nathan enfrascado hojeando una revista de viajes, Gusten mirando al vacío, contando los segundos, está furioso, *tiene que* hablar con Nathan ya. Sobre todo, Nathan tiene que hablar con él, responder a la pregunta: *¿Dónde está Sascha?* Porque eso está ocurriendo después de que hayan cometido el delito (algo que, en esa habitación, solo saben ellos dos). Una situación terrible y, por lo demás, a ellos dos no les queda ya nada que decirse. Nathan y Gusten, en su día dos chicos con gorra, *los intercambiables* (y otro montón de cosas más), amigos de la infancia. Lo que hay, si no hay palabras (y con qué claridad no lo recuerda ahora, tantos años después, a pesar de que apenas se lo ve en la foto, y cómo Nathan y él se mostraron claramente en contra de aparecer en la foto). Pero, en todo caso, de pronto: esa extraña espera, frustración, distintos tipos de sentimientos.

Como por ejemplo uno totalmente nuevo entre ellos: odio. Cómo se odian mutuamente. Algo de lo que Gusten se da perfecta cuenta justo en esta situación, ahí tendido en el suelo, al lado del sofá, como un perro. *Odia a Nathan.* Mientras Annelise Häggert parlotea sin cesar, y no tiene ni idea, no sabe nada. *Not a clue.* Ella, a la que luego van a destrozar. Gusten Grippe, el amigo de la infancia, «como un hijo más para nosotros», y su propio hijo, Nathan.

Y: no hay vuelta atrás. Porque todo ha sucedido ya.

—¿Qué has dicho, Nathan? —pregunta Annelise alterada.

—Nada —murmura Nathan, y se tumba otra vez.

Luego el periodista y el fotógrafo se marchan y Annelise los acompaña al jardín para despedirse. Entonces, como obedeciendo a una señal, Nathan y Gusten se levantan en silencio y bajan al patio de Nathan, a la planta baja de la casa, que apenas cumple los requisitos para merecer la denominación de «sótano», aunque es el término que usarán luego los medios para referirse al lugar del delito. Y allí abajo, Nathan explica de pronto que piensa hacer la maleta y marcharse lejos por un tiempo indefinido, «a Bali, quizá».

Y emprende un monólogo confuso pero grandioso sobre la maravilla que es ir de mochilero por el sudeste asiático, «esa libertad, ¿te das cuenta?».

—Nathan —lo interrumpe Gusten—. He estado en el área de recreo...

—¿Y qué? —Dice Nathan rápidamente mientras saca la mochila y empieza a llenarla de cosas.

—No la he visto allí.

—¿A quién? Fíjate. —Y Nathan tiene un trozo de papel que parece arrancado de la revista de viajes que estaba hojeando hace un momento en el salón. Un mapa de una isla de los mares del sur: palmeras, mar azul, bancos de coral.

—Nadie la ha visto. No ha vuelto al Grawellska. Desde... antes del fin de semana. Sara ha estado allí. Y Sara y Natalie dicen...

—¿Qué?

—... que ellas tampoco la han visto.

—No. Ni yo. ¿Qué es lo que quieres?

—Saber. Dónde está.

Y Nathan, bueno, se encoge de hombros.

—Tengo que irme. —Se pone el chaquetón, coge la mochila y se la cuelga a la espalda. En ese momento, Gusten dice lo que debería haber dicho hace mucho: Ya está bien, tiene que saber dónde se encuentra Sascha o irá a la policía.

Y se lanza sobre Nathan. Y se pelean. Mientras la nieve empieza a caer de nuevo ahí fuera, al otro lado de la gran ventana panorámica, donde todo es desnudez. Y el lago helado se extiende con una bruma gris, se han terminado los días claros y frescos, los días de patinar sobre hielo, y todo está terrible, terriblemente vacío

en el universo...

Zas. Se oye el ruido de los golpes, porque ninguno dice nada, zas, zas.

Y cuando Nathan derriba a Gusten y, sentado sobre él, lo golpea un par de veces en las dos mejillas con puñetazos duros y fuertes, se incorpora de nuevo. Se alisa la ropa, se sube la cremallera del chaquetón, coge la mochila, se marcha.

Y Gusten se queda tendido en el suelo, en el patio de Nathan, boca arriba, mirando al techo. Molido a golpes, pero, de pronto, extrañamente alerta. Escucha los sonidos de la parte alta de la casa, la voz clara y alegre de Annelise procedente del piso de arriba, cómo llama a los perros, ¿o estará hablando por teléfono? No es capaz de distinguir lo que dice, tampoco puede concentrarse en ello.

Y luego está lo otro. Ese gemir. Al principio cree que se lo está imaginando. Pero no.

—¡Gusteeen! ¡Nathaaan! —Se oye que llaman en la casa, Annelise en la escalera, Gusten sale corriendo de la habitación, como si temiera que se le adelantaran. Annelise está en lo alto, delante de la puerta de la cocina, con el abrigo puesto. Dice hola hacia la escalera, va al aeropuerto, sale para Davos, donde se celebra la cumbre de invierno del Foro Económico Internacional.

—¡Cuidaos mucho, chicos! —dice con voz cantarina antes de desaparecer. Deja la casa, se oye la puerta y Gusten se queda solo. En la escalera, entre la planta principal y el sótano.

De pronto, se detiene. En medio de la escalera hay un rellano y una puerta. Que conduce a otro cuarto: un trastero que tampoco es digno de tal nombre, pues en realidad es amplio y luminoso con ventanas, la antigua habitación de Gusten, donde se quedaba antes de mudarse al cuarto de invitados de la buhardilla.

Desde hace un tiempo: la habitación acolchada. Nathan la preparó con aislamiento acústico para un estudio de música, porque pensaba grabar ahí sus propias canciones (eso dijo, fue allá por el otoño).

Baja el picaporte, la puerta está cerrada con llave. Saca la llave, que sigue en su llavero, la abre. Empuja la puerta.

Lo que ve lo deja sin aliento.

—¡QUÉ COJONES!

Eso sucede poco más de una semana antes de aquella tarde en que Annelise Häggert pierde los estribos delante del mundo entero…, su marido ha llamado y le ha contado que su hijo Nathan está en busca y captura por participar en una agresión con privación de libertad y violación con agravantes. Y todo eso ha sucedido en su hogar. Así que ella lo sabe, pero, puesto que después de la conversación telefónica se pone el abrigo de pieles y sale corriendo hacia el lugar donde sorprendentemente la esperan las cámaras de televisión, aún no lo ha asimilado.

Y eso es lo que con tanta claridad ha captado la grabación filmada. Cómo una vieja historia en la que habría preferido seguir, se le escapa.

Y lo que queda es agresividad, y vacío, un puro vacilar, *quién soy*, nada.

A Nathan lo localizan en la casa de verano que la familia tiene en el archipiélago, la Cabaña del Pescador, donde apenas van.

Lo consiguen con la solícita ayuda de Gusten, que es quien se ha dado cuenta de que la llave de la Cabaña del Pescador no está colgada en su sitio en la entrada mientras husmea en la casa de los Häggert ese domingo por la mañana, justo antes de que Abbe lo descubra. El llavero es bastante grande y ruidoso, un barco azul tallado en madera pintada por unas manos infantiles: las manos de Nathan, uno de los primeros trabajos manuales de Nathan en el colegio (y muy bonito, desde luego, se le daba muy bien *todo* a Nathan de niño, y además tenía talento artístico).

Ese mismo domingo Gusten visita otra vez El Cuarto: todo está limpio, el forro de las paredes ha desaparecido, la casa está inundada de luz, como siempre. Unas sábanas limpias, una colcha azul, pero allí está la cámara, en la mesilla de noche. La cámara de Sascha. Gusten se la lleva.

(Sin embargo, unos días antes: la tarde en que la encuentra atada a una camilla en el cuarto forrado con aislamiento. «Ahora mismo vamos a la policía», dijo cuando la vio y la liberó y le quitó la bufanda que tenía atada a la boca. Y la cinta adhesiva alrededor de los brazos delgados, delgadísimos y blancos.

Sascha agita la cabeza con vehemencia.

—¡No! Jamás en la vida.

Pero él va a la policía de todos modos. Cuatro días después).

El mismo día que se publica el reportaje de Annelise, ha dejado a su madre en la cocina del piso del centro, en la ciudad de las villas, después de la riña con ella por lo de La Fuente de Oro y la aparición de Annelise en el periódico.

Sascha, en el hospital (Gusten la llevó allí desde la casa de los Häggert), se lo ha comunicado a Nathan por mensaje de móvil: «tienes que llamarme». Pero Nathan no la llama, y Sascha sigue encamada e insiste en que las heridas que sufre se deben a que la atacó una «banda» de tipos a los que no conoce, que fue en el claro del bosque, al pie del

Grawellska, *por lo demás, estaba tan borracha que no recuerdo nada.* (Una explicación no del todo impensable, todos sabían que Sascha vendía drogas).

Nathan no responde, no llama, no se comunica con ella, no se deja ver. Y Gusten no puede cargar con aquello sobre sus espaldas, no puede y punto. Y al mismo tiempo: está como paralizado. No se atreve a hacer nada, de modo que es como un alivio, aunque raro, irse de viaje con su madre..., unas vacaciones de invierno con cierto retraso. Él se salta el colegio y cogen el barco para cruzar el golfo y ven *Lady Macbeth* en la ópera, ¿o fue *Lucía de Lammermoor*? No lo recuerda, pero sí que había mucha sangre y mucha locura al menos; y vuelven tarde el sábado por la noche y ya el domingo, el día siguiente al viaje, regresa de nuevo al Buque Fantasma, con las náuseas latiéndole en el cuerpo, por todas partes.

Su madre y la confianza: hablan de Annelise en el hotel esa noche en la ciudad, al otro lado del golfo, después de la ópera. Están tumbados cada uno en su cama en la amplia habitación del hotel, con las luces apagadas y hablando entre susurros.

—¿La llamamos? ¿Ahora?

—Qué va. Está en Davos. (Gusten)

—¿En Davos?

—En el Foro Económico Internacional. Están celebrando la cumbre de invierno, ya sabes.

—¿Cómo? ¿Qué es?

—Pues sí, los países más ricos y poderosos del mundo se reúnen para *coordinarse*, o lo que sea.

—¿Y qué pinta *ella* allí?

—Bueno, ha ido en representación de La Fuente de Oro. Supongo que se cuenta entre sus nuevos cometidos.

—Ah, ya. Qué entorno tan *fascinante e inspirador...* Madre mía, Gusten, casi puedo oírla —ji, ji, ji.

¿Dónde está Nathan? Gusten se encuentra delante del patio, en el sótano, el Buque Fantasma, la casa de Nathan. Mira por los altos ventanales. No hay nadie dentro, está tan vacío como cuando lo dejó esa semana, cuatro días atrás, con Sascha (cogieron un taxi al hospital). Gusten tiene las llaves en el llavero y entra en la casa por el sótano y sube las escaleras, es por la mañana, silencio... Es horrible ir de puntillas por aquella casa por la que se ha movido como «un hijo», porque ahora de pronto se siente como un ladrón, como un intruso. Y ¿qué es lo que está buscando? ¿A Nathan? No, allí no hay Nathan que valga, pero en la escalera que conduce al cuarto de invitados que hay en la planta alta, el que es su cuarto cuando Angela, su madre, no está en casa, se encuentra con Abbe en batín, con el periódico bajo el brazo:

—Gusten, ¿tú por aquí? Creía que Angela había vuelto.

Como sea, no parece muy sorprendido. Está acostumbrado a que Gusten entre y salga de casa a su antojo.

—Sí, sí, ha venido unos días, es que tengo que recoger una cosa, un libro del colegio, tenemos examen de Historia, voy al trabajo y puede que me dé tiempo a repasar un poco en el descanso.

—Vale, vale —responde Abbe complacido—. Qué bien, cómo te esfuerzas. —Y claro, ¿quién iba a tener nada en contra de un «muchacho ambicioso» (la expresión favorita de Abbe sobre Gusten, sobre todo en compañía de Nathan, su hijo), que estudia para los exámenes y va a trabajar los domingos? Desde luego, no será Abbe, que pone a Gusten de ejemplo como lo contrario de su hijo Nathan, al que considera un holgazán, un inútil, un vago… a pesar de que Nathan nunca ha tenido que esforzarse en el colegio. «*Mala sangre por parte de madre*», añade a veces Abbe, en presencia de todo el mundo. Por ejemplo, a la hora de comer, y toda la familia, incluido Gusten, se echa a reír. Hasta Annelise se ríe…, la madre de la sangre mala, *la chicasinnada*, que lógicamente debe comprender que es solo una broma. Y es que ella es del orfanato, «una de los *alumni* del Grawellska» como todos (él, Abbe) dicen, con esa ironía animosa. Porque ella también cambia con Abbe, se muestra más nerviosa, como el propio Nathan. «Sí, sí, papá», que mira como diciendo quita, quita, y sonríe ante su propia limitación, lo que no es nada propio de él, así que no saben si está enfadado o indiferente. Gusten, que lo observa todo como si fuera un espectáculo teatral (él no se ha criado en un entorno familiar perfecto de papá-mamá-hijos, siempre ha estado solo con Angela. *Tú y yo, Gusten, solo tú y yo*), piensa a veces que Nathan le tiene un miedo atroz a Abbe, lo que en cierto modo es una idea increíble, porque Nathan es arrogante y no tiene miedo de nada en otros entornos. Pero Gusten no lo sabe y quizá no llegue a saberlo nunca con certeza, porque muchas cosas quedan a medias cuando, unas semanas después de ese domingo, lo echan de esa casa.

Así que esta mañana, más o menos una semana antes, Annelise no está en casa. «¿Sigue en Davos?», ha preguntado Gusten en la escalera con buenos modales, pero quizá con excesiva confianza: Abbe detesta toda familiaridad no iniciada por él mismo. Quizá por eso no obtiene ninguna respuesta, solo un breve hum de Abbe, antes de volver al dormitorio y cerrar la puerta. Solo más tarde comprenderá

Gusten que Abbe no se encontraba solo en su cuarto, que por eso no estaba muy parlanchín. Que ella se encontraba allí, la amante (secretaria-ayudante) sobre la que más tarde le hablaría Cosmo (¿o fue Angela?). Gusten la había visto, naturalmente, tanto en la casa como en otros lugares en los que se podía ver a Abbe. Tenía varios puestos de confianza en distintos comités y asociaciones de la ciudad de las villas, y participaba en algunas fiestas... y a veces cuando había bebido tanto que no podía conducir (cuidado: Abbe no era ningún alcohólico, pero sí le interesaba mantenerse dentro de todos los límites normativos, nada de transgresiones), era ella la que cogía el volante del todoterreno Volvo o lo llevaba a casa en su elegante y coqueto BMW rojo. ¿Su nombre? Birgitta algo. «Joan Crawford de mayor solo que joven», así la describía Cosmo: cabello oscuro, rasgos definidos, limpios, perfilados. Aunque, en el rostro relativamente joven, una pátina que hacía pensar en algo viejo, algo grabado como las arrugas, algo de cansancio.

Comparada con ella, Annelise, que era por lo menos diez años mayor, era como una reina: tersa, atemporal, fresca, con el pelo rubio siempre bien peinado y —en el entorno doméstico— ropa clara de seda.

Sí, y más tarde —al pensar en el episodio de unas horas atrás con Abbe en la escalera, antes de ir a la policía y denunciar la violación en grupo en la que él mismo había participado y cuyo instigador había sido el hijo de la familia, Nathan Häggert— Gusten se imaginó cómo Abbe, tras cerrar la puerta del dormitorio, se metió en la cama otra vez, con ella, su amante, bajo aquel cuadro enorme *The Hunters/Los cazadores*, que tenía colgado sobre la cama.

Y que él mismo se había quedado mirando tantas veces los veranos cuando cuidaba la casa de los Häggert. Arte de mercadillo, quizá, pero antiguo…, de principios del siglo XIX quizá. Un paisaje (se supone que representa el bosque que existió hace mucho al otro lado del lago Kallsjön, más o menos donde hoy se encuentra el Grawellska). Y esos animales… ¿Son renos, alces, corzos? ¿O engendros de la imaginación? Criaturas con cabezas gigantescas en proporción al cuerpo, ojos gigantescos que miran al frente, como conscientes y, al mismo tiempo, totalmente inconscientes, arrogantemente inconscientes de los Cazadores que las observan. No tienen nada de inocentes, la verdad, son más bien apáticas. Y ante todo: solo masa. Esos cuerpos, ojos, cabezas.

Pero de nuevo: Abbe ha cerrado la puerta al entrar. Gusten ha seguido por la casa. De repente, se encuentra otra vez en la escalera del sótano, la escalera que baja al patio de Nathan y al otro cuarto, que está hacia la mitad según se baja.

La habitación acolchada no está acolchada ya, todo está limpio, huele a productos de limpieza. A lejía. La puerta está entreabierta, él la empuja. Como antes. Como cuando se mudó allí en otoño. La misma cama, la mesa, el televisor, las mismas cortinas color limón (no sabe por qué, lo ponen malo).

Y la luz que entra a raudales por la ventana.

Por un momento, se le pasa por la cabeza. Se lo ha imaginado todo, pero luego ve las bolsas en la mesa. La roja, que es de Sascha, la reconoce enseguida. La coge. Está vacía. Lo único que hay es la cámara. No da crédito cuando la ve. Pero ahí está. La cámara de Sascha, que le regaló Nathan. El carrete que contiene (casi gastado). Gusten coge la cámara.

Así, ese domingo, Gusten deja la casa de los Häggert con unos libros de texto bajo el brazo y la cámara en el bolsillo del abrigo. Se para un rato en el jardín. Al otro lado, en el lado de la calle, y en ese momento, toma la decisión. Primero, al hospital, donde está Sascha destrozada después de, según ella misma ha referido, haber sufrido el ataque de una «banda anónima». Y luego: a la policía.

—Déjame en paz. Deja que duerma. —Sascha persiste en su versión de que la atacaron unos chicos a los que no había visto nunca, en el claro del bosque que hay al pie del hogar de señoritas Grawellska. Y por allí hay lugares por los que cualquiera puede ir, también tipos con un buen historial delictivo que tienen contacto con las residentes. No con Sascha, naturalmente, que era la «oveja negra» de una familia conocida (la madre se llama Ursula Borggaard). Que la policía no la presione mucho todavía se debe quizá a que creen que no se atreve a contar más puesto que el Grawellska no es un jardín de infancia precisamente.

De modo que Sascha dice que no recuerda, que quiere olvidarlo todo.

—Cierra el pico, no hables más del tema.

—Pues yo desde luego pienso ir a la policía —repite Gusten en la habitación del hospital.

Ella está tendida en la cama, de espaldas a él.

Gusten, me la suda vuestra justicia.

Él se marcha. Va a la policía, donde lo cuenta todo (lleva la cámara con las fotografías). Detienen a Nathan y, poco después, a los otros. Y todo sale en los medios: «El cuarteto del horror… Un juego brutal. No tuvieron compasión».

Y en consecuencia: Gusten tiene que dejar la casa de los Häggert.

No recuerda gran cosa del último tiempo que pasó en el Buque Fantasma. Quizá no quiera recordar, pero él va muy poco por allí. Pasan los días sobre todo en el pequeño apartamento del centro de la ciudad de las villas, aunque Angela haya regresado a Australia (no puedes romper un compromiso porque a tu hijo lo esté interrogando la policía como sospechoso de participar en una violación en grupo. Sería incumplimiento de contrato y eso se paga caro).

Pero una vez, a última hora de la tarde, unos días después de que encontraran a Nathan y de que la historia de la violación en grupo hubiera caído como una bomba en los medios, Gusten llega «a casa», al Buque Fantasma… tarde, casi de noche, la casa parecía desierta y vacía, pero en la escalera que sube al cuarto de invitados que está encima del dormitorio de Abbe y Annelise aparece de pronto en la oscuridad: Albinus *Abbe* Häggert. Y está borracho. Extremadamente ebrio, apesta a *whisky* y se tambalea. Cuando Gusten le dice «hola» en voz baja, Abbe la clava la mirada y le dice entre dientes: «Judas». Y un escupitajo sale volando.

—Judas —repite, y le escupe otra vez. Gusten Grippe se tambalea como si le hubieran dado un golpe, y detrás de Abbe ve a Annelise. Está en la puerta del dormitorio. Tiene el pelo revuelto y un camisón rosa satinado.

Lo ve todo, lo oye todo, no se inmuta.

I have x:ed you out of my world.

(Sí, ella también).

Él no existe, y es uno de los muchos momentos en los que Gusten Grippe se arrepiente de todo, pero no dice nada, ya no sirve de nada. Sube al cuarto de invitados, que ha sido el suyo, y recoge rápidamente lo principal en una bolsa de deporte y, media hora después, sale de la casa de los

Häggert, donde ha estado viviendo «como un hijo», para nunca más volver.

Y al contarlo así, parece en cierto modo una historia agradable, en medio de la violencia, en medio de toda la mierda. Un relato de resolución y de coherencia, porque claro que Gusten tiene la justicia de su parte: no Abbe y Annelise y los demás, que consideran y siempre van a considerar una traición el que Gusten fuera a denunciar a la policía así, sin más. Y que llevara consigo la cámara con las fotografías tomadas durante la agresión.

Claro, es precisamente ese carrete el que hay en la cámara de la bolsa roja de Sascha. (Todo eso, la cámara, el carrete, la bolsa, es señal, claro está, de que no fue Nathan, sino otra persona, alguien que no conocía los detalles, quien fue allí a limpiar; una limpiadora anónima, claro, allí enviada por una empresa de limpieza).

Sin ir a verlos a ellos primero. Porque siempre, habrían querido decirle, aunque en realidad no pueden, porque suena horrible, siempre hay *otra solución*.

Sí, un relato lógico y coherente que cuenta que *a pesar de todo* uno responde de sus acciones, asume el castigo y se enfrenta cara a cara a la verdad. Pero eso no es así. Todo lo contrario.

Porque el mundo salta en pedazos.

Y aun hoy, todos esos años después, piensa Gusten que él nunca termina de recuperarse de ciertas cosas que vivió. Por ejemplo, de lo que vio cuando abrió la puerta de la escalera del sótano. Estaba oscuro. Encendió la luz. La luz artificial. La cama. Ella en la cama.

Y toda la habitación acolchada de arriba abajo. Incluso las ventanas.

Y ella en la cama, atada. Sascha Anckar. Boy Toy.
Como una muñeca destrozada, hecha pedazos.
—*Como en la película aquella.* El vídeo de Benny.
—*¿Qué película?*
—*Pues es un chico que mata a una chica en el cuarto del sótano en la casa familiar, ¿no?, mientras los padres están en la segunda planta y no se enteran de nada.*
(Gusten, Nathan)

Y tan solo unos días después: todo limpio, el revestimiento de las paredes, retirado, la habitación ordenada, tan luminosa y bonita como cuando él vivía allí.
¿Cómo lo hicieron?

Luego circularían rumores de que a la madre de Sascha Anckar (reina de la *jet set* y *coach* de *fitness* y ama de casa dedicada a obras de beneficencia, «Mammssen», allá en California), Ursula Borggaard, la llamó Albinus Häggert para llegar a un acuerdo económico al margen de la policía y los juzgados, y que Sascha, que iba a recibir mucho dinero en compensación por su sufrimiento, estaba al tanto de todo. Y quizá fue así, Gusten recordaría una y otra vez el comentario que le hizo Sascha en el hospital de «*me la suda vuestra justicia*».

Lo que, si todo eso era cierto, implicaba que Nathan se había puesto en contacto con Abbe o que Abbe se había puesto en contacto con Nathan mientras este estuvo desaparecido (en la Cabaña del Pescador, según se supo después). Que se lo contó a su padre y que los dos acordaron cómo proceder.

Pero ¿sin que lo supiera Annelise? ¿Para «protegerla», quizá? Teniendo en cuenta su nuevo trabajo, su carrera (y porque sabían que a Annelise se le escapaban las cosas con facilidad. Le costaba mucho trabajo mantener la boca cerrada).

No, *no es posible que ella lo supiera*: la sorpresa ante las cámaras de televisión delante de La Fuente de Oro era cruda, natural, genuina. Gusten miraba, miraba aquella secuencia de la televisión una y otra vez.

—¡JUDAS! —Albinus en la escalera.

Judas.

Y Gusten Grippe sale huyendo, lo echan de la casa.

Y desde el sótano se oye un bajo profundo.

Nathan en su paisaje.

En libertad a la espera del juicio. Como los otros tres. Gusten, Alex, John. «*El cuarteto del horror*». «*Cuatro violadores adolescentes*». «*Se comportaron sin piedad*».

Sin piedad.

ELLA estaba borracha, sí, pero así estaban todos.

Y se prestó a jugar a aquel juego.

¿Qué JUEGO?

Eso es lo que dicen.

¿Qué Juego?

Bueno, tenían el... *Being in a gang, called The Disciples, high on...*

Nathan baila.

Time.

—¿Nathan?

«*¡Violadores! Solo son chicos normales y corrientes. Chicos que son... Quiero decir que violadores suena como salvajes, como si fueran bandidos. Por Dios, ¡llamadlos más bien los* **autores del delito***!*».

Es como si aún pudiera verla: ahí de pie en la nieve, está nevando más aún, grandes copos blancos, con la cabeza descubierta delante de la Fuente de Oro y con la boca abierta.

—¿Nathan?
—¿Nathan?

EL RELATO DE SASCHA ANCKAR
(LAS TARDES CON ANNELISE)

*Propuesta de escena introductoria de la película «¿**Quién** **mató a Bambi?**» (se desarrolla en las vacaciones de invierno de 2008): Nathan está patinando sobre el lago helado. Flaco, vestido de negro. Sascha le hace fotos. Con una cámara de las buenas. Gusten la reconoce: se la han regalado a Nathan por Navidad, es muy buena y muy cara.*

Ella está en el pequeño muelle de la sauna, delante del patio de Nathan, lo llama mientras él patina: «¡Nathan!» Él se vuelve hacia ella, y ella le hace una foto, y otra más. Otra. Clic, clic...

Gusten en la orilla. Baja, después del colegio o del trabajo (ya no lo recuerda, pero en esa época trabaja a veces clasificando envíos postales en la oficina de correos de la ciudad de las villas).

—Hola.

El mago que se desliza por el hielo hace un doble Salchow. O quizá... Gusten no lo sabe, no recuerda cómo se llama (en todo caso, algún salto complicado).

Ellos dos, Nathan y él, han compartido muchas cosas durante esa infancia-adolescencia que ahora va camino de la edad adulta, pero nunca el patinaje, que Nathan dejó de practicar unos años atrás. O sea, dejó el entrenamiento. Por los nervios. Los nervios de Nathan a la hora de competir son legendarios. *No soporta perder, quiso estrangular a un juez una vez que se puso furioso, y los dedos se le quedaron rígidos en la postura de estrangulamiento, tuvieron que desencajarlos. ¿Que Nathan está loco? No más que otros... ni mucho menos, joven y bruto, y también es posible que no tuviera ganas de entrenar tanto como debería para tener la posibilidad real de llegar a competir.*

Sascha se vuelve y, de pronto, descubre detrás de ellos a Gusten, que los está llamando.

—*¡Gusteeeen!* —*grita Sascha entusiasmada*—. *Tengo una cámara. Mira aquííí.*

Él mira. Ella hace la foto.

Luego la revelan.

Él aparece ahí plantado riendo. Nathan en el hielo, de fondo. Es la última foto normal. Mañana, en esta atemporalidad-eternidad, comienzan las vacaciones de invierno.

Que se convierten en «una auténtica orgía». Como dijo alguien, quizá alguno de los «muchachos» (esos a los que luego acusaron) durante los interrogatorios. Con cierta soberbia, antes de que tomaran conciencia de la gravedad.

Ahora Gusten dice: Así que al final has venido.

Pues sí, responde Sascha. Ya lo ves...

¡Mira lo que me ha dado, Gusten!

¿Qué?

¡La cámara! ¿No es divina?

¡Grippeee! En ese preciso momento, Nathan lo llama desde el hielo. (Y no, no lo va a olvidar. Ni ahora ni después. Que fue él quien se dejó convencer por Nathan para que invitara a Sascha a una fiesta. Es lo más asqueroso que ha hecho jamás, piensa Gusten, aunque en la foto no se nota, no se notará. ¿O sí?).

* * *

De todas las fotografías de Sascha que se publican, se exponen, se ventilan en la prensa y, en general, en medios públicos (una nadadora atlética, de músculos hinchados, fotos borrosas de fiestas y distintos tipos de contextos oscuros… tanto antes como después de Nathan). Su pelo, sus ojos somnolientos, su cuerpo, los tatuajes, su ropa. Y algunas de «Mammssen» también —«estranged Mother, former Beauty Queen», en compañía de su hija—. Son de ese tipo de fotos de la más tierna infancia, tan bonitas, madre e hija, como dos gotas de agua, riendo juntas de forma distinta. Shoop, shoop, con la misma ropa, con gafas de sol, muac muac muac las dos abrazadas, MI HIJITA QUERIDA… Y en un segundo plano, también un padre, en algún momento, de alguna forma, aquel matrimonio quizá estuvo bien.

Y lo más digno de recuerdo: Una vieja fotografía escolar (nada sorprendente). Como es natural, la ha sacado a la luz algún periódico, quizá de los once o doce años. Sascha en la foto: muy seria. El largo cabello rubio, abundante, rizado, casi enmarañado, pero muy bonito, sin domesticar, salvaje. Mirada al frente.

Defiant. Fuck off. Y, al mismo tiempo, un gran infantilismo, esa vulnerabilidad, casi juguetona en su rebeldía.

Y, naturalmente, esa imagen TIENE QUE introducir la película ¿Quién mató a Bambi? Porque Cosmo también la ha visto, y se ha referido a ella mucho antes de que el proyecto cinematográfico hubiera cobrado forma de verdad.

—Una vida imprudente, Grippe. Bambi, The Movie, ¿verdad?

Siempre que Gusten ve justo esa imagen, piensa que Sascha es una extraña, que no la conocía. No debería ser así. Pero no sabe qué hacer con ese sentimiento…, durante todo el juicio, Sascha guarda silencio. Como un muro. Y cuando la ve por última vez, un año y medio después, ella le dice:

—*Estás pensando que en este punto debería empezar a largar, a contártelo todo. A ti.* Fuck you, *Grippe. ¿Por qué te iba a contar nada? Tú… Tú no moviste un dedo. A pesar de que lo sabías todo.*

—*¿Qué sabía yo?*

—*Que Nathan está loco.*

—*Pero…* —*intenta objetar (porque eso no es así).*

—*Esa mierda de justicia.*

Sí, se llama Sascha.

Es la Nueva Novia. Alta, rubia, tiene «un perrito muy chiquito que lleva en un bolso demasiado grande». (Y, efectivamente, se lo oye gruñir, Krulle, con su cabeza perruna asomando nerviosamente por el borde del bolso. Destellos y más destellos, como una joya entre otras, un accesorio).

Ella dice: «… un perrito demasiado chiquitín», y pone cara de ser una de esas chicas (que hablan así). Se ríe…, gasta bromas raras. Es de las primeras cosas que uno advierte en el colegio. Donde va al mismo curso, aunque a otro grupo. Sí, es muy guapa, pero el colegio de la ciudad de las villas está lleno de chicas guapas, de piernas largas, pelo rubio, como ella…, así que solo reparan en ella de verdad cuando aparece en el área de recreo una noche de septiembre a principios del segundo año de instituto, y poco después empieza a salir con Nathan.

Esa risa, ronca y arrogante.

Sascha es nadadora. Es la otra característica que se aprecia. Su cuerpo, duro y apretado, musculoso y bien entrenado, pero de piel totalmente lisa y suave (como la de un niño). Reluce blanco (también en aquellas fotos horribles de la violación de seis meses después).

Sascha Anckar, diecisiete años (cumple dieciocho en noviembre).

Y lo tercero. Vive en el hogar de señoritas Grawellska (el antiguo orfanato, hoy un hogar de apoyo para jóvenes). Es un dato menor pero fantástico.

Aunque tiene algunas cosas que las chicas del Grawellska por lo general no tienen:

A) Una incipiente carrera deportiva. Es una promesa de la natación, varias veces campeona en la categoría júnior en diversas distancias.

B) Una especie de estatus social, al menos, en teoría. Esto procede de su madre, con la que la verdad es que prácticamente no ha tenido contacto los últimos diez años de su vida, mientras que las demás chicas del Grawellska proceden sobre todo de una clase social más baja. En la ciudad de las villas dicen: «Marginada social, hospiciana», aunque no en voz muy alta, pues una de las habitantes más prominentes de la ciudad, Annelise Häggert, es presidenta de la Fundación Social Grawellska, que sostiene económicamente el hogar, y fue ella misma hospiciana allí en la época en que el Grawellska era un orfanato. Y eso no es ningún secreto, sino un orgullo que, en la ciudad de las villas, antes de que todo ocurra, encuentran pintoresco. En fin, la madre de Sascha Anckar es la conocida exreina de la jet set *Ursula Borggaard, antigua modelo de* fitness *y hoy por hoy* coach *o entrenadora personal en California. O sea, «la que ofrece los mejores servicios de mamada en Santa Mónica y alrededores, o sea, aquí tenéis a mi madre, Mammssen», como su grata hija Sascha dice siempre. Animosa, con esa risa ronca, claro está… y lo de «grata» es una ironía, naturalmente. Porque todo lo que Sascha tiene de bello y por desgracia también de «amable» es por esa época prácticamente lo contrario del verdadero significado de la palabra. El perro, por ejemplo, cómo lo trata…, como a un objeto. Lo venderá o lo regalará o sencillamente lo perderá, pero cuando luego le pregunten por él dirá:*

«¿Krulle? ¿Un perro? ¿Perodequémehablas?». Y casada —*volviendo a la bella Mammssen*— *con un acaudalado hombre de negocios al que podemos llamar TB, por ejemplo, alias «Teddy Boy» para no desvelar su identidad (algo que él no quiere que ocurra, desde luego, sobre todo teniendo en cuenta lo que ocurre después). Pero cabe contentarse con decir que la identidad, en algunos círculos, digamos el International Banking, el golf, es muy conocida. Aunque, con el corazón en la mano: ese también es un hecho que no significa un pimiento para esta Historia precisamente, que es el relato de cómo Sascha Anckar sufre una violación en grupo y casi muere a manos de unos jovenzuelos educados, de la acaudalada zona de la alta burguesía que es la ciudad de las villas a final de las vacaciones de invierno, en febrero de 2008. Y por lo que a él se refiere, eso conllevará tanto el divorcio (a causa de esa «pringosa» historia que tiene lugar en el viejo país de origen de su mujer, de la que sobre todo conviene mantenerse alejado) como la quiebra antes de que el año de gracia de 2008 toque a su fin.*

*PERO en fin, en este momento del otoño de 2007 en que Sascha y Nathan se conocen y empiezan a salir, Ursula es algo así como un ama de casa californiana y «bruja de la beneficencia», expresión inventada por la única y muy amada hija que tuvo con un «CHULO inútil» (Sascha, de nuevo en su salsa: «O sea, mi padre, un puto CHULO»), que por cierto se llama Klas-Åke. Y puede ver quién es en Google, porque por lo demás no ha estado presente en su vida ni ahora ni después. Él fue quien arrojó a Sascha del hogar familiar cuando la pillaron por hurto y robo y posesión de drogas blandas. La envió al Grawellska, y en ese punto, ese padre responsable desaparece de la historia. **O sea, exit, viejo,** y punto final.*

C) Eso es, y luego está el perrito. Krulle, que lleva en el bolso; uno de esos perros que están de moda justo en esos meses.

*Pling pling pling…, así suena, el bolso, los brillos, la cadena con amuletos del perro… **Como una señal de… Pues sí, ¿de qué? ¿Lo decuidado de la vida?** (Como Cosmo acabará diciendo en la calle Kallsjöstranden, en otro contexto, mucho después). Pero los bolsos grandes para llevar dentro al perro pasarán de moda después, justo ese otoño de 2007, precisamente, aunque antes desaparecen tanto el bolso de Sascha como Krulle. Adónde, nadie lo sabe, puede que robaran el perro igual que robaron el bolso. Igual ni eran de Sascha. Puede que lo vendiera, igual que lo vende todo. Vende y compra, lleva cosas de aquí para allá. Y Nathan también: por un breve espacio de tiempo durante su breve vida juntos que empieza aquí y ¡ahora, ahora, ahora! El ocho de septiembre (¡¡primer amor!! ¡¡Y besos!!)…, una guitarra, un estetoscopio, un joyero y libros (de los antiguos, muy valiosos), se visten bien como una pareja elegante y se las arreglan para sacar furtivamente libretos originales de la biblioteca de música. Se ríen luego, orgullosos de la hazaña, se van a LONDRES y lo venden todo en una agencia de subastas (o más bien: dicen que podrían hacerlo), o simplemente compran y venden y cambian y empeñan cosas y más cosas, drogas, dinero y más dinero…*

Eh, ¿qué hacéis? ¿Adónde vais con todos esos bártulos?

Cabe preguntar, como Gusten (al principio), pero to no avail. Nathan *se limita a clavar en uno una mirada vacía, desde el suelo de su patio en el que*
Being in a gang called *The Disciples*
baila baila
Y Sascha
Baila con un biquini de lentejuelas rojas
Y Gusten apaga la luz.
Y Sascha se ríe.

En la oscuridad, se ríe y nada más.

—¡ENCIENDE, Gusten! —grita Nathan, pero él no hace caso.

Baila baila

Being in a gang

Time

Time...

Sí...

En cuanto al perro: Gusten no sabe nada. También es posible que lo dejara ir simplemente, o que el animal huyera. Se muriera de frío. Lo encuentran en una bolsa de basura negra junto al vertedero general, en las inmediaciones de La Playa. «Ven a ver, Gusten», Cosmo hace el macabro descubrimiento. «Ven a ver...». Pero qué va. Gusten no se acerca. No quiere. Se distancia del perro, de Nathan, de Sascha, de Cosmo, de todo. Va con su Macbeth *debajo del brazo, el arte, la cultura, que es lo suyo.*

Y los sueños con el teatro (que precisamente en esos momentos empiezan a formularse así: los sueños con el teatro, aunque sea una expresión rara). Como de costumbre, va a representar el papel protagonista en la función de Navidad del colegio. Se trata de una extraña adaptación moderna de una vieja obra de Shakespeare, mucha sangre, y mucho realismo y realidad. Y ahí tendremos a Lady Macbeth, que interpreta el objeto del cauto objeto amoroso de Gusten, Sophia Morén, con un cuchillo en la boca (en esta puesta en escena, claro).

Pero luego, a principios de noviembre, solo un par de meses después de haber empezado, la relación entre Sascha y Nathan llega a su fin. Sascha se ha cansado de pronto, deja a Nathan así, sin más, y es horrible, porque él la quiere. No lo supera, en cuanto se ha recuperado un poco, se pone fuera de sí.

Pienso, dice, matarla.

En uno de esos momentos, en la piscina cubierta a la que van él y Gusten, a final de noviembre, diciembre, para acompañarla en sus entrenamientos…, que son una de las razones por las que ella lo abandona: «Quiero volver a apostar por la natación».

Y Sascha en la piscina. Aunque ahora tiene otro, y un círculo totalmente nuevo de amigos, esos amigos nadadores musculosos…, disfruta de la atención, porque no oye lo que dice Nathan cuando lo ve a distancia en las gradas: levanta la mano, saluda.

Y Nathan le devuelve el saludo.

—Estás —le dice Gusten a Nathan en voz baja— como una cabra. Estás loco.

Pero, volvamos al principio, a septiembre de 2007. En el área de recreo, lago de Kallsjön, penúltimo año de instituto (el de la ciudad de las villas): Ahí están, pasando el tiempo, como siempre, él y Nathan y algunos más. Los de siempre, y quizá Cosmo también, Cosmo el de Brantska Branten, donde vive todo el clan de los Brant en casas pintorescas, las unas junto a las otras.

Nathan ha estado fuera todo el verano como de costumbre, y ha vuelto como «nuevo», ahora más nuevo que nunca. Y más guapo. Y también inquieto (eso también, como siempre).

Cosmo se pone a hablar de una idea de negocio. Siempre anda dándole vueltas a ideas empresariales. «Se podría hacer esto y aquello… Tener un Beach Club aquí, en la playa. Por ejemplo se podría…». Las palabras se quedan en el aire.

—Que te calles, Cosmo.

Nathan no soporta oírlo. Ni tampoco Gusten (que pasa la mayor parte de los meses de verano con su madre. Angela tiene un contrato de larga duración en Australia y en Sídney ha sido invierno, un invierno muy duro. Gusten lo ha pasado recorriendo fríos suelos de baldosas y helado hasta la médula y echando de menos su casa de la ciudad de las villas). Aunque Nathan no lo ha pasado mucho mejor en Bali. Se ha aburrido tan asquerosamente al sol que ha vuelto acelerado de más y deseando empezar el penúltimo año de instituto. Todo lo que tenga que pasar tiene que pasar ¡ya ya ya!

Así que ahí aparece ella como por encargo justo esa noche... Sascha, guapa, loca...

Con el bolso, el perro, la risa ronca, todo. Como el inicio del primer capítulo de un libro hermoso (y sí, claro, ella es plenamente consciente de todo, así que incluso en ese sentido, con Sascha todo es puro teatro).

Ya, y luego...

No lo recuerdan bien. Pero ahí están todos un rato, Gusten, Cosmo, Nathan, Sascha, rajando de todo un poco. Y los chicos la miran boquiabiertos, sobre todo, Nathan.

Y luego se despiden, se van a casa. (Y unos días después, Nathan y Sascha están saliendo: «Aquí la tenéis», proclama Nathan. «¡La zorra de mi vida!»).

Sí, a casa, al Buque Fantasma (Nathan, Gusten). También este curso, todo el otoño, un par de meses después de empezado el segundo cuatrimestre, Gusten se instala en casa de los Häggert. Al principio se aloja en el primer cuarto de invitados: una habitación grande situada justo encima del patio de Nathan, a medio camino en la escalera que sube al primer piso de la casa..., la llaman también habitación extra, sala de juegos, luego será un estudio insonorizado con las paredes acolchadas.

Y ahí, en la entreplanta, encima del cuarto de Nathan, se tumba Gusten en la cama por las noches a principios del otoño

y oye los tonos del bajo que suben desde lo más hondo del sóta-
no, y se desvela.

    Así que un tiempo después se traslada al otro cuarto de
invitados, en otra parte de la casa, en el desván, en lo más alto,
por encima del dormitorio de Annelise y Abbe Albinus. «Debes
poder concentrarte en los estudios» —dice Annelise—. «Tener
algo más de paz y tranquilidad, y más independencia».

    Esa habitación es más pequeña, pero igual de bonita:
una cama, un escritorio y la ventana con vistas a la ciudad
de las villas. Todas esas casas tan bonitas con sus frondosos jar-
dines y la carretera hacia la capital como una línea ilumi-
nada... y el puente desde el que, más adelante, él intentará
saltar. Pero todo eso, la violencia, la violación, el suicidio, la
muerte, «Judas», el volverse loco, el manicomio... aún es DEL
TODO irreal y absurdo. Y el cuarto le gusta; precisamente ese
otoño antes de que ocurra todo halla la paz que entraña pen-
sar, escribir, leer. Y así lo indican también los resultados acadé-
micos (él nunca ha sido ningún genio como Nathan, a quien
hasta ahora más o menos se le ha dado bien todo, tanto en el
colegio como en todas partes, sin necesidad de esforzarse un
mínimo siquiera). También él puede conseguir una meta en la
vida «siempre y cuando se esfuerce un poco y tenga ambición»,
como le dicen. Aunque, «ambición»... en realidad a él se la
suda la ambición.

    Porque él sabe lo que va a hacer (esa es otra: que, de pron-
to, lo sabe): el teatro, la escuela de teatro. Pero es una certi-
dumbre serena. No es nada que vaya por ahí pensando a todas
horas, y si no lo admiten, tampoco será para tanto, también
*puede hacer otras cosas; no **tiene** por qué acabar en el teatro*
como Sophia Morén, que va a ser su Lady Macbeth en la fun-
*ción de Navidad del instituto, sí **tiene** que entrar, según ella*
misma dice: «No tengo otra opción».

Así que Nathan, Gusten:
Los intercambiables
Por un lado: el chico del desván. Se pone el pañuelo tea-
tral alrededor del cuello. Lee, escribe hasta bien entrada la no-
che a veces.
Por otro lado: el chico del sótano. Que, mientras tanto,
se pierde en un primer amor violento y, andando el tiempo,
en todo.
El chico del sótano, el chico del desván..., una vieja tra-
dición. Sí, así es. Y cómo Nathan pone música en su patio, se
hace inaccesible.
Y Gusten se marcha. Se va a su cuarto, con el amplio es-
critorio, los libros, el «trabajo escolar» y lo demás, esos relatos
que se pone a escribir hasta bien entrada la noche. Que lo
llevan a otro lugar.
No, después no podrá recrearlo. Ni escribirlo (no podrá
escribir nada en general) así.
No tendrá acceso. A ese cuarto de nuevo. Ni física
—«¡Judas!». El insulto de Abbe resonándole en los oídos—, ni
mentalmente.

—¿Qué tal, Gusten? —pregunta Annelise en la cocina—.
¿Verdad que estás a gusto con nosotros?
Claro que sí, vaya pregunta, está a gusto. En el cuarto,
en el Buque Fantasma en general, este otoño anterior a todo,
«como un hijo». «Menudo crash pad *estás hecho, como un cu-*
clillo», se burla Nathan en alguna ocasión. Y en cierto modo,
pues sí, es una solución un tanto extraña la de seguir viviendo
en casa de los Häggert, como lleva haciendo tantos años, cuan-
do su madre está trabajando en otro lugar. Porque él ya tiene
dieciocho años, es adulto, independiente, y podría arreglárselas

solo en el piso de dos habitaciones situado en el centro de la ciudad de las villas. *Pero es que no quiere, prefiere vivir en el Buque Fantasma, en la casa de los Häggert, junto al lago, «como un hijo», como dice Annelise plácidamente, se ríe, alguna de las largas y oscuras tardes de otoño en que están juntos en la cocina ella y él. Las tardes con Annelise: también se cuenta entre las cosas que mejor recordará Gusten de ese otoño de 2007, antes de que todo ocurriera. (Y seguro que lo recordaría y pensaría en ello más aún si lo que ocurrió después no hiciera imposible mirar atrás con calma y con lucidez o mirar atrás siquiera).*

Él y Annelise, cómo se sientan a charlar, cómo se hacen compañía, a veces hasta bien entrada la noche, a la mesa de la cocina en el primer piso. Esas tardes entre semana, cuando Abbe no está en casa y da la casualidad de que ella está allí sola, lo que, la verdad, tampoco se da siempre. Tantas reuniones, juntas, viajes, tantas cosas, aún en este periodo, ¡cosas de todo tipo!

«Pero, Gusten, yo no me quejo, me encanta la vida que tengo, me encanta adónde he llegado solo con mi trabajo… Me encanta…». Y entonces puede ocurrir que Annelise levante la vista y mire alrededor como en un grato despertar, **because you're worth it***, y se diría que descubre de nuevo su preciosa cocina con todos esos enseres tan caros, el equipamiento, los muebles, todo importado expresamente de aquí y allá. «Sí, me lo he ganado, pero el dinero es solo dinero, Gusten» (con una voz tan espontánea y tan desarmante y sí, exacto, tan «de niña»…, una idea que hace que Gusten se ruborice por dentro al pensarla). Y justo por esos días, finales de otoño de 2007, empieza a hablar misteriosamente, baja la voz: «Pronto ocurrirá algo grande, Gusten, no puedo decirte qué es, pero será de una importancia enorme». «¿Enorme?». «Sí». «¿Cómo de enorme?». (Gusten se pone a gesticular con las manos). «¿Tipo elefante?». «Sí, tipo ELEFANTE, pero no puedes decírselo a nadie, me han*

captado, Gusten. **They made me an offer I couldn't refuse.** *Quisiera poder contarte más, me muero de ganas, pero una pista: ¡Es enorme!». Y es La Fuente de Oro, claro, que la ha llamado, como sale a relucir después, cuando el nombramiento de Annelise Häggert como directora operativa del importante laboratorio de ideas se hace público antes de Navidad. «¡Pues qué BANALIDAD!», exclama Angela indignada cuando se anuncia la noticia mientras pasa unos días en el país. «¡LA FUENTE DE ORO! ¡Gusten, no entiendo cómo PUEDE caer en esas ideas banales, ultraconservadoras, peligrosísimas! ¡Gayn Hand! ¡No es digno de ella!».*

Y Gusten, irritado, sacude la cabeza y dice bruscamente: «¡Calla!» Angela lo mira sorprendida, querría seguir, pero no se le ocurre cómo y la cosa queda en nada.

En todo caso, ese otoño, esas tardes, Gusten y Annelise: nada de particular, charla desenfadada y los periódicos y las revistas que Annelise lee de principio a fin para mantenerse al día de lo que pasa en el mundo y la política, pero también revistas femeninas, por si dicen algo de ella (lo que, en efecto, hacen muy a menudo en esa época). Y a veces hacen Skype los dos con la madre de Gusten. Pinchan para que salga Angela desde Australia en la pantalla del ordenador, que colocan entre los dos sobre la mesa, y se ponen a charlar.

«Qué mierda, que haya tenido que morirse». (Sobre Pavarotti)

Dice alguno de los dos después de la conversación, y se ríen. Es una broma. No el que Pavarotti se haya muerto de pronto, de un ataque al corazón. Sino que Angela diga de pronto que se suponía que ella y Pavarotti iban a actuar juntos en una gala benéfica que ahora no podrá celebrarse, claro, aparte del hecho de que «la ha dejado destrozada la noticia de que ese Gran Artista, esa gran persona haya ido y se haya muerto».

—No debes creer todo lo que dice tu madre, Gusten —continúa Annelise.

»Tu madre es como una ópera, un verdadero espectáculo…, pero encantador.

Todo eso, mientras el bajo resuena absorbente y suave en el sótano, debajo de ellos…

… enamorado hasta las cejas…

de su novia Sascha.

#ahíestáesaputalamujerdemivida

—Háblame de Nathan, Gusten —dice Annelise de pronto en la cocina—. Es que a veces pienso que ya no lo conozco en realidad, ¿sabes? Aunque, claro, supongo que es porque a esa edad ya no se confía uno a su madre, ¿no?

»Y ahora está ahí abajo —señala al sótano— con ella, su primer amor. ¿Verdad que está enamorado, Gusten? Tremendamente enamorado.

»Quiero decir —continúa vacilante con su razonamiento—, madre e hijo no tienen por qué tener tanta confianza, quizá ni siquiera sea bueno a esa edad, lo que pasa, Gusten, es que a veces…

»A veces tengo la impresión de que está muy solo en la familia… Abbe es muy estricto. Ya has visto hasta dónde es capaz de llegar.

»En fin, yo qué sé, Gusten. Puede que solo despierte en mí una curiosidad infantil.

Y entonces baja la vista al periódico que tiene abierto delante y lee en voz alta en un artículo: «Tu vida en treinta preguntas».

«¿Cuál es su color favorito?»

«¿Su película favorita?»

«¿Su plato?»

«¿Su estación del año?»

Levanta la vista de nuevo, Gusten se ríe.

—Y ella, Gusten. Háblame de ella, de Sascha.

»*La chica del sótano, ¿quién es?*

Se percata de pronto de su propio tono de voz.

—BRRR (*se encoge rodeándose el pecho con los brazos como si tuviera frío*).

»*La chica del sótano —repite riéndose de nuevo—. Suena a película de terror, ¿no?*

Gusten sonríe.

Y los dos se ríen otra vez, vaya tontería, ella deja el periódico, limpia la mesa.

—¿Té? ¿Más té?

Él asiente, y enseguida empiezan a hablar de otros temas, cosas normales, como el instituto, el trabajo, el trabajo para el instituto.

Pero:

—La chica del sótano, ¿quién es?

Él responde como puede, porque de todos modos siempre mete la pata.

—Tenía un perro que llevaba en el bolso, pero luego lo perdió, o lo vendió…, no sé.

—¿Un perro?

En fin, que Sascha y Nathan ya son pareja.

Enamorados, locos y terribles los dos juntos. Unos meses. Pareja. Así de sencillo.

Nathan está enamorado hasta las cejas.

Ella corta con él en noviembre.

Echa de menos el entrenamiento, dice. Entre otras cosas.

Y Nathan se pone fuera de sí.

Sí, cortan y Nathan monta en cólera y, bueno, lo que pasa, pasa, y todo lo que puede romperse, se rompe, se hace añicos, estalla en mil pedazos…

En todo caso, Gusten Grippe es uno de los cuatro violadores, «muchachos desenfrenados», como hubo quien quiso verlos después en la ciudad de las villas…, «los muchachos», que participaron en un juego que se les fue de las manos. *Horrible pero comprensible, y el alcohol también tuvo su parte en lo ocurrido…*, una noche de febrero de 2008 viola a su compañera de instituto Sascha Anckar, 18 años, durante una fiesta en la casa de los Häggert, junto al lago Kallsjön. Los demás son Alex Axelsson, John C. y Nathan Häggert, exnovio de Sascha Anckar y, según la información recabada, el inductor e instigador de todo lo que ocurre en su parte de la vivienda familiar —su *patio*—, en el sótano, mientras la fiesta continúa sin problemas en el resto de la casa. (Y todos los que están en la fiesta dirán luego que ni oyeron ni vieron nada. La puerta de la escalera del sótano y también la entrada particular de Nathan, que se encuentra al nivel de la calle, se mantienen cerradas, y ninguna persona ajena tiene acceso allí abajo).

La violación, que es de una brutalidad extrema y que incluye varias formas de privación de libertad (Sascha Anckar permanece maniatada, encerrada, incluso bajo llave, después de haber intentado huir), se prolonga durante horas y Gusten está presente, aunque no desde el principio. (Nathan lo llama por teléfono desde el sótano, en plena fiesta, y le pide que baje, y una vez que llega, no puede volver a subir). Gusten no es participante activo más que hacia el final… es decir, es uno de los que abusan de ella, sí, así hay que decirlo, sin comillas.

… y es que ya se sabe cómo es la juventud, a veces el juego se vuelve brutal y hasta se les va de las manos… Cut the crap ya! Una violación es una violación y Gusten Grippe se encuentra en ese grupo de chicos de su edad, también llamados «los muchachos». Y más tarde, en los medios: *El cuarteto del horror.*

Y no será él, Gusten, quien lo niegue. Desde luego que no. No. Al contrario, él va a la policía. Es él quien va a la policía, no la víctima, Sascha, que a esas alturas, tres días después, está aturdida en el hospital y calla como una tumba. Y sí, claro, en la ciudad de las villas habrá periodos en los que lo *odien* por ello aunque nadie se atreva a decirlo en voz alta. Posiblemente, solo que *¿de verdad tuviste que hacer una cosa así, Grippe? Habríamos podido aclararlo más o menos* between us*, y según los rumores ya iba todo por buen camino.*

Y da comienzo un proceso que abarca juicio, sentencias, publicidad (una mierda de publicidad).

Y Gusten Grippe comprenderá, sentirá y aprenderá muchas cosas en ese proceso. Y llegará a odiarlo (en gran parte) y también a odiar lo que llegue a aprender. Por ejemplo, sobre las comillas. Y cómo todo lo que era —es— importante terminó por convertirse en palabras y frases entrecomilladas.

«Los agresores». «Abusaron». «De la víctima».

El verdadero problema era lógicamente que, si se eliminaban las comillas, quedaba ahí delante una verdad desnuda con la que uno no era capaz de vivir, aunque eso era lo que *había que hacer* de todos modos. Hacer propias aquellas palabras, aprender a decirlas, utilizar *yo* como comienzo de frase. Yo abusé. Yo maltraté. Yo
no mostré
compasión alguna.

No mostré compasión alguna. Así fue. Y Sascha, después (pensar también en eso). En su silencio. En sus ojos vacíos. ÉL no lo olvida. Y el miedo, la soledad: Sascha Anckar, del Grawellska.

*El hogar de señoritas Grawellska, un lugar de acogida para jóvenes descarriadas, que se encuentra en un paraje pintoresco junto al lago Kallsjön en una villa de cuatro plantas del siglo diecinueve, restaurada con cariño. Una verdadera joya vista desde el lago, adivinada entre los árboles enfrente de La Playa, y el largo embarcadero con el balneario reformado en estilo antiguo: un conjunto adorable que seguro que valdría millones si se vendiera en el mercado inmobiliario libre, lo que en todo caso no va a suceder puesto que el hogar lo gestiona una fundación privada cuya presidenta es la mismísima Annelise Häggert. Annelise, que fue en su día interna en el Grawellska…, un hecho que a ella le encanta sacar a relucir en todas las entrevistas y retratos que le hacen en todos los periódicos y revistas durante esos años halagüeños de principios de los dos mil, cuando su carrera apunta directamente a lo más alto, y todos, todos tienen muchísimo interés en ella. «La niña abandonada del Grawellska», «La Chicasinnada de Ningunaparte»… Así se describe a sí misma con ese aire de vencedora y de superioridad, pero no sin una lagrimita en los ojos, lo que es interesante e importante. Un poco de sentimentalismo auténtico de pronto, que resulta llamativo, pero es fundamental para la construcción de su imagen ya que, por lo demás, Annelise Häggert es conocida por ser una persona que «llama a las cosas por su nombre»… **sin llevar puestos los pantalones de vestir** (sus propias palabras), **los modales de cominista son eso, modales de cominista**. Como por ejemplo los servicios públicos financiados con los impuestos. De modo que no* *sin razón el apelativo de esa niña mimada de la ciudad de las villas fue en su momento: **La Dama de Hierro II.***

Pero ahí está ahora, con la lágrima aflorando en el ojo, un toque blando y pastoso…, una perspectiva muy favorable en la que deslizarse como un complemento en modo alguno innecesario para su imagen pública. «Era mi hogar». Un primer plano de Annelise Häggert en la escalinata del hogar de señoritas Grawellska: «Estoy muy agradecida. Cuando es posible, una tiene que devolver lo que recibió».

La cabeza alta, nuestra mascota. Todo ese orgullo que en la ciudad de las villas encontramos pintoresco y que causa impresión. En realidad, el orgullo es de hecho la explicación del papel predominante de la familia Häggert en la ciudad de las villas (por lo demás, los Häggert son solo una más de las muchas familias destacadas con variado abolengo en su bagaje: Albinus Abbe es la enésima generación de los Häggert, nieto del arquitecto A. N. Häggert, integrante del legendario trío de jóvenes arquitectos Häggert&Kråklund&Brant. Sí, exacto, ese Brant, el tatarabuelo paterno de Cosmo, que hará unos cien años plasmó sobre el papel su visión de la ciudad de las villas. Y dicen que su hijo Nathan ha pensado seguir los pasos del abuelo y entrar en la facultad de Arquitectura después del instituto… Es decir: padres prominentes, hijos con talento…, nada precisamente llamativo en la ciudad de las villas, que está llena de historias de éxito de esa naturaleza).

*¡Annelise! La Chicasinnada del orfanato, **nuestro** orfanato, el Grawellska. De Rags a Riches, el patito feo que se convirtió en cisne…, abogada empresarial, economista, catedrática de Economía con tan solo veintisiete años. ¡Milton Friedman! ¡Gayn Hand! Eso es otra cosa, una novedad.*

Y la primera mujer que va escalando de puesto en puesto. Y además, una historia con la que la gente quiere que la relacionen, puesto que dice algo de ellos mismos, una historia que les encanta que se cuente y se destaque. Una historia de *brazos abiertos, de generosidad, pese a todo, una tarjeta de visita maravillosa de nuestra ciudad de las villas y* **de los valores que defendemos**.

A real sense of community.

O sea, en resumen: Es el relato de la Bondad en la ciudad de las villas.

«Nunca dejaré de dar las gracias», repite Annelise en la escalinata del viejo edificio («El hogar está donde está el corazón», se titula el reportaje).

«Era mi hogar». Así se refiere a veces también cuando está en casa al Grawellska (al que aún está ligada en calidad de presidenta del consejo de la Fundación Social Grawellska).

Por ejemplo, a la hora de la cena, cuando su marido Albinus Abbe está con ellos, pero entonces lo dice de un modo muy distinto: Echa atrás la cabeza, relincha como un caballo y se ríe con una risa muy rara, muy diferente. Y de pronto lanza a su marido una mirada que a veces es totalmente abierta, sexual, íntima. Y puede que Abbe, si está de buen humor, responda: «Bueno, no es de una yegua pura sangre precisamente, mi querida miembro de los **alumni** *del Grawellska».*

Claro que eso, «de los alumni*», también puede decirlo Abbe de varias formas, y Gusten no tarda mucho en comprender que se trata de una exhibición de poder. En esta casa reina Albinus Abbe.*

Tan callado, casi tímido fuera, tan terriblemente taciturno a veces en el hogar. Una autoridad sin palabras contra la que nadie, o sea, nadie, ni Nathan ni Annelise, se atreve a alzarse.

Por ejemplo, puede decir con ironía, como una humillación o a veces con una burla sin florituras: Esta que estuvo entre los alumni*, sí.* **Esta Gata del Grawellska.**

*Y Annelise, por supuesto, y eso es lo más bochornoso…,
Annelise, por lo demás tan viva para responder, que de verdad
que no se deja pisotear, no dice nada.* Baja la vista como una
niña que ha recibido un azote. *Todo ese «brillante intelecto» y toda esa espiritualidad
parece que se esfuman
La Chicasinnada en persona.*
Se hace el silencio alrededor de la mesa. *Un silencio como
el que surge tras un acto violento.*
*Abbe se carcajea de nuevo, Nathan clava la vista en el
plato.*
Una Gata del Grawellska.
*Al final es ella la que rompe el silencio pese a todo, mira
a su alrededor, insegura y torpe, o sea, como para nada estamos
acostumbrados a verla hoy por hoy.*
—*¿Más postre? ¿Gusten?*
—*Sí, gracias, un poco más de* banana split —responde
el amigo acogido alto y claro, con una sonrisa servil y educa-
da—. *El asado estaba tierno y delicioso.*
—Banana split my ass. —*Sonríe Nathan discreto y lleno de odio, y se levanta para abandonar la mesa enseguida.*
—*¿Y tú adónde vas?* —La voz de Abbe corta el aire,
hiela a Nathan.
—*Siéntate. En mi casa te vas de la mesa cuando yo diga
que puedes irte de la mesa. Y en mi casa se pide perdón cuando haces algo mal.*
Nathan vuelve en silencio a la silla.
—EN MI CASA *se pide perdón* —continúa Abbe.
Y al final, Nathan lo dice. «Perdón». *Lo aúlla:* «¡Perdón Perdón Perdón!». *Pero para entonces Abbe ya ha perdido el
interés por él y hace caso omiso y está a punto de dirigirse a Gusten con aprecio y amabilidad en la voz. Lo elogia ruidosamente*

por el repentino éxito académico: «Eres un chico muy inteligente, Gusten. Tienes —tenemos— motivos sobrados para estar orgullosos de ti. ¡Salud!».

Y alza la copa. Gusten levanta el vaso, y solo brindan ellos, Abbe y Gusten. *Ese poder patriarcal desnudo como una repetición arcaica se ejerce también aquí, en el Buque Fantasma, y tiene subyugados incluso a Nathan y a Annelise. Sí, incluso aquí, y le gustaría poder hablar del tema con alguien.*

Pero no hay con quién. Revelárselo por ejemplo a Angela, a su madre, sería una traición. Así que ahí tiene algo en lo que pensar cuando esté arriba, en el cuarto de invitados, el cuarto de las posibilidades, donde, de hecho, trata de escribir sobre el tema).

—Me gusta hablar contigo, Gusten. *(Annelise sentada a la mesa de la cocina, algo después, a solas los dos).*

ASÍ: lo mira, alarga la mano por encima la mesa.

Instantes delicados

Le coge la mano… y

Él coge la de ella…

Qué mano tan fría tiene

Che gelida manina*, esa ópera, Gusten, La Bohème*

Canta Pavarotti…

Ella suelta una risita:

—Gusten, cariño, quería decirte que no debes creer todo lo que te diga tu madre. No todo es verdad. Ella es como una ópera.

»Toda ella.

»Pero… por otro lado —*más risitas*—, seguro que no es fácil interpretar solamente a esos compositores experimentales. Una música INTERESANTE, pero ¿nos emociona? Quiero decir, Gusten, ¿la idea no es que la música nos conmueva en lo más hondo?

Y Gusten asiente, claro. Ella tiene la mano de él entre las suyas, él también coge la de ella.

—Pero —pregunta, y en ese instante resuena el aporreo sordo de la música del sótano— ¿qué me dices de ti, Gusten, tienes... alguna amiga? ¿Alguien en concreto?

Gusten se yergue un poco, se encoge de hombros. ¿Qué puede decir?

Sí, bueno, claro que «tiene» una amiga, Sophia, por ejemplo, la chica del Club de Teatro con la que se ha pasado todo el otoño ensayando Macbeth*..., una historia algo prudente, aún vaga.*

(Sophia, que, unos meses después, durante las vacaciones de invierno, contraerá la rubeola. Toda cubierta de pintas rojas, se quedará en casa tan a gusto y tan cómodamente en la cama... Sí, y más adelante —cuando se entere de lo ocurrido—, dejará de hablar con él. Y él se irá a casa, se encerrará en el baño y vomitará sin parar hasta que se queda con el estómago vacío).

—Háblame de Nathan, Gusten —insiste Annelise ese otoño, una y otra vez (como de broma, pero luego Gusten se preguntará, ¿era de broma?).

«¿Cuál es su color?»

«¿Cuál su plato favorito?»

«¿Y su secreto mejor guardado? ¿Cuál podría ser?

«Y Sascha» (le pregunta cada vez más a menudo): «¿Quién es?».

Con el tiempo termina siendo ridículo, porque llega noviembre y todo ha terminado entre Nathan y Sascha, aunque ella no parece saberlo. Solo Nathan, que está allí, que sigue allí, un bajo que aporrea absorbente en el sótano. Además, Nathan también ha empezado a emborracharse, incluso entre semana, bebido de un modo hostil totalmente nuevo ahí abajo, él solo. ¿Sascha?

Ella lo ha dejado. A Nathan.

Y Nathan está acondicionando un cuarto insonorizado que oficialmente, ante su padre y su madre, va a ser su estudio, en el que tiene intención de componer su música.

En realidad, es el cuarto al que la va a llevar para atarla y domesticarla, donde piensa vengarse de ella. La va a... Sascha... Nathan laquierelaodia... Sascha lo ha dejado, eso es imperdonable. «Pienso traerla aquí y pienso matarla».

Lo cuenta como un loco, una y otra vez. «Cálmate, Nathan —le dice Gusten—, «déjalo ya».

Y tiene que irse rápidamente a otro lugar, no como si estuviera huyendo, solo para ir a lo suyo. A su propia vida. Porque en esa época lo que ocurre es eso precisamente, que él mismo está un poco a la deriva de su propia existencia en esa casa donde se encuentra demasiado a gusto, va y viene como quiere, tiene su propia llave, tanto de la entrada principal como del sótano (el acceso privado de Nathan), en lo más bajo de la casa.

Sube y baja silenciosamente las escaleras con unas lujosas zapatillas de piel: las viejas de Abbe, demasiado pequeñas para Nathan, pero Abbe y Gusten calzan, según han podido comprobar, el mismo número. Tiene sus libros, y el teatro. Macbeth..., en el escenario es un fuera de serie. «Gusten, ¡tienes que entrar en la escuela de teatro!».

—*Pues sí, llevaba un perro en el bolso, y luego el perro desapareció —se oye decir Gusten a sí mismo en la cocina, con Annelise.*

—*¿Cómo que desapareció?*

—*Sí, se le perdió o lo vendió, no sé.*

—Pero, Gusten, mira que perder un perro… —Annelise
no se lo explica—. Eso no puede ser. Es un disparate.

La víctima sollozaba y se quejaba. Él la oía perfectamente.
Piedad. Piedad. Piedad.

Todos la oían. Cuatro alrededor de una cama donde
una víctima desnuda pasó horas amarrada. Con cinta adhesiva. Cinta adhesiva marrón oscuro. Se quedaron ahí mirándola. Fue una situación extraña. En medio de la excitación, que era tanto etílica como
sexual…, una especie de calentón compartido, creciente. *Recklessness.* Ese rollo compartido que surge cuando se
transgreden los límites en grupo. Sin reglas (en el juego
sí había reglas, pactos, un acuerdo común. Pero cuando
ocurrió lo que ocurrió, ya hacía tiempo que habían dejado atrás el juego).

—Di que eres una puta.

—No.

—Di que eres una puta.

—Piedad…

Ella suplicó piedad una y otra vez, y empezó a llorar.
Las lágrimas surgían de sus ojos como un torrente. De los
ojos de Sascha, tan fuerte y tan resistente. *Aquí la tenéis, por
vosotros entregada.* Los ojos de Nathan relucían.

Y fue justo en ese momento cuando ella logró liberarse y echar a correr por la nieve —desnuda—, y dos de ellos,
John y Nathan, la persiguieron, le dieron alcance y la llevaron de vuelta a rastras, entre risas. Sin la menor duda, eran
conscientes de que aquello era exactamente lo que parecía:
maltrato, una puta agresión, una violación.

—¡Haz una foto, Alex! —Nathan, casi sin aire de tan
nervioso como estaba—. ¡Haz clic!

Y Alex, que, durante el juicio y también después de que los jueces dictaran sentencia, por ejemplo, durante la extraña «sesión de terapia» en los Alpes bajo la guía de Carolus Brant, «el psicólogo de los famosos», insistiría una y otra vez en que: «Yo estaba borracho como una cuba, joder, y ella estaba conforme, *¡y ahora lo que quiero es ir a esquiar!*». (Esto último allí, en los Alpes, al menos según Cosmo, el primo del psicólogo, se lo refirió todo después a Gusten, el cuarto agresor, entonces ausente, pues se encontraba ingresado en el loquero porque se había roto en mil pedazos y necesitaba recomponerse para poder seguir avanzando como fuera, para poder vivir, sin más. Cosmo, el único que después iría a verlo a la institución y que estaba esperándolo en la puerta del manicomio cuando le dieron el alta. Porque, claro, el que fue a los Alpes en lugar de Gusten fue Cosmo. Consiguió que pusieran el billete de Gusten a su nombre, le dio una palmada en la espalda... *Ya ves, Grippe, ¿qué no es capaz de hacer uno por irse de vacaciones a esquiar?*).

Gusten cogió la cámara de Sascha y clic, clic... Clic clic clic... a ella, solo a ella, su desvalimiento... desde distintos puntos y ángulos.

Una y otra vez. Y, claro está, no es preciso examinar muy a fondo el manuscrito de *¿Quién mató a Bambi?* para comprender que, precisamente esa secuencia, el episodio en el que ocurre todo, no solo figurará en la película sino que además reaparecerá una y otra vez. Muchos detalles, mucha violencia y piel y mucha cachondez, mucha excitación sexual adolescente ingobernable y fascinación mezclada con repugnancia en un proceso que no puede detenerse porque ¡ya, ya, YA viene! Y es horrible y al mismo tiempo casi como un cosquilleo, y frustrante también: no hay más remedio que MIRAR.

Y mirar a Nathan en ese momento, con la cara roja, fuera de sí por la borrachera y por una excitación tan grande. La golpeó en las dos mejillas, «dilo», una mejilla, la otra, más fuerte, más fuerte, y luego, en fin, luego ella lo dijo, dijo que era una puta, y Nathan se rio y cogió el pañuelo de seda rojo que ella llevaba alrededor del cuello cuando llegó a la fiesta unas horas antes, y lo arrugó hasta formar una bola asquerosa y se lo metió a Sascha en la boca. «Eso es, ya se ha callado la puta».

—Grippe, sírvete.

Él estaba junto a la cama, al otro lado de la cortina que delimita el dormitorio en la amplia habitación de Nathan, sonriendo como un idiota.

—Grippe, *come on...*

Inmóvil.

—¡Grippeeee!

Pero al final, el último de todos, también lo hizo. También él «se sirvió» y le entraron arcadas y vomitó.

Y ella también vomitó: casi se ahoga con el pañuelo que tenía en la boca, pero no pararon de todos modos.

La cosa siguió.

Foto, foto, clic, clic.

Y así durante las ocho horas y cuarenta y seis minutos que duró la cosa (*grand finale* de las vacaciones de invierno), la habían obligado a beber un montón de alcohol, de modo que las últimas horas estuvo medio inconsciente por la embriaguez y siguió «tragando».

—¡Traga, puta de mierda! ¡Pide más!

Y ella obedeció.

Claro que eso Gusten Grippe no lo oyó hasta después, durante el juicio, puesto que él se había ido a rastras al vestidor de Nathan y se había dormido encima de una pila de alfombras enrolladas que había al fondo. En aquel armario ropero gigantesco en el que los trajes de Nathan colgaban en filas muy ordenadas, igual que las camisas de algodón, las camisas de seda y los jerséis de lana, algodón fino y cachemira. En el suelo había también restos de la infancia, cosas que habían quedado allí olvidadas: balones de fútbol, raquetas de bádminton, bates y pelotas de béisbol, pelotas de tenis, pelotas de pimpón, pelotas de goma…, un telescopio, rompecabezas, distintos tipos de juegos de mesa: *Nuevas Finanzas, Monopoly, Parejas de Gatos, Memory, Operation X*… Y otras cosas que habían dejado allí en algún momento y que no habían vuelto a sacar. Pero, cabe preguntarse después de pasado el tiempo, *¿cuándo es la última vez* que uno mete lo que sea, el juguete, el chisme, el objeto en el armario al finalizar el juego, la partida, lo que sea, y no vuelve a sacarlo nunca porque ya ha crecido, porque es demasiado mayor? Eso es: rara vez podemos señalar el momento, ni recordarlo (a menos que se vincule a un suceso importante, claro está, como el telescopio que olvidaron en la playa y que quedó hecho trizas). Pero por lo general, no puede indicarse con exactitud, simplemente, hay una vez que es la última.

Y, cuando eso ocurre, no somos conscientes de que lo que ocurre es eso. El paso de la infancia a la juventud, a la edad adulta… Donde todas las cosas se transforman en objetos, objetos que estorban, objetos, objetos que no significan nada.

Pero esta noche de febrero —después de la violación que se prolongaba en la habitación contigua— un Gusten ya ADULTO se adentraba cada vez más en el corazón de aquel ropero que era una jungla de infancia superada, sobredimensionada (cosas, cosas, millones de cosas, porque Nathan es y fue un niño consentido).

Apestando a vómito, con los pantalones medio bajados. Animal niño que vomita, animal adulto (por suerte allí dentro estaba oscuro y no se vio en la tesitura de tener que reconocer objetos con los que hacer asociaciones ni ponerse sentimental).

Y menos mal que estaba como una cuba, así pudo seguir abriéndose camino hacia el interior y encontrar un hueco entre dos alfombras viejas, porque necesitaba entrar en calor. ¡Qué frío tenía de pronto! Pobre criatura.

Y una vez allí, imaginarse... ya, ¿el qué?

(Que la cosa se arreglaría, quizá, que no sería lo que era.

Verdad

...verdad).

Y luego solo apagarse misericordiosamente.

En otra parte de la casa había una fiesta. En la segunda planta, en los pisos de arriba. También en la oscuridad del ropero podía oírse el ruido: risas, voces, gritos, el retumbar de la música que se mezclaba con el sonido absorbente del bajo que venía del sótano de Nathan, *Being in a gang called The Disciples...*

Time...

Es otro mundo el de allí arriba, otra época: todos esos amigos, del colegio, de la clase, de la ciudad de las villas, chicos y chicas con los que se habían criado y todos los demás, de todos los demás lugares, de todas partes: una fiesta como habían sido las fiestas de Nathan el último año, al principio de la tarde limitadas a los invitados, más abiertas después. No es que dejaran la puerta abierta de par en par, pero la gente entraba a raudales... Y así fue también esa tarde de sábado, todo iba funcionando hasta que el ritmo empezó a aflojar por sí solo, hacia la mañana... Pero todo ello aparte, separado del sótano, allí arriba, nadie era consciente de lo que estaba ocurriendo en el patio de Nathan, adonde no era posible entrar. Las puertas estaban cerradas con llave, tanto la de la escalera del sótano como la del apartamento de Nathan. Y la puerta misma de entrada desde la calle también, claro (y, una vez dentro, también era imposible salir… *¡GRIPPEEE! ¿Adónde vas?*).

Mierdamierdamierda, después, cuando oyeron (a otros, a todos los demás) y comprendieron lo ocurrido.

¿O no? Sascha no les caía bien, era una prepotente y una enterada y una falsa, y además, era del Grawellska, y una delincuente, y había dejado… O sea, ¿qué mierda hacía en aquella fiesta? Había quienes dejaron caer que: *según hagas la cama, así podrás dormir. Y así dormía ella ahora en la cama. Boy Toy. Una muñeca hecha pedazos. Con todos los orificios y aberturas del cuerpo más o menos destrozados.*

Gusten se había dormido, pues, aunque no profundamente. Cada vez que se despertaba, seguía en marcha lo que estaba ocurriendo fuera, en el patio. Incluso después de que el ruido de la fiesta del piso de arriba se hubiera atenuado.

Y por fin amaneció y luego, seis días después, Gusten fue a la policía.

—*Como en la película aquella.* El vídeo de Benny. *(Nathan a Gusten)*

—*¿Qué película?*

—*Pues una de un chico que mata a una chica en la sala de juegos del sótano de la familia, más o menos, mientras que los padres están en casa en el piso de arriba y no se enteran de nada.*

Y luego vinieron los interrogatorios, las detenciones, las demandas y, más o menos un año después, el juicio. Las condenas fueron leves (tan solo Nathan fue condenado a un breve periodo de prisión condicional por privación de libertad, a los demás los absolvieron), y nadie apeló. Y claro. De todo eso se podría escribir: de los interrogatorios, las sesiones del juicio (bastante pesadas, la verdad, no llevaron a ninguna parte), preguntas, respuestas, todo lo que se dijo y lo que no se dijo, las declaraciones que se hicieron a los medios. Y todo lo que se escribió y se especuló en la prensa, todos los rumores, algunos falsos, terribles, otros certeros, en el clavo.

La ambivalencia que, después de que se desvelara todo, era innegable: por un lado, lo de que la justicia debía seguir su curso, por otro lado, algunos mensajes en sentido completamente contrario. Ir por ahí (en el caso de Gusten) con el «Judas» de Abbe Häggert resonándole en los oídos, por ejemplo, un cerco de vacío a su alrededor (muy pronto empezó a rumorearse que se estaba cerrando un acuerdo privado entre Ursula Borggaard, la madre de la víctima, y la familia Häggert). Y sobre todo, lo más evidente... cuando ya todos se habían repuesto ligeramente después de que, recién despiertos, los hubieran sacado de la comodidad de sus habitaciones y de sus casas y chalés de la ciudad de las villas.

Para ponerlos bajo la luz de los focos de un lugar público bastante horrible (a pesar de que ellos *en realidad...* tal y tal).

Y pese a todo hacer lo posible por apartar la culpa de donde sin duda residía, por el procedimiento de relativizar todo lo relativizable. Todas las justificaciones que luego, de tanto repetirlas, podían crecer y, con el tiempo, quizá incluso imponerse a pesar de todo.

Las madres (de parte de los «muchachos») que entonaban el «mira que yo soy feminista» a distintas voces, algunas muy alto, muy claro, otras bajito, desesperadamente, con suavidad pero con una modestia muy atractiva… a propósito de la víctima y del «carácter» de la víctima (¡la salvaje, la loca de Sascha Anckar!)… *«mira que yo soy feminista, pero debo decir que esa chica»*, y sí, claro, había bastante que decir…, *«no es ninguna santa, ni más ni menos, y cabe pensar que habría sido mejor que ELLA se hubiera mantenido apartada de Nathan»* (por aquello de que acudió a la fiesta a pesar de que lo había dejado y de que él se lo había tomado fatal).

Ya se sabe cómo son los jóvenes, el amor juvenil y la **infidelidad** *son cosas muy serias.*

No solo para las chicas, sino también para los chicos.

(De hecho, hubo quien escribió una carta al director en el diario local: «¡El hombre joven también existe!», rezaba el titular).

Y luego estaba todo el tema del Grawellska, de donde, además, procedía Sascha. Solo que ahora no desde el punto de vista de Annelise, «mi hogar», sino como «la institución para chicas inadaptadas y al borde de la delincuencia» que aquel hogar para señoritas era de hecho, y teniendo en cuenta todos los delitos (menores, pero, cuando se hablaba de ellos, parecían mayores) que había cometido Sascha y por los que «de hecho puedes ir a la cárcel si eres adulto». Sí, y además ella era prepotente y engreída (eso no lo decía nadie a las claras, pero lo que se sabía de ella hacía que fuera más fácil alimentar esas otras ideas sobre su «forma de ser»). Y además, tenía el dinero de la droga que vendía para ir paseándose por ahí, bling bling bling… con un perrito muy pequeño en un bolso demasiado grande.

Eso, el perro.

Pobre perro

Por Dios santo, hay que ver la pena que daba aquel perro de pronto. *¿Cómo se llamaba, por cierto?* ¿Krulle? ¿Krille? O sea…, ¿qué fue del animal? Desapareció sin más. ¿Desapareció? *Ah, qué vida más descuidada, Sascha.* ¿Lo VENDIÓ? ¿Lo PERDIÓ? O fue otra cosa, quizá horrible. ¿Le hizo algo? Y, en ese caso, ¿qué dice eso de una persona *que es capaz de hacer algo así*? *¿CÓMO puede nadie ser capaz de hacer algo así?*

Luego estaban los padres, que al cabo de un tiempo, con palabras más sobrias y a todas luces más objetivas, empezaron a cuestionar abiertamente la lógica del modo en que pintaban ante el público en los medios al «Cuarteto del Horror». El solo nombre…, *después de todo, son chicos jóvenes con toda la vida por delante.* Y varios de ellos, sería conveniente señalarlo en este contexto, con méritos extraordinarios en todos los sentidos: en el colegio y en los deportes. Al principal inculpado, Nathan Häggert, lo consideran prácticamente un genio. El mejor en el instituto en todas las asignaturas y, hace tan solo unos años, una promesa del patinaje artístico júnior a escala *nacional,* seleccionado para el campeonato europeo en la categoría juvenil (aunque lo dejó justo antes de las competiciones. La juventud, se interpusieron los amigos, pero también eso despertaba simpatías y era del todo normal).

De modo que era de lo más normal (¿verdad?) preguntar: ¿Tendrían que ir cargando con **eso** a partir de ahora? (Nótese el vocabulario elegido, que también empezó a aflorar entonces: «el incidente», «como un estigma» en la frente). *«Todos cometemos errores, ¿no? Es propio de la juventud, a veces los juegos se nos van de las manos».*

Aunque lo del «estigma» estaba muy bien, desde luego. Lo hicieron público primero sin adorno, «hay un aspecto de clase que debemos tener en cuenta», dijo el consultor mediático, y miró a su alrededor en alguna de las elegantes salas de estar de la ciudad de las villas, donde los padres de los acusados (y, en ocasiones, los acusados también) se reunían para «idear una estrategia» antes y durante el juicio o en general cuando hacía falta, por ejemplo, si Annelie Häggert volvía a hacer el ridículo ante los medios (algo que nadie decía a las claras, que «hacía el ridículo»…, pero todos veían claramente que lo que antes tenían por «un temperamento sureño chispeante» y una capacidad de expresión fruto de «un intelecto brillante y seguro» o un *no-monkey-business-ve-al-grano-directo,* no se apreciaba en lo que valía cuando a la señora Häggert se le caía la máscara una y otra vez y, con frecuencia creciente, fracasaba a la hora de ocultar la rabia al ver que a ella y a su hijo los trataban casi como si fueran «chusma, gentuza, **simples delincuentes**». Bueno, eso lo dijo ella después de una minuciosa investigación de varias horas en la sala del tribunal acerca de la violencia que su hijo había ejercido, y de los terribles detalles sobre los días que siguieron a la violación, cuando su hijo no llevó a Sascha a su casa, como le había dicho a Gusten que haría el domingo por la mañana. Sino que siguió reteniéndola allí, en la Sala Acolchada. Y, además, ¿por qué, si puede saberse, tenía él un cuarto así? ¿Por qué? ¿Un estudio para hacer su música? Según dijo la defensa, una afición nueva. Pero QUÉÉÉ…, *bullshit,* Gusten lo sabía, porque ¿cuándo había compuesto Nathan sus propios temas?

Aunque, según el propio Nathan (que lo decía con un aire pensativo y vacilante totalmente creíble): fue porque *no sabía qué hacer con ella.*

«Estaba conmocionado, no sé». Decía mirando al suelo. Y esas cosas, que a veces, en el transcurso del juicio, hicieron que alguno de los padres afectados exclamara, aunque en privado, cuando Annelise no estaba presente: *«Pero ¿qué le pasa al dichoso Nathan, es que es un psicópata o qué?»*. Aunque al mismo tiempo hay que reconocer que tampoco había mucho más material para seguir adelante. Porque Sascha Anckar no dijo nada de nada. Durante el proceso se mantuvo cada vez más callada. Fue como si desapareciera en un silencio laborioso, mientras seguían las deliberaciones y las especulaciones sobre ella.

Porque hubo un montón de bla, bla, bla. Un puto bla, bla, bla.

Como un *show* que se desarrollaba a la vista de uno. A su vista (a la vista de Gusten: como perpetrador, como autor del delito…, él era culpable y lo sabía, de modo que para él no importaba qué vocablo utilizaran).

El coro de las madres: *mira que yo soy feminista…* Y luego los padres, claro, que con el tiempo también rehuían cada vez más **aquello**, o «el incidente», por el bien del club deportivo, por el *futuro* y cosas por el estilo. Una observación interesante, eso sí: Cómo esos papás, padres de los acusados, fueron abandonando poco a poco por ejemplo las reuniones de planificación de estrategias comunes que celebraban en sus hogares de la ciudad de las villas (con o sin asesor mediático, aunque, lógicamente, fueron ellos —los padres— los que corrieron con todos los gastos, *con la cartera por delante*. Lo que tampoco tardaban en señalar solapadamente si recibían críticas. Había otro montón de reuniones, viajes de trabajo, diverso tipo de premuras y misiones voluntarias, el equipo de fútbol masculino, que, precisamente esa temporada, había causado sensación al ascender a división B, lo que era algo prácticamente histórico para el fútbol de la ciudad de las villas. Y luego estaban «los chicos del baloncesto», que cosechaban tantos éxitos como siempre también en aquel momento. Y *después de todo esos chicos no funcionaban de forma autónoma*, de modo que se precisaban intervenciones constantes y, en resumidas cuentas, acabamos con lo que podía considerarse una conclusión lógica: *Las cosas no podían descuidarse eternamente, nadie ha muerto y la vida sigue…*).

De modo que, con el tiempo, resultó que todo el mundo fue desentendiéndose poco a poco del asunto… en el plano personal, si bien no en el jurídico. Todos esos detalles toscos: lo sexual, los fluidos corporales, la sangre, los sentimientos. Todo aquello que cada vez con más soltura podía reconducirse y de hecho se reconduciría —y ese era el objetivo— a la esfera de las mujeres: Toda esa *corporeidad*.

Y más o menos en ese punto fue, al final, como si todos los demás se hubieran apartado para dejar sitio a dos señoras dramáticas que aparecieron en el escenario (exacto, como un escenario, así fue como Gusten llegó a verlo todo: como una representación teatral. Y eso fue, de hecho, lo que mejor recordaría). Dos madres, dos amigas, Angela y Annelise, que se enfrentaron entre sí, como en una ópera (donde incluso la amistad se disolvía a la vista de todos).

Annelise: **Una gata del Grawellska**.

Y Angela *(«¡Miraos al espejo, chicos!»)*, directamente de la ópera de Australia, donde en el momento del juicio cosechó un éxito menor con su actuación en «Dissections of the Dark», primera parte. Una obra (como se vería más adelante) de los compositores Schuck & Gustafson, que marcaría una época en la tradición operística posmoderna. Y dado que se representaba con el aforo completo en esa temporada de otoño (era otoño en Australia), sus posibilidades de estar presente durante todo el juicio eran extraordinariamente limitadas (si faltaba, se consideraría incumplimiento de contrato, y eso conlleva una multa bastante alta). Pero cuando apareció fue, como suele ocurrir, en el momento perfecto.

O en el momento equivocado, según se mire.

«Heridas que nunca sanan». «Un trauma, quizá para toda la vida».

«¡Miraos al espejo, muchachos!».

Eso la oían decir a veces, porque ella no se andaba con rodeos en lo relativo al daño infligido a la víctima. Y lo de una voz que no solo iba contra corriente y se apartaba del coro de mamás, sino que recorría la médula y los huesos justo cuando uno empezaba a pensar que mediante justificaciones y argumentos aquí y allá —«la forma de ser de la víctima», «no era un modelo de virtud», «un perro en el bolso»— había alcanzado una distancia relativamente soportable de la verdad incómoda y desnuda: Que fue una típica violación violenta, con agresión incluida… y que había fotos que lo demostraban.

Sí, justo en ese momento, Angela estuvo allí como un recordatorio muy dramático y tormentoso —dio un discurso— no solo una vez sino al parecer quinientas, en la ciudad de las villas antes y durante el juicio.

Miraba triunfante a su alrededor cuando hablaba, pero tal vez, tal vez cuchichearan entre sí las demás madres cuando nadie las oía y la propia Angela no estaba con ellas…, que todo lo que consiguió Angela fue llamar la atención sobre sí misma, sobre su elegante persona y su integridad.

En plan diva.

Y además, su propio hijo, tan expuesto… Gusten, *ese pobre muchacho.* Allí, «en el banquillo de los acusados» (una ordenación metafísica)… Y sí, claro que podía sentir a veces la mirada de aquellas madres, esa simpatía pringosa y llorona que tenían por él. Y que no era ningún consuelo, sino más bien solo conseguía que todo fuera más vagamente asfixiante y

se quedara

a punto de desmayarse solo por eso, miraba al suelo, enfocaba un punto, el mundo daba vueltas…

Luego, en el otro lado, Annelise, que, con independencia de todo, seguía con su particular carrera loca, perdiendo los papeles en los medios, donde hasta el último momento, en un empeño miope, se negaba a ver la verdad a pesar de que todos los datos estaban encima de la mesa. Sí, claro que también estaba destrozada, hecha polvo a ojos de todos, y era terrible de ver… Y, además, cómo, a medida que iba usando un vocabulario cada vez más vulgar en el límite de lo adecuado, su indumentaria se iba volviendo cada vez más lujosa. Y era blanca, de un blanco directamente ofensivo, porque, desde luego, no permitía asociarla con ningún tipo de Inocencia, si es que era esa la idea, sino con un apodo últimamente olvidado que le pusieron a principios de los años dos mil, cuando, gritando como una niña en la pubertad, expresó todo tipo de ideas socialdarwinistas, ultraliberales y gaynhandianas, con especial acento precisamente en el efecto de choque: Es un **deber moral** obtener ganancias, es un **deber moral** elevar los precios tanto como se pueda. Fue sobre todo en un debate público sobre el acceso a los medicamentos en el tercer mundo cuando Annelise destacó al defender a una farmacéutica que se negaba a reducir el precio de un medicamento contra el cáncer… como si la gente pudiera permitirse comprarlo. Un **deber moral** esto y lo otro…

Los sobrenombres eran la Reina de Hielo y la Dama de Hierro II, así que en ese momento totalmente inadecuado en el que deberían haber primado las asociaciones a la fragilidad, el arrepentimiento y el amor materno incondicional como circunstancias atenuantes (*Pienso luchar por mi hijo como una leona*, cosa que de hecho dijo), todos recordaban a un puñado de ruidosos extremistas gaynhandianos en el círculo de los primeros apoyos de Annelise Häggert. Gente que en los últimos tiempos ha sido tristemente apartada de la conciencia colectiva, cuando se trataba de convertir a Annelise Häggert en un personaje presentable en los mejores salones del poder político. Porque allí era donde operaba el poderoso y solvente laboratorio de ideas La Fuente de Oro (el siguiente paso en la carrera de Annelise habría sido un puesto de ministra, donde tendría posibilidades de intervenir sin intermediarios para reformar gaynhandianamente todo lo que reformar quisiera). Gente que en el origen de los tiempos disfrutaba enumerando a un montón de «calzonazos» de la política y la industria, que, a diferencia de Annelise Häggert, no tenían *huevos* para más de una cosa. Sí, todos esos «socialdemócratas y demás gente más o menos de izquierdas con sus modales COMINISTAS», lisa y llanamente.

La Dama de Hierro II. Desde luego, tal vez habría podido ser entretenido si de verdad se hubiera tratado de una obra teatral, pero para la madre del principal acusado en un juicio por violación era una desgracia… Oscar de la Renta, Versace y esos tacones altísimos de Azzedine Alaïa y las pieles que llevaba, auténtica marta cibelina blanca como la nieve. Y las palabras que empezaban a surgir de su boca: **Pedazo de mierda**, podía decir de pronto después de una entrevista en la que, una vez más, habían intentado sacar a relucir su papel de «madre» en aquel «drama». **Pajeadores coministas**, con total independencia de cuál fuera el contexto, solo porque ya empezaba a estar más que harta de los periodistas, así que el consultor mediático tenía que intervenir cada vez más y apartarla de donde estuviera gritando:

¡Vaya *fuckanal* de mierda!

A punto de traspasar todos los límites de la desgracia, la desesperación, la impaciencia y la conmoción y el estrés, podía soltar por su boca cualquier cosa.

Y esas dos mujeres, antiguas amigas, Angela y Annelise, cómo empezaron a odiarse de pronto.

«PERO ¿NO LO DIRÁS EN SERIO?», se oyó la voz de Angela Grippe, alta, clara, maravillosa, casi sensual, cuando (después de «fuckanal», por ejemplo) de ese modo bien articulado, culto e irónico tuvo la oportunidad de «entablar abiertamente un diálogo» con su amiga (su antigua amiga, más bien, y ¿sabéis qué?: es de lo más triste). Ocurrió en la escalinata de los juzgados, al aire libre… entre la justicia y el suelo, la realidad donde aquel amor del demonio se paseaba en coches oscuros (Nathan y su padre, los dos con gafas de sol oscuras), mientras que ella estaba allí «aguantando el tipo». Y la Amistad se hacía añicos ante sus propios ojos.

—*Pero qué banal, Gusten. (Angela, con Gusten en casa, después)*
—*¿Qué dices, mamá?*
—*Qué banal.*
Repetía, repetía…

223

—¿Qué dices?
Aunque seguramente la había oído.

—¡Qué discursos tan bonitos da tu madre! —le decía a Gusten discretamente en un susurro incluso alguna de las otras madres, y sin que las demás la oyeran (eso, Alice, la madrastra de Alex Axelsson, *«esa cerda falsa que da ganas de vomitar»…*).

Todos aplaudían…, la verdad, sabía ganarse al público, o eso parecía, aquella cantante de renombre internacional que (casi) había cantado en el Metropolitan de Nueva York y que (casi) formó dúo con Luciano Pavarotti según los rumores. *«This wonderful Valkyria from the North»*, dice el rumor que dijo Pavarotti. Solo que poco después murió de un infarto que, demasiado pronto, puso fin a la vida y a la carrera del grandioso y célebre italiano.

Pero resulta que una mujer que, cuando Angela terminó de hablar, se abrió camino hasta ella, le dijo algo antes de que ambas se fundieran en un abrazo. Claro, no es otra que Ursula Borggaard, la reina de la *jet set*, la madre de Sascha Anckar. Tan emocionada que se ha echado a llorar. Y fuera gafas de sol: las lágrimas corrían como un río.
Sascha.
Piedad. Suplicó piedad.
Piedad.

—Luciano Pavarotti que canta… A ver, ¿es Wagner? Qué hermoso.
  —Wagner, Gusten. ¡Eso dijo! ¡¡Pavarotti está cantando a Wagner!! (Angela, a Gusten, una vez en una habitación de hotel, los dos solos).

Pero aquí y ahora a plena luz del día y públicamente,
Gusten vio cómo su madre despojaba con fruición a Annelise de
su semicultura, sus pretensiones (para notar ella misma su cul-
tura y su superioridad. La cultura como superioridad).
Y, claro, él *no quería estar de parte de ella.* A pesar de
todo, así era.

Piedad.
La cabeza le daba vueltas y vueltas. Día tras día, cada
vez más fuerte...

Y Gusten, en la sala de audiencias, perdió el conocimien-
to, se cayó de la silla. Se desmayó. Se desplomó en el suelo.
Su abogado le ayudó a ponerse de pie. Las madres lo mi-
raron agradecidas. (Salvo Angela, no, no, ella ya no estaba
allí, había tenido que marcharse, coger un taxi directamente al aeropuerto después de su «actuación» en la escalinata
del juzgado).
«Todo ese espectáculo falso».
Cuando se despabiló se encontraba en un cuarto apartado. Fue la tercera madre, Alice, la madrastra de Alexander Axelsson, la que le habló, inclinada sobre él, que estaba
tumbado en un sofá.
—¿Cómo te encuentras? ¿Quieres un vaso de agua?
(como sin resuello, como si hubiera estado esperando ese
momento)—. Gusten, solo quería decirte... (y sacó del
bolso una petaca plateada, desenroscó el tapón y tomó un
trago, cerró los ojos, ah, qué placer)—... que tu madre da
unos discursos muy bonitos. Y Gusten, también quería decirte otra cosa. Que tu madre vale más que todos... que todos los que hay aquí juntos... toda esta panda. Gusten, ¿tú
conoces a alguien que venda apartamentos?

»Es que voy a mudarme. Fuera. Voy a dejar todo esto. Estoy hasta el moño de todo. Tanta hipocresía.

Él se incorporó y ella lo rodeó con el brazo y un aliento de alcohol puro y duro le dio en la cara.

—Tu madre, Gusten. Tu madre era de otra pasta. Es. Una cantante de ópera, una persona muy culta. Y —pausa— además, yo lo sé, Gusten: es la única de toda esta panda que dice la verdad.

—Pero no está aquí.

—No, eso es verdad. Y, en realidad, yo no soy más que la madrastra de Alexander. Y yo quiero a Alexander. Igual que tu madre te quiere a ti. Y, oye, Gusten. —Mirándolo claramente pensativa—. Tu madre tiene razón. ¿A que sí?

»Fue muy potente por tu parte acudir a la policía. A todos les parece una mierda, pero yo te digo lo que pienso, Gusten. ¡Potente!

—¿A todos?

—A muchos. Confiaban en una solución más discreta. Que hubiera beneficiado a todos. Nadie pretendía minimizar… Pero, Gusten, al oír a tu madre comprendo que hay ciertas cosas que deben salir a la luz. De lo contrario, todo sigue igual, y sigue y sigue…, nada… cambia…, Gusten.

Y era tal el desvalimiento de aquella mujer… Gusten se dio cuenta de pronto, era un desvalimiento sincero.

—Gusten, ¿puedo darte un abrazo?

Y sin esperar respuesta, lo abrazó otra vez. Y él la dejó. Se ahogó en su abrazo, de hecho. El abrazo femenino. *Whisky*, sudor, perfume.

Y quizá estuvo bien lo de darse cuenta de que estaba borracha, porque si no, si hubiera estado sobria y en plena posesión de sus facultades, habría existido el riesgo de que él hubiera bajado la guardia y se hubiera venido abajo en el regazo de ella (esa mujer mayor totalmente desconocida) y se hubiera puesto a llorar, a llorar sin parar. Y esas lágrimas, pensó Gusten de pronto…, no habrían tenido fin (también sintió un punto preocupante de autocompasión).

#Foreverandeverllorarsinparar #lloricalloricallorica

—*Gusten, querido, no te creas todo lo que te diga tu madre.*
(Annelise en la cocina, mucho tiempo atrás).
—Le encantan las exageraciones… Dos bohemios pobres en París… (Pavarotti, Grippe), pero (para ser dignos de crédito) demasiado «bien alimentados». Ja, ja, ja (guiñoguiño), ¿les medimos la cintura, Gusten?

Y ja, ja, ja, Gusten se rio también, en la cocina, con el calor, el Buque Fantasma en otra época, ante la imagen que le surca la memoria.
—Y Gusten: Tiene que ser UNA PESADEZ cantar SO-LAMENTE a esos compositores experimentales… Dissections of the Dark. *INTERESANTE música. Pero ¿la idea no es que la música nos conmueva el corazón?*
»Me gusta hablar contigo, Gusten.
Entonces: lo mira, alarga la mano por encima de la mesa.
Instantes delicados.
Le coge la mano… y él se la coge a ella.
Qué mano tan fría

QUÉ MANO TAN FRÍA
(UN GUANTE EN EL AGUANIEVE)

Dos días después dictaron sentencia. El único al que condenaron por un delito de secuestro y maltrato leve fue Nathan. Prisión condicional, seis meses. Los demás, absueltos (también Gusten). Hubo muchos detalles, según vieron, que no pudieron comprobarse más allá de toda duda razonable. (Y Sascha Anckar, más callada que una pared). Angela se había marchado, de modo que Annelise reinaba de nuevo en la escalinata de los juzgados. Ahora casi tartamudeando de... ¿de qué? ¿De alivio? Mientras se recuperaba ante las cámaras de televisión. Y hacía su última declaración... Se produjo un lapsus célebre.

—**Ahora vamos a pasar página. Y un buen día habremos pasado tantas páginas que nada de esto habrá ocurrido.**

Tenía frío. Se metió las manos en los bolsillos, sacó los guantes. Uno cayó al suelo, ella no se dio cuenta, había mucho jaleo a su alrededor. El fotógrafo de un periódico quería hacerle una foto, la apartó un poco a un lado, clic, clic, clic.

¿Alice? Gusten buscaba con la mirada a Alice Axelsson. Estaba con un grupo de padres al pie de la escalera (primavera otra vez, por cierto, uno de los primeros días, y cómo goteaba el agua derretida y el sol reluciente iluminaba toda palidez).

Su mirada se cruzó con la de Gusten. Lo atravesó sin verlo.

Ella y papá Axelsson y Alex juntos, sonriendo tímidamente como para salir en una fotografía a la que ella, Alice, se había incorporado de nuevo (porque no, finalmente no iba a mudarse, eso lo veía cualquiera).

—Ahora lo que tenemos que hacer es reencontrarnos entre nosotros.

Una fotografía en la que toda la familia sonríe a la cámara. *Alex Axelsson, de la ciudad de las villas, absuelto.*

Y Ursula Borggaard se encontraba allí, claro está. Con las ridículas gafas de sol negras enormes, que le cubrían toda la cara. Muy erguida con el vestido negro entallado de diseño, los gruesos pendientes de oro en las orejas brillando a más y mejor en torno a su persona, oliendo, no, apestando a sudor y a un perfume denso.

Ese olor le llegó a Gusten de lleno cuando se acercó para estrecharle la mano. Pensaba decirle algo, pero no logró articular palabra. Lo único que se le ocurría era: «Mi más sentido pésame». Pero eso no podía decirlo, no era apropiado. (Como si Sascha estuviera muerta. Pero Sascha no estaba muerta. Solo estaba en otro lugar, fuera de la vista de todos).

—Todo se arreglará, Gusten —dijo ella, Ursula, en voz baja—. Todo se arreglará.

Y, aunque sin quitarse las gafas, lo miró directamente a los ojos.

—*Me la suda vuestra justicia, Gusten. Déjame en paz. ¿No lo entiendes?* (Sascha, en el hospital, un recuerdo).

Y más allá, en el aparcamiento, Nathan Häggert entraba en un coche oscuro con su padre al volante y hacía el gesto de la victoria (sí, en serio), sonriendo abiertamente al sol. «Por los pelos», parecía que estuviera diciendo (pero no lo dijo, ¿verdad?). Y la madre, Annelise, seguía en la escalinata cuando el coche arrancó y se alejó de allí. Como si se hubieran olvidado de ella. Un poco cómico, en medio de todo el revuelo. Pero quizá no lo notó nadie, salvo ella misma. Que hizo todo lo que estaba en su mano para que no se notara. De modo y manera que, por esa razón, hubo lugar para una final: dos pares de ojos que se encontraron. Los ojos de ella, y los ojos de él (de Gusten, que era el único que no tenía a su lado a ningún familiar, pero que andaba por allí de todos modos, al pie de la escalinata de los juzgados, esa tarde primaveral. Como después de una celebración de fin de curso, o algo así).

Ella no sonreía. Se limitó a mirarlo, a clavarle la mirada, como inquisitiva, pero neutral. Como si quisiera decirle algo, pero no supiera qué exactamente (había cinco o diez metros entre ellos).

De repente se imaginó que ella abriría la boca para decirle en voz alta: «¡GUSTEN! ¿Quieres que te llevemos? ¡Vente con nosotros!».

Como si todo siguiera normal (o tan normal como podía ser a partir de ahora. Aunque la vida «seguiría adelante», «el futuro», «pasar página»…, ella misma lo había dicho).

Pero ella cambió de idea enseguida, se dio media vuelta y se apartó de él. Quedó un poco raro, porque a su lado no había nadie, ni una sola persona. De hecho, a su alrededor había como un anillo de vacío. Fue en ese momento cuando empezó lo que iba a experimentar después: que todos la iban a evitar. La dejarían fuera de la conciencia de la ciudad de las villas.

O quizá fue solo que vio el Mercedes oscuro con Nathan y Abbe a bordo, que seguramente descubrió que la dejaban allí, ¿verdad? Porque (un par de largos minutos después) allí estaba el coche otra vez, se deslizó hasta el pie de la escalera y la recogió.

Sascha era como un juguete que se hubiera roto. Y que debieran reparar.

—Quiero ir a casa —decía entre lágrimas. Y Nathan le respondía que iba a llevarla él.

—Yo tengo que irme —dijo Gusten Grippe. Ellos se volvieron, casi aterrorizados. Como niños pequeños—. Mi madre... (sí, eso dijo: mi madre, como dando a entender que tenía que ir a recogerla al aeropuerto, pero no terminó la frase).

—¿Os arregláis? —Nadie respondió. Pero él le vio los ojos, lo asustada que estaba. Eran unos ojos totalmente distintos. Una mirada que decía no te vayas, hagas lo que hagas, Gusten, no te vayas. **Tengo miedo.**

Pero él se fue.

Dejó el patio por el sótano una mañana de frío crujiente, de aire gélido. Esa misma tarde empezaría a nevar, aguanieve, porque la temperatura pasaría de los cero grados y seguiría así durante varios días, cada uno de ellos tan particular en la memoria de Gusten, y aun así todos tan iguales. Por debajo de todo: de mamá en la cocina, mamá en el apartamento, le encantaba estar con mamá a solas en el pisito del centro de la ciudad de las villas cuando ella iba por allí a pasar unos días..., hay una desazón sorda, ¿dónde está ella, dónde está él, Sascha, Nathan? (Y Gusten iría una y otra vez al lugar de reunión a esperar a los demás, a esperarlo a él, a ella...).

Esos eran los sentimientos «elevados» sobre los que podía volver aquella mañana clara, pese a todo, con el cuerpo y el alma hechos jirones. La resaca…, algo así como un estado de conmoción…, la violé, la violé, aquello no había emergido aún a la superficie…, lo que «ocurrió» allí dentro era también para Gusten en el estado en que se encontraba algo totalmente irreal, algo que no había ocurrido (o más bien: podían hacer que nunca hubiera ocurrido).

Porque Sascha parecía encontrarse perfectamente. Eso era un hecho.

Pero salir al aire libre, a esa bendición de aire tan alto. Que lo sostenía…

El Buque Fantasma a su espalda. Destrozado.

No vuelvas la vista atrás.

Y él…

no vio…

—*La llevo a casa en el coche* —*le había dicho Nathan. Pero al final no la llevó a casa*—. *No podía dejarla allí* —*dijo*—. *Y, claro, no sabía… Así que la traje aquí otra vez.*

—*¿Y la tuviste… escondida?*

Nathan, con la mirada errante, baja la vista, mira al suelo (durante los interrogatorios).

Guarda silencio.

Luego:

—*No. O bueno. No lo sé…*

Ahora Gusten se ve a sí mismo en el aguanieve. No es nadie. No es nada. En el aguanieve. En los oídos, la voz de su madre (que habla, habla, ¡¡absuelto!! Grita al teléfono —él lleva puestos los auriculares—, resulta casi embarazoso cómo grita).

Hay que ver lo aliviada que está. Él no ama/ odia a nadie.

Todo plano. Ni fu ni fa.

Como, en cierto modo, también ese frío día primaveral, soleado pero totalmente anodino.

Y por último, en algún rincón apartado, una «víctima» entra en un coche. Sascha Anckar. Que, durante el juicio, ha seguido guardando silencio, como una estatua de piedra, pálida, mirando al frente mientras estaba allí. Bastante a menudo, muy a menudo en realidad, no ha estado presente.

Los músculos hinchados, había empezado a entrenar de nuevo, desde luego, nadaba continuamente y él, Gusten, se sorprendió alguna vez al comprobar que sus pasos lo llevaban a la piscina cubierta para ver cómo se abría camino por el agua resoplando de un extremo a otro de la piscina.

Habría querido hablar con ella.

Ella no llegó a verlo. O tal vez hizo como que no lo veía... Y él no tuvo el valor o tal vez la cara dura de acercársele. Y luego ella se fue con los Pellegrino, una familia de obsesos de la ciudad de las villas (algo así como parientes lejanos o amigos de ella, se dijo), formada solo por escaladores. La madre, escaladora; el padre, escalador; los hijos, escaladores: cuatro entusiastas del aire libre.

Así que iban a distintos sitios para escalar. Para durante ese tiempo, en el saludable entorno de los escaladores, mantener a raya los pensamientos y los sentimientos.

«Un diario de tus pensamientos, Sascha».

«...pero yo no perseguía ninguna justicia de mierda. La justicia no existe. Yo quería irme de allí. Él quería matarme».
(Sascha, más tarde)
Gusten, solo en la nieve fangosa. Descubre algo oscuro en el duro montículo de nieve. Al pie de la escalera en la que estuvo ella. Es el guante de Annelise. Gruesa piel marrón oscuro, forrada de pelo.

CORRELATO: ANNELISE HÄGGERT
(FIN DE LA HISTORIA)

Érase una vez Annelise Häggert. Una Annelise que, de la base que el orfanato y toda la ciudad de las villas le proporcionó («no tengo palabras, estoy muy agradecida», así hablaba ella continuamente), se alzó y emprendió el camino hacia una carrera brillante. Con el título de catedrática de Economía con tan solo veintisiete años, un hito, y un perfil definido por no decir relevante en el seno del Movimiento Gaynhandiano, que, desde finales de los noventa y principios de dos mil, empezó a adquirir una influencia enorme en política. Antigua niña de orfanato que llegó, vio y venció y que, aun así, era humilde y agradecida. Se casó con Abbe, Albinus Häggert («tomó el relevo» con el amor de juventud y novio de muchos años de Angela Grippe, así pasó, pero la amistad perduró entre Angela y Annelise, porque era fuerte y enriquecedora para ellas, a pesar de que las dos jóvenes emprendieron direcciones diferentes en la vida: Annelise, la economía y Angela, el arte, la formación, la música clásica).

Tuvo a su hijo, Nathan. Sí, el mismo. Nathan.

De modo que la cuestión ahora, después de todo —el escándalo, el juicio, todo—, era qué iban a hacer con ella y con toda esa historia que habían alimentado y que tanto gustaba: Annelise, del orfanato Grawellska, gracias a la cual resplandece la ciudad de las villas, qué iban a hacer ahora que no quedaba nada de esa historia.

Annelise, que había ido paseándose por todos los medios mientras perdía los papeles: PUTA DE MIERDA… El patito feo que se convirtió en cisne… ¿En CISNE? ¿Qué clase de cisne era ese?

En fin, ¿qué iban a hacer AHORA con ella, con toda la historia?

La respuesta era obvia, claro (por más que bastante desagradable, de modo que no era posible comentarla en voz alta, formularla directamente en palabras): olvidar para seguir adelante. Dejar atrás lo que dejar pudieran. Es decir (resumiendo): cerrar filas, fuera Annelise, que no nos ha dado el resultado que esperábamos. Olvidarla. Darle la espalda.

Como así ocurrió: Abandonan a Annelise, se queda sola.

Los últimos años vive sola en el Buque Fantasma a orillas del Kallsjön en la ciudad de las villas, con su cáncer y su hijo Nathan, que ni empieza Arquitectura ni emprende otros estudios. Simplemente, se queda allí, con su madre, en casa, hasta que ella muere.

Entonces Abbe Albinus hace ya mucho que se encuentra en otro lugar. Esa misma primavera, en mayo, después de que dictaran la prisión condicional de Nathan, los deja a su suerte a los dos, a Nathan y a Annelise, y se va a vivir a Suiza con la secretaria (la relación en sí no es ninguna novedad, llevan años manteniéndola, con la bendición de Annelise, como decían). Se queda a vivir allí para siempre, y es raro, si es que ocurre, que vuelva por la ciudad de las villas.

Y para Annelise no habrá nunca un regreso a la vida laboral. Después de La Fuente de Oro, no recibe más ofertas. Lo intenta con varias misiones de beneficencia, pero con poco éxito, y luego cae enferma. Y al final del año 2009 la liberan también de su cometido como presidenta de la Fundación Social Grawellska. Cierran el orfanato-hogar de señoritas y venden el edificio como un todo atractivo que alcanza un precio altísimo en el mercado privado (un millonario se instala en la casa y delimita la zona más aún con una valla electrificada y cámaras de vigilancia y perros coléricos que ladran desde el otro lado del alto muro de ladrillo recién construido que se levanta a ambos lados del portón, en la calle. La actividad de la Fundación continúa «de diversas formas» que en ese momento, e incluso muchos años después, nadie sabe con exactitud cuáles son.

Según los rumores —aunque solo son rumores—, es la Fundación y todo lo relacionado con el Grawellska lo que la destroza, lo que la aboca a perder las ganas de vivir: Annelise Häggert, que fue en su día un miembro orgulloso de los «alumni» del Grawellska.

«Mi hogar», como ella lo llamaba. «Estoy muy agradecida. Cuando es posible, una tiene que devolver lo que recibió».

Ya no la necesitaban, no necesitaban a Annelise. La habían querido. Ahora era como un yugo alrededor del cuello. Y la olvidan, olvidan a Annelise. Que se queda muy sola.

Un guante en la nieve. Él lo recoge.

VAMOS, Gusten. Tú sabes hacerlo mejor.
Pero no. No supo hacerlo mejor. No sabe.
Contar esta «historia».
Se le deshacía continuamente cuando lo intentaba. Como a pedazos, a jirones. Desgarrados.
Tan a pedazos que era muy doloroso.
Es doloroso.
Pero la verdad… la verdad… en forma de relato.

Un relato veraz presupone algo parecido a una **masilla** *que lo mantenga todo armado ..., esa fragilidad, todos esos pedazos...*
  En pedazos pedazos pedazos

GUSTEN EN LA NOCHE, 1

Fue la noche en que los jueces dictaron sentencia, y él llegó a casa tarde. Estaba solo, sentado en la oscuridad. Llamó a su madre por Skype. No consiguieron que funcionara la conexión, pero la veía en la pantalla. Movía la boca. La minimizó hasta convertirla en un sello en la esquina y bajó el volumen.

Luego entró en Facebook y vio que a Annelise Häggert la habían sustituido por «una cara nueva» en un nombramiento provisional. Según un reciente comunicado de prensa de La Fuente de Oro: un hombre joven, *up and coming* en política. De Annelise Häggert solo decían que le habían dado la baja por enfermedad. O sea, no que «se había tomado» una baja por enfermedad, sino que «le habían dado» la baja, lo que significaba lo que todos sabían a aquellas alturas: que la habían despedido o la iban a despedir (y en el comunicado de prensa de la Fuente de Oro no figuraba su firma, solo el título del cargo. De ahí que la información, junto con una fotografía —esa cara de caballo boquiabierto— se hubiera publicado en la edición digital de la prensa vespertina: «Häggert despedida tras el escándalo de violación en su domicilio»).

Por un instante, pensó que ella lo llamaría, que habría llamado, que habría intentado contactar. Cogió el teléfono para comprobar las llamadas perdidas, pero, absurdo. ¿Por qué iba a llamarlo?

Claro que no lo llamó.

Y de pronto empezó a aullar alto y volvió a pulsar el nombre de su madre. Esa boca rígida, esa cara…, él creía que la línea se habría cortado hacía un buen rato ya, que en la pantalla solo quedaba la foto, de modo que le gritó a la pantalla con todas sus fuerzas:

MAMÁ, NO QUIERO IR A LOS ALPES. ¡¡¡¡QUIERO CUMPLIR MI CASTIGO!!!!

Es decir, allí fue donde estuvo toda la noche: en otra sala de estar de la ciudad de las villas con «los muchachos» (aunque Nathan, el «muchacho principal», estaba en la cama con migraña y resfriado, no pudo estar presente). Y ahora también el terapeuta experto en traumas, «el psicólogo de los famosos» Carolus Brant (conocido por una tertulia de televisión y por ser autor de un libro, *La jirafa de la terraza*), que según la primera decisión de los padres «trabajaría con los muchachos» algo después según el esquema de una serie de reuniones en absoluto oficiales. Tendrían la posibilidad de consolarse hablando, de desahogarse, en general de *procesar* lo ocurrido —entre cuatro paredes, lejos de todos los ojos&oídos—, solo ellos y el terapeuta. De hecho, Gusten ya había participado en un par de encuentros, en casa de Carolus Brant, que también vivía en un chalet en el hormiguero de familiares. (Al completo con el caradura —el primo pequeño, que llegaría a ser director de cine, Cosmo—, que se pegaba al cristal de la puerta para enterarse de todo). Y lo que acordaron esa tarde fue un viaje en grupo para «los muchachos» bajo la dirección del psicólogo Brant (aunque él no los llamaba «muchachos», los llamaba «chicos»: «¡Hola, chicos!», continuamente. «Toda la panda», se atrevió uno de los pocos padres presentes a soltar —así con un tono juvenil, como si se tratara del equipo nacional infantil que fuera de viaje a algún sitio—, con una clara sonrisa de alivio. Claro, ya había pasado lo peor. *Pero se suponía que íbamos a recibir un poco de revisión terapéutica, según lo prometido*: un viaje a un puerto deportivo de montaña en los Alpes suizos. *Y puede que haya tiempo de esquiar un poco.* Aunque esto no lo decían en voz alta, y si lo decían, era solo de pasada, porque ahora, aquí en el salón, en presencia de Carolus Brant, había que poner el foco siniestramente en la terapia en sí (a modo de trasfondo, al menos). En todas las conversaciones de grupo con los muchachos («¡Hola, chicos!»), que iban a tener lugar en una lujosa cabaña deportiva de los Alpes (se pasaron folletos con propuestas de precios).

—Bueno, ¿qué os parece, Chicos?

—Tiene buena pinta —constató Cosmo, ya que ninguno de los demás respondía. Cosmo, que ni siquiera iba a ir con ellos. «Esto no tiene nada que ver contigo, Cosmo», dejó caer como de pasada su primo, el psicólogo de los famosos (en cuya compañía Cosmo había aparecido allí solo por casualidad, a pesar de que no tenía nada que hacer en la casa), al tiempo que posaba la mano pesadamente sobre el hombro de Gusten Grippe.

—¿Qué te parece a ti, Grippe? Eh, chicos. —Y al ver que Gusten no respondía (¿qué iba a decir?, tenía la boca seca y estaba a punto de desmayarse de nuevo)—: No me veáis como una autoridad. Sino más bien como... —Y se puso a buscar la palabra, porque tenía interés en no decir «amigo», puesto que así se había señalado expresamente en las directrices por las que debía guiarse el grupo de autoayuda de terapia reconstituyente: que allí no debía crearse ningún tipo de camaradería intergeneracional con los chicos.

Pero no se le ocurrió nada y de pronto se hizo el silencio durante unos largos segundos, un silencio raro y forzado. Un silencio que rompió Cosmo: «Zell am See es una buena recomendación en esta época del año».

Y entonces tuvo Carolus la oportunidad de rechazarlo muy en serio: «¡Cosmo, ya te he dicho que te calles, que de todos modos tú no vas a venir!».

PERO en estos momentos Gusten está en su casa aullando, en la soledad posterior, aullando contra su madre, que está en la pantalla, y ELLA lo mira fijamente, le devuelve la mirada desde la misma imagen absurda, fija, inmóvil. Sin embargo, ahí está, su voz se oye de pronto como de muy lejos, desde el espacio, una risa, también, como áspera: «¿Qué dices de ir a la cárcel? **Si no te han condenado, hijo mío. ¡Te han absuelto!**».

Con una casi jovialidad desnuda en la voz, y añade «Ahora tenemos que seguir adelante, Gusten».

Una dulzura maternal prácticamente infinita. Y de pronto, en un abrir y cerrar de ojos, él también lo comprende: que quizá, después de todo, no hubiera tanta diferencia entre ella, Angela, y las demás madres.

Ella suplicó piedad.

De modo que Gusten cuelga... y luego, más adelante esa misma noche, se pone el abrigo, sale. Baja al puente desde el que saltará a las aguas oscuras, y morirá.

Pero, a pesar de todo, primero va a casa de los Häggert. Se para a mirar a Nathan, que está en su patio que irradia luz alrededor. Las ventanas sin cortinas, todos los focos de las guías del techo encendidos.

Tan iluminado que es casi blanco.

Y la música retumba, vibra en los cristales de las ventanas, Gusten se acerca más, tanto que prácticamente toca el
cristal, no hace ningún esfuerzo por esconderse. Nathan está
tendido en medio del suelo mirando al techo. Boca arriba,
inmóvil, como un muerto. Resulta dramático. ¿Está muerto?
Bah. A Gusten le resulta familiar. Nathan hacía eso
siempre que se emborrachaba tanto, tan asquerosamente-
borrachodecojones que le costaba tenerse en pie. Y así es
como está ahora. Como una puta cuba.

No ve a Gusten. Aun así, es como si se percatara de
una sombra al otro lado de la ventana, porque de pronto
trata de ponerse de pie. No lo consigue, se derrumba y cae
a cuatro patas y se arrastra por el suelo hasta Gusten, que
se encuentra al otro lado de la ventana, mirando al interior.

Es un momento extraño, en cierto modo, porque
Nathan está muy ido y es casi impensable que distinga a
Gusten allá fuera, con la intensa luz que inunda el cuarto.
Aun así… Nathan se acerca a rastras un poco más. Nathan,
a cuatro patas, como un animal.

Nathan es un animal.

Nathan (*Los intercambiables*, un espacio para los cuentos).
El niño bajo el sol. Que leía a H. P. Lovecraft. ¿O ese era
Gusten? En fin, hubo un tiempo, cuando tenían once o
doce años, en que los dos, Nathan y Gusten, estaban en-
frascados en lo que llaman «las distopías de Lovecraft».
Historias terribles de monstruos del futuro negras como
la noche sobre el fin del mundo, y todo lo monstruoso
que hay en las personas, sobre violencia y agresiones, sobre
crueldad, vulnerabilidad…

De un libro sobre H. P. Lovecraft, **Against The World –
Against Life** *(menudo título), por ejemplo lo siguiente:*

Cuando H. P. Lovecraft era niño, vivía en una elegante casa solariega (que en realidad no era una casa solariega, sino algo mucho más grande, algo mejor, podríamos decir: unos dominios). Y esos dominios eran su mundo.

Hasta que los negocios del padre quebraron (¿o quizá murió?, sí, eso fue lo que pasó seguramente), y tuvieron que mudarse de la casa. Él y su madre y sus hermanos. A una choza por ahí perdida. Vendieron la casa, que pasó a ocupar otra familia que la mantuvo igual de cercada que la familia de Lovecraft.

Lo que había sido su mundo, fuera de su alcance.

La nueva familia también tenía un niño. Al igual que Lovecraft, también a él le gustaba dar largos paseos por los dominios que eran suyos... ¡como suyo era todo! Por el sendero que cruzaba el bosque (que no era inmensamente grande sino más bien una arboleda, un bosque auténtico donde había corzos y liebres y aves silvestres).

Para luego sentarse a la sombra de un árbol determinado, digamos un roble gigantesco, junto al arroyo, a leer...

El rincón de Lovecraft.

En otras palabras, allí se sentaba Lovecraft.

Y Lovecraft más tarde, después, arrojado de su paraíso, de su mundo, a la otra parte del cercado, pegaba la nariz a la valla y se quedaba mirando al otro niño. Que tal vez notaba su mirada, se volvía, buscaba con la vista: ¿Quién? ¿Qué? ¿Dónde?

Y así es como se conocen, unos instantes en la eternidad: Nathan, Gusten, el primero tan netamente cincelado bajo la intensa luz, pero sudoroso, horrible, enmarañado como un animal. *Time Time.* Música *(Prince, siempre Prince)* resonando de fondo. El otro prácticamente una sombra entre las sombras; ahí fuera en el frío invernal compacto, en la oscuridad. Y en el silencio.

Nathan, Gusten... Gusten, Nathan... ¿los intercambiables?

¿Y entonces entra y le da a Nathan un puñetazo?

No, precisamente, no hace nada parecido. Cómo lo proyectará todo después para sus adentros como una película: un falso recuerdo. Cómo aún puede ver mentalmente la escena de *¿Quién mató a Bambi? The Movie.* Simplemente, da media vuelta y se marcha. Nathan, como una confirmación. Una imagen de lo que *es* (incluso ahora, cuando Gusten lo está reviviendo en su apartamento un día a última hora de la tarde, mucho después). También ese silencio, el vacío que hay en todo, por todas partes, mientras la música no deja de retumbar.

De modo que la cuestión es/ era: ¿Cómo iba a seguir estando en este mundo?

Gusten saca una conclusión y se queda balanceándose en la barandilla de un puente y el agua lo atrae hacia sí allá abajo.
Salta
del puente
En lo alto de una montaña estaban...

Pero entonces de pronto aparece alguien detrás de él en la oscuridad y lo sujeta, porque le va en ello la vida, lo retiene y lo llama lo llama:

—*Gusten, amigo mío, ¡ven aquí! Vuelve con nosotros, con nosotros..., eres joven, tienes la vida por delante...*

—¡*Suéltame!*

Annelise Häggert, una *gata del Grawellska.*

¡*Gusten, vuelve!*

Lo retiene, lo retiene... y mientras lo agarra, él se calma (es la penúltima vez que se ven antes de que ella muera.

Qué raro es pensarlo ahora, que acabara así. Tal vez él la espere en el manicomio, pero ella no aparece, no va a verlo, no le manda saludos. No se pone nunca más en contacto con él). Y luego, esa misma noche, él acaba en el manicomio. Y puede iniciarse un proceso de curación. Un proceso que avanza lentamente. Que aún continúa cuando conoce a Emmy Stranden. Y cuando Emmy, tres años y medio después, lo deja.

Y que quizá continúe aún (comprende Gusten ahora).

En lo alto de una montaña estaban…

Dos niños, jugando a un juego mental que los atrapó un tiempo, un par de años mientras crecían, y que después volvía en algunas ocasiones: Los intercambiables

En lo alto de una montaña estaban. Y punto. Y, luego, silencio. Un silencio de desierto.

DESPUÉS

A menudo daba vueltas por los barrios de las afueras. Paseaba errático. Iba a escribir. Se decía aquellos primeros años. No existía ninguna lengua. Salvo la de los otros escritores. De otros escritores. ¿Quién soy yo en este septiembre dorado? Cuando nuestros padres habían muerto, nos llevaron a la Torre. Los libros que había reunido en el manicomio (allí tenían una modesta biblioteca con muchas novelas raras en las estanterías. Letras, frases que calaban hasta lo más hondo).

Ingeborg Bachmann. Y ahí, una frase: «Quién soy yo en este septiembre dorado», que él leía sin apartar la vista, una y otra vez. Una colección de relatos cuyo título no recordaba cuando llegó a casa.

Fue a la biblioteca de la ciudad de las villas para buscar el libro y llevarse en préstamo alguno más de la misma autora.

No encontró nada (y tampoco se atrevió a preguntar, la bibliotecaria era la madre de Sophia Morén. Sophia, que había dejado de hablarle: la había visto en la entrevista de acceso a la escuela de teatro, en las primeras rondas, cuando ella aún seguía resultando seleccionada, lo saludaba con un gesto y luego seguía como si él no existiera, y cuando publicaron los resultados, ella no figuraba entre los seleccionados, pero él sí. Así que ahora se limitó a recorrer las estanterías y dirigirse a la salida y a la calle otra vez...).

> *También escribió un relato, que envió a un concurso que, además, ganó:*
>
> > *«Frippe muestra de un modo ejemplar que no es fácil ser joven en este mundo».*

> *No le gustó la valoración del jurado, porque él no pretendía recrear nada «juvenil» ni «señalar con trazo certero un sentimiento vital de juventud partiendo de un relato tradicional...».*
>
> *Pero ¡AH!, le encantó el fallo tipográfico: Frippe.*

Él no era «juvenil».
En él no había nada de juventud, ni de lejos.
En él había edad, un hombre viejo...

Había escrito un relato sobre dos niños que se encontraban en una casa del bosque, y sobre unas atrocidades: Los intercambiables.

> *«Los intercambiables». Los niños que bajaban al arroyo en cuya orilla opuesta se alzaba una casa imponente en la que los dos vivieron un día. Y el otro niño, que ahora vivía allí, en la orilla opuesta. Ya no quedaba nada de aquello. Si se paraba uno a inspeccionar, si miraba con los prismáticos, cosa que hacían los chicos uno detrás de otro, mágicamente atrapados por el tercer chico, vestido de domingo, el que ahora bajaba al arroyo, donde aquellos dos estuvieron en su día, bajo el gran árbol que también fue de ellos. Y sacaba un libro.*
> > **Y todo le pertenecía.**

> *(¿Por qué escribió esas cosas, cuando lo cierto es que debería haber escrito sobre la violación y sobre la víctima? No lo sabía. También por esa razón le costaba trabajo existir).*

—Es un buen augurio para nuestra joven literatura…
Literatura por aquí, literatura por allá…, ¿qué sabía él,
qué quería saber él de literatura, nada?
¿Quién soy yo en este septiembre dorado?
(Pero ahora no era septiembre, era noviembre febrero
marzo agosto es decir, todos los meses).
Después de que sus padres se suicidaran, los niños vivieron
solos en la torre.
«Después de que sus padres se suicidaran, los niños vivie-
ron solos en la torre». El punto candente, justo ahí. Era algo
que «la literatura», toda esa manera de hablar, no podía re-
crear. La sensación que él tuvo cuando entró en el relato de dos
chicos en una torre, en un bosque. Como una llave.

Pero ¿y después, más adelante en la vida?

Durante un tiempo, cuando vuelve, está como suspen-
dido en el aire: primero va al apartamento de la ciudad de las
villas, luego al Rincón Secreto en el que Angela pasa varias
semanas de verano antes de volver a marcharse (son los con-
tratos, distintos proyectos, pero también empieza a tener allí
su vida, una vida nueva, un hombre al que ve, él también es
músico, es director). Y luego, de vuelta al apartamento, en el
centro de la ciudad de las villas; en pleno verano que se convierte en final de verano, tan florido y caliente y verde, y fresco y silencioso.

En otoño iniciará sus estudios en la escuela de Teatro. (Sí, lo han admitido, le han permitido participar en las
pruebas de acceso a pesar de que aún estaba ingresado en el
hospital. La carta está esperándolo en el recibidor. Está en
la pila de correspondencia recibida hasta que, tres días después, se le ocurre por fin buscarla y abrirla. Y solo después
de una llamada telefónica de la secretaría de la academia,

donde se preguntan si piensa aceptar la plaza, pues tienen lista de espera. Aunque en ella no figura Sophia Morén: si ella hubiera sido la primera de la lista de reserva, él habría cedido gustoso —*lo menos que podía hacer*— su plaza. Así que acepta encantado).

Durante un tiempo, en el hospital, estuvo intentando escribir acerca de lo que experimentaba allí y acerca de todo lo ocurrido. Pero de una forma rara, singular (no había otra forma).

Ha resultado una novela desordenada, que envió a un concurso de narrativa por un impulso y que ganó el segundo premio. Dos mil euros. «Un relato literariamente hábil, sugerente, sobre dos niños solos en una torre, en un bosque».

Después de que nuestros padres se suicidaran nos llevaron a la torre…

Un detalle cómico: la convocatoria para la entrega de premios (en la que no participa, puesto que aún está demasiado enfermo), va a nombre de Frippe. *Gusten Frippe*, y el mismo error ortográfico aparece en la valoración del jurado que se publica en la sección de cultura del diario, «joven promesa de las letras» y demás.

—*¡Frippeeee! ¿Vas a ser escritor?*

Esa animosa exclamación fue lo primero que se encontró al salir del manicomio. O sea, Cosmo, el único que estuvo ahí enseguida. Aunque no a las puertas del hospital (la robusta verja metálica de Stengården, con ese ruido infernal que hace, un chirrido tremendo, cuando se abre para cerrarse luego a tu espalda mientras das los primeros pasos cautelosos en libertad), sino en casa, en el apartamento de la ciudad de las villas, donde Cosmo llama a la puerta, din don, esa misma tarde, y llevaba una bolsa con comida y fruta y cosas así. (Lo que es muy amable por su parte, porque sin duda resulta estremecedor, casi aterrador estar tan solo ¡y tan sano!, de vuelta en el apartamento vacío de la ciudad de las villas).

Claro que, lógicamente, se ha colado sin invitación. Cosmo, que siempre es genio y figura, con la cabeza en su sitio, «*an entrepreneur at heart*».

—¡Qué va, hombre! —Le ha respondido él a Cosmo enseguida, hablando igual de alto. Y era verdad. La literatura, ¿qué mierda de literatura?

¿Escribir? Pero ¿el qué, el qué? De pronto le parecía algo totalmente irreal en esta nueva vida.

—A ver, Grippe, te voy a contar todo lo que ha pasado. —Y Cosmo se sienta y empieza a hablar de eso, precisamente: «de todo lo que ha pasado», sin preguntarle a Gusten si quiere oírlo. Se pone a hablar como un torrente inagotable hasta que a Gusten se le cierran los ojos y se duerme…

mientras Cosmo le habla de un campamento de esquí con su primo, el psicólogo de los famosos Carolus Brant, como guía. (*La jirafa de la terraza*, y «como ya sabemos», y lo dice como si Carolus Brant necesitara presentación, «conocido en televisión»). El viaje, en el que se suponía que debía acompañarlos Gusten como parte del «tratamiento terapéutico posterior» de los cuatro violadores, pero en el que Gusten no pudo participar a causa de su ingreso en el manicomio. Por suerte, consiguieron transferir su billete a nombre de Cosmo…

… sobre ese «Hola, chicos» que era el saludo de Carolus y que oyeron resonar todos los días en Suiza, que estuvieron llenos de las sesiones de grupo, sobre «el trabajo de terapia», que, según Carolus, era importante, sobre (como si hubiera sido un curro monumental, con charlas individuales por las mañanas) el esquí a mediodía y por las tardes a veces (si habían «trabajado» con empeño). Al principio, solo a veces; luego cada vez con más frecuencia y al final, todo el rato.

After ski en los bares de la estación de esquí, en la discoteca.

¿Quésientestú quésientestú qué sientes tú?

—*Muy bien dicho, ahora queremos esquiaar.*

—*¿Qué es el mal?*

Alex, que habló, y John, que habló, y hasta Nathan, que habló… casi con solemnidad. «¿Existe el mal?».

Solo que para entonces ya todo se había desintegrado:

—*Huele a sudor, quiero irme a esquiaar.*

—*Madre mía, Grippe* —se ríe Cosmo mientras se lo cuenta—. *Y Nathan preguntando «¿qué es el mal?».*

»Caos total, deberías haber ido.

—*¿Tú estabas con ellos, Cosmo?*

—*Bueno, no en las sesiones, pero algo pescaba siempre aquí y allá. Ya sabes cómo soy, Grippe. Siempre pesco algo aquí y allá.*

—¿Existe el mal?

Gusten podía ver mentalmente el instante en el que el sol como que brillaba más intenso de lo normal mientras Cosmo pegaba la jeta a la puerta cerrada, o a una ventana, mientras Nathan trataba de pronunciar un seductor discurso sobre bondad versus maldad.

El caso es que, en medio del «relato» de Cosmo, Gusten se ha dormido, y también se ha dormido Cosmo, así que los dos se han dormido con la ropa puesta, como dos niños, en la cama de Angela. Se pasan durmiendo toda la mañana, la mitad de la tarde. Gusten se despierta unas horas después cuando Cosmo, ya con el abrigo, lo está tapando con una manta.

—*Ciao*, Grippe, nos vemos —le susurra Cosmo. Ya, sí, es raro hablar así, pero casi maternal (se le ocurre a Gusten), cariñoso.

—Sí, nos vemos —le ha respondido Gusten, o quizá no le ha respondido. No lo recuerda, y vuelve a caer en el sueño.

Cosmo. Que se suponía que iba a ser un… ¿amigo inesperado? Al menos, el único de la ciudad de las villas al que Gusten vería y con el que saldría después.

Hasta ahora.

La repentina afición de mi hijo por la literatura es… Bueno… mmm… un tanto sorprendente. Angela Grippe en una entrevista en la radio, «Una conversación entre madre e hijo sobre la creatividad», a la que Gusten no se explica cómo ha podido prestarse, y que desea con todas sus fuerzas no tener que oír llegado el momento, pero su madre se ha enterado de la hora de emisión y ha puesto la radio en el Rincón Secreto, donde se encuentran cuando la retransmiten. Y de repente, en medio del programa, él se echa a reír, y sigue riendo hasta que se le llenan los ojos de lágrimas, y entonces Angela apaga la radio y se pone a hacer una tortilla en la encimera de gas, y luego comen los dos en silencio. Se quedan sentados en la cocina en silencio.

Y es apacible. Por primera vez en… bueno, en una eternidad, en años…

—¿Sabes? —dice Angela después de comer—. Me alegra que tengas talento para escribir, pero en cierto modo agradezco que no te interese seguir esa vocación. Porque es eso: una vocación. Esa inclinación por crear provoca mucha ansiedad y neurosis.

Gusten se pone de pie, se acerca a la ventana y mira fuera mientras Angela sigue hablando. Una tarde de verano fantástica que va inundándose de oscuridad, el mar y las rocas y los delgados pinos en el exterior, en otro mundo.

—Y además, desde el punto de vista económico, es de lo más inseguro…

Angela se ríe. Gusten también. No en vano, los dos han nacido en la ciudad de las villas… Eso no cambia, siempre está ese sentido de «lo económico». Dinero, éxito. Y cómo ella ha intentado librarse de él en aras del Arte con mayúsculas. El humanismo. La formación.

—Claro.

—Y la literatura, bueno, no es exactamente como el canto, sino más arduo aún. Mi canto…

Y luego, de repente, en medio de ese extraño monólogo, empiezan a reírse los dos, madre e hijo.

—Tu canto, mamá.

El viento los árboles los pinos las rocas la espuma blanca sobre las olas

El mar ruge.

Lo INTACTA que está.

Tu canto…

Y los otros, todos los demás que se han roto en mil pedazos…

Boy toy.

Es extraño. Porque precisamente ahí, en ese final de verano saturado, la risa de Angela y la suya, y el silencio que sigue, se separan. Ella sale, él se tira en la cama y se duerme y sigue durmiendo casi veinticuatro horas y cuando se despierta ya ha pasado el verano (ahí fuera otra vez gris, y frío). Es hora de irse, hacer la maleta, arrancar el pequeño fueraborda, volver a casa.

Él quiere ir a la ciudad de las villas, ella quiere volver «al continente». Donde ha empezado a tener una vida también: una nueva vida con una pareja, un perro, y el hijo de él.

Sí, madre e hijo se separan, nunca vuelven a ser ella y él como antes. Angela, Gusten, los dos juntos. Por ejemplo, esa complicidad de ponerse a cuchichear como dos niños grandes de una cama a otra en la oscuridad de un habitación de hotel (todas las habitaciones de hotel que han compartido a lo largo de los años), o en el acogedor apartamento de dos habitaciones, en el centro de la ciudad de las villas (que ese otoño ponen a la venta).

Pero también es del todo natural: ser independiente, tomar tu propio camino.

En el coche
de vuelta del Rincón Secreto
«Qué mano tan fría». Ese dueto
de pronto a todo volumen en la radio del coche.
—Uf, ese rollo meloso no, por favor —dice Angela entre risas, y la apaga.

CORRELATO: SASCHA ANCKAR
(UNA COPA DE HELADO EN LAS AFUERAS)

Sacha anckar 2009. Es otra época. El verano después de *Armagedón*, por ejemplo. El año después del colapso del mercado financiero en el otoño de 2008, y el final del bling bling bling.

La ridícula sensación de que «todos» esteyaquelycualquiermindundi

podía comprarse: cualquier cosa.

Diseño de lujo y marcas.

La época de

perros pequeños en bolsos enormes...

Un montón de porno en los sótanos de las afueras...

Chulos y proxenetas...

Etcétera.

Aproximadamente un año y medio después de la violación en grupo, Gusten Grippe, casi recién salido del manicomio, invita a la víctima a una copa de helado en el centro de la ciudad de las villas.

Es de lo más sencillo. Gusten Grippe llama a Sascha Anckar y le propone un encuentro para tomar «una copa de helado» (parece un poco tonto, pero es lo que le dice, porque la otra opción es «tomar una cerveza», lo que resulta menos adecuado aún) en el centro comercial de la ciudad de las villas. Ella no volvió al Grawellska después de la violación, sino que ahora se aloja en casa de sus familiares, los Pellegrino. Pero corre el rumor de que pronto se irá lejos, muy lejos. Nada menos que a Hawái, a una universidad con entrenamiento de natación de primer nivel (pensando en los JJ.OO., por ejemplo). Que piensa apostar por eso.

Cuesta una fortuna (pero el dinero no supone ningún problema, al menos, por el momento, algo que ya intuían pero de lo que ahora se enteran con total certeza).

—Una copa de helado… —La voz rasposa de Sascha, tan familiar al teléfono—. Prefiero café.

Van a «una cafetería». El cafetín del centro. Piden un café.

—Venga, invito yo. —Se siente como un proxeneta cuando paga. No sabe por qué.

Ella alarga la mano en busca del bolso (de cáñamo, hecho a mano, «rústico»), saca una labor de punto. Empieza a tejer, es lana de mohair, blanca y muy suave, y Sascha teje muy suelto, puntos grandes, agujas largas. Y luego echa una ojeada a su alrededor y ve el periódico sobre la mesa de al lado y se le escapan todos los puntos.

La aguja se desliza y cae al suelo de cemento debajo de la mesa PLING.

Horrible, pero Gusten Grippe, que se inclina para recogerla se alegra de que ocurra justo cuando él ha pensado que si ella dice algo como «resulta muy difícil tener el papel de víctima, lo que no significa que no sea una víctima», como le dijo una vez, no podrá soportarlo. (Aunque ahora está tranquilo, sosegado, y ha decidido resistirlo todo todo; mantener esa actitud, es lo menos que puede hacer por ella).

En la mesa hay un periódico vespertino de hace dos días en cuya primera página, en la esquina inferior izquierda, se expande Annelise Häggert. Esa sonrisa de caballo que deja ver todos los dientes de la boca, largos esquejes blancos saliendo de encías rojas, sanas. En esas semanas ha vuelto a los titulares porque encabeza una recogida benéfica para niños enfermos de una dolencia muscular concreta. (Quizá como una forma de probar si «el hielo aguanta» bajo sus pies en la vida pública. Pero al final la recolecta resultará un fiasco y Annelise Häggert no volverá a estar en el candelero por mucho tiempo, hasta que aparezca la breve noticia de su muerte y la necrológica: *«Querida, añorada»*, cuatro años después). Pero en ese momento no tiene nada de sorprendente verla en el periódico, es solo una desafortunada coincidencia que esté ahí en la mesa de la terraza del café, en el centro de la ciudad de las villas.

—Uno, dos…, uno, dos… —Sascha Anckar ha empezado a contar en alto de pronto mientras que los ojos se le van a esa página, la foto, el texto, y Gusten Grippe se maldice por no haber llegado antes para despejar la mesa.

Entonces ella levanta la vista con una sonrisa imposible de interpretar. Lo que puede significar cualquier cosa: debilidad, fortaleza, sincera honradez, ironía. Y se le cae la aguja.

—Ay, ya se me han salido todos los puntos. —Deja tranquilamente la labor en el regazo.

—A ver, voy a quitar esto de la mesa. —Gusten coge el periódico y lo hace una bola en una papelera, ella se ríe de pronto al sol que brilla sobre los dos, demasiado fuerte.

—¿Nos pasamos a la sombra? —Él acepta, cogen las tazas de café y se sientan debajo de un toldo azul junto a la pared.

Miran la plaza, tan horrible. Fea, como siempre. Y vacía. Desierta, en medio del (aún) verano.

—Voy a ir a entrenar a Hawái...

—Sí, eso me han dicho.

—Y no hago punto para El Cinturón, no creas —dice ella con un tono duro de pronto, con esa voz ronca de siempre típica de Sascha.

—¿El cinturón?

—Sí, el puto proyecto de beneficencia que *ella* ha puesto en marcha ahora que la han despedido. Tejer llaveros por la esclerosis múltiple, qué tierno, ¿no? —Lo mira exigente, él no la corrige—. Alex y la pequeña Evelyne se han prometido.

—No lo sabía.

—¿Dónde has estado todo este tiempo? ¿En el manicomio? —Sascha se ríe con una risa intencionada larga y ancha, casi triunfal, antes de continuar—: Hago punto porque quiero dejar de fumar... En fin. —Se levanta—. ¿Vamos?

—Vale.

—Quiero decir a pasear.

—Vale.

Así que Sascha recoge sus cosas y se van mientras ella le habla de la universidad a la que va a ir, lo bonito que es todo y los progresos que ha hecho y que piensa hacer entrenando. Mientras tanto, van dejando atrás el centro comercial y siguen en dirección a ese parque tan mal situado que se llama Parque de los Leones, que por lo general está vacío, porque en la ciudad de las villas la gente tiene jardín privado y a esas alturas del verano aún están todos en su casa de vacaciones. No han llegado al parque cuando Sascha de pronto se vuelve hacia él, le clava la mirada y le dice en voz baja:

—Vale, Grippe. Tienes exactamente cinco minutos para contarme qué quieres. ¡YA!

—Quiero —comienza Gusten, pero no puede seguir. De pronto, no sabe qué decir, no hay palabras, pero ella se le adelanta.

—Yo quiero darte las gracias, Gusten. Quizá no ahora, quizá no todavía, pero sé que algún día querré dártelas, así que te las doy ahora. Gracias por ir a la policía.

—No entiendo…

—¿Qué es lo que no entiendes, Gusten Grippe?

—Yo quería… pedir perdón.

—Pero ¿no te das cuenta, Grippe? ¡Ellos lo sabían todo!

—¿Quién?

—¿Quién quién quién quién? —suelta ella de pronto con un rugido—. ¿Es que eres tonto? ¿Hay que decírtelo todo expresamente?

Pues no. Claro que no. En ese preciso instante, Grippe comprende lo que ya sabe, lo que ha sabido o debería haber sabido en todo momento. Los datos estaban ahí, estuvieron ahí en todo momento.

—¿Tengo que escribírtelo en la frente? —insiste ella, ya algo más tranquila, pero igual de impaciente.

—Ursula Borggaard, mi digna madre, ya estaba involucrada. Iban a pagarme una indemnización de cojones. Un montón de dinero.

Y en ese momento, piensa Gusten mucho después, encajaría bien una escena elocuente en el guion de la película *¿Quién mató a Bambi?* Aunque no lo ha leído, puede apostar cualquier cosa a que esa escena existe: Abbe Albinus y Ursula junto a la cama del hospital. Abbe se mete la mano en el bolsillo y saca un sobre, discretamente, un sobre grueso, tiene que estar un poco abierto para que se vean los billetes. Un adelanto de una indemnización colosal. Un dinero que la señora Borggaard con sus enormes gafas de sol oscuras coge sin rechistar por debajo de la mesa. Luego todo sigue como siempre, y Sascha, la víctima, está tendida de cara a la pared con el pijama rosa claro del hospital, un pijama de señora demasiado grande que le da un aspecto más indefenso si cabe.

—¿En negro?

Gusten está ahí de pie con Sascha y repite la pregunta, como un idiota.

—Pero *come on*, Grippe. No te hagas el tonto. Mucho más de lo que me dieron por la vía legal.

Resopla al decirlo: «la vía legal».

—¿Quién se encargó de todo? No me mires así. Es importante. Los padres de Nathan, me imagino. Pero ¿el padre o la madre? ¿Lo sabes?

—El padre. Ursula y Abbe se presentaron juntos en el hospital. La madre de Nathan no estaba.

—Así que él, Abbe, sabía que estabas allí. Lo supo enseguida, ¿no?

—Bueno, Ursula lo sabía. La llamé desde el hospital y apareció con Abbe y él lo sabía… casi todo. No todo, pero casi.

Sascha hace una pausa cargada de intención y en cierto sentido está bien, porque así ahora él puede apreciar la debilidad, la vulnerabilidad, el miedo… otra vez.

—Más de lo que le conté a la policía…

Y Gusten piensa, rápidamente: «No entremos en detalles, porque no voy a poder, ahora mismo, no, ni nunca, creo…».

En cambio dice:

—Así que la lie buena con la policía.

—Tu puto sentido de la justicia. ¿Recuerdas cuando viniste a natación y me *invitaste* a la fiesta de Nathan? No parabas de insistir para que fuera, que iba a significar mucho para Nathan, que no se encontraba muy bien. Dijiste que quería hablar, *come on*, sé un poco buena con él, *come on*. Y fui, como sabes, ¿y ahora quieres que te haga un discurso o algo parecido? *¿Que lo cuente todo?*

—Yo no sabía…

—¡Venga ya, Grippe!

Y por ahí viene Cosmo ahora. ¿Cosmo?

El mismo, por la esquina de Solskensgatan, y luego sigue una representación perfecta: «Hola, cariño», le dice Cosmo a Sascha. Cosmo y Sascha se dan un abrazo. Y Cosmo le dice a Gusten: «Hola, Gusten. Mi novia, Sascha».

Y antes de que Gusten Grippe se dé cuenta, está solo otra vez. Cosmo y Sascha, «mi novia», se han despedido de él y se han marchado en otra dirección (porque ella se va a Hawái dentro de unos días, tiene que hacer el equipaje), y él se queda ahí, con esa palabra, con esas palabras, todo lo que pensaba decirle a ella, en la boca y en el cuerpo y en la cabeza, retumbándole por dentro.

Pero todo, todos han desaparecido…

Se encuentra de pronto sentado en un banco en el Parque de los Leones, delante de una triste fuente como un charco en medio del vacío de la ciudad de las villas. Y en medio de su propio vacío.

—Hola, ¿a ti se te dan bien los perros? —Una voz clara interrumpe sus pensamientos, gira la cabeza y allí, a su lado, se ha sentado una mujer joven, más o menos de su edad—.

Es que tengo aquí a Nöffi, que se niega a moverse del sitio. O sea… ¿a ti se te ocurre algo?

Luego se pone de pie y empieza a cantar. Cuando termina de cantar —es increíble— lo mira.

—Nada, tenía que probar la voz —hace una reverencia—. Me han entrado ganas al verte, me llamo Emmy —se ríe, le da la mano.

Él se la estrecha.

Y:

De una historia a otra…, así son las cosas.

Gusten conoce a Emmy
    Ella está de pie, cantando. Así, al aire libre, con una hermosa voz melódica, no como la de la madre de Gusten, sino clara y un poco desafinada, como suele ocurrir cuando tarareas una melodía con los cascos puestos.
    Y al principio él no entiende que es una canción. Se la queda mirando. Como si le estuviera hablando a él.
    «We got married in a fever», y ella se echa a reír, con la voz rasposa, sonríe y se ríe mirándolo a él directamente. Y los tiempos cambian. La percepción del tiempo. La manera de estar en el mundo. El mundo entero. La manera de tener lo que se llama un pasado, también. Y ella abre la boca, el regazo…, todo, lo da todo.
    Y todo es de él.

Solo unos niños. Just kids. *Una casa en ruinas y un frondoso jardín. Allí se dirigen, a su historia (aunque no puede decirse que la casa esté en ruinas en realidad, solo que es la antigua casa de un veterano de la década de los cincuenta, en un estado aceptable).*

Y es interesante: cuando ve a sus compañeros, sus antiguos amigos y conocidos del colegio de la ciudad de las villas, que es el barrio más cercano, tan solo a unos kilómetros de donde vive ahora, aunque podría ser otro planeta, tal es la distancia mental, y saluda, y ellos lo saludan, bromean un poco, intercambian unas palabras, pero es como si ya no los conociera, como si fueran extraños, como si nunca los hubiera conocido... Y así es como tiene que ser..., se siente casi como un *hippie*, en la casa del desván, con Emmy Stranden.

Solo Cosmo (al que es imposible frenar) sigue apareciendo. «Pasándose por allí», como dice él (desde que ha vuelto de Hawái, tan solo unos meses después de la grandiosa partida. «Resulta que es bollera, ¿por qué no me lo había dicho nadie?». Etc., etc. «*I'll keep you posted*», dice. «¿Cómo que *posted*? ¿Qué quieres decir?», pregunta Gusten. «Bueno, te mantendré al corriente de cosas importantes que quizá debas saber de los vecinos, digamos». Ese «de los vecinos» lo dice Cosmo con un terrible acento dialectal marcado pero fingido, como para putear a Emmy, que está presente, aunque rara vez aparece cuando está él, porque Cosmo le muestra una indiferencia absolutamente descarada, a sus ojos ella no es más que una persona insignificante de cualquier sitio de ninguna parte. («Uy, qué desagradable es», dice Emmy. «¿Tú crees?». «Bueno, yo no lo conozco, pero es un engreído». «Bah, está como un cencerro *one track mind*, no te preocupes, no vas a tener que verlo»).

—Ahora que te has exiliado en el este.

—¡Cierra el pico, Brant! ¿Y si no quiero que me tengas *posted* sobre nada de nada? —Es agua pasada, se lo llevó el viento. Ahora tengo otra vida. Una vida totalmente distinta. (Aunque lo último no lo dice, solo lo piensa, es personal).

Pero —y esto es lo más importante— el que nunca se pasa por allí es Nathan. Como si se hubiera esfumado. Lo que no es cierto. Sigue viviendo en el Buque Fantasma; al final, solo con Annelise, su madre. Aunque la sensación, solo la sensación de que Nathan ya no está es vertiginosa. Ser libre. Por fin. Libre.

La canción de los perritos. La canción de Emmy, la primera que escribe cuando, tras unos años de relación con Gusten, retoma la carrera de *hobbysingersongwriter.* «*Singsongwriter*», como ella dice, y empieza a ensayar para la primera actuación.

La noche de los perritos.
«The evening of the small dogs». (When I met him).
«The evening of the very small dogs».
«The evening of the very very small (and angry) dogs».

(El paréntesis del último borrador de título fue propuesta de Gusten, porque así le parecía más divertido). Emmy Stranden lo miró atónita. ¿Cómo que más divertido? Le dijo con la mirada, sin una sola palabra.

—Bueno, con un *twist* irónico.

Emmy siguió mirándolo, luego bajó la vista, meneó la cabeza irritada y casi humillada. «Un *twist* irónico», repitió Emmy. «¿Y eso qué es?».

Saga-Lill se ríe cuando, mucho después, en un momento de debilidad, Gusten le cuenta esa historia y constata que Emmy Stranden, que por lo general es tan agradable, carece de sentido del humor. «Una persona estupenda, sí, pero sin sentido del humor». (Sin NINGÚN sentido del humor, con el tiempo, cuando la frase se va repitiendo). Y Gusten asiente, se oye decir que está de acuerdo. Durante una temporada, mientras dura esa anodina historia de calienta-el-lecho-de-rosas con Saga-Lill después de que Emmy lo abandone, él también empieza a decirlo en voz alta. «Emmy no tiene sentido del humor, sin sentido del humor, una vida así sería bastante horrible, la verdad». Y ella se ríe, con mucho humor, y está de acuerdo. Se convierte en algo así como un tema de conversación entre los dos durante un tiempo, y bastante pesado (de verdad). La importancia del humor por aquí y el humor por allá, Gusten habla tanto del tema que se pone rojo, y Saga-Lill aprovecha y le regala por su cumpleaños una puta colección de cedés con lo mejor del humorista Povel Ramel.

Y a pesar de todo, así son las cosas: que más vale una vida sin HUMOR con la sosa de Emmy Stranden que toda una vida sin Emmy Stranden, con Saga-Lill y Povel Ramel en el equipo de música.

«A ver, que el club de dentistas tiene reunión esta tarde, ¡y brrrr! ¡y brrrr! ¡y brrrr!».

Cosa que ella, Saga-Lill —lo que resulta infinitamente triste—, también sabe.

—Abrázame, Gusten. Sé que no me quieres a mí como a ella, pero es que… te necesito. Abrázame.

Y se aferra a él. *No hay mucha esperanza que digamos, mi madre está con cáncer…* ynosécómovoyaresistirGustenabrázameestoymuysola…

La vida tal como es (oh, no, no queremos).

Sin embargo, todavía algunos añadidos: Cosmo Brandt y Sascha Anckar se ennovian. Todos se quedan perplejos, según los rumores que le llegan. (Es el propio Cosmo, el de *I'll keep you posted*, el que lo cuenta: que corre un vientecillo por esos círculos, barrios, contextos en los que el propio Gusten ya ha dejado de estar puesto que se ha instalado a vivir en otro planeta. Ahora tiene uno propio, *una vieja casa de veterano con un frondoso jardín*, el planeta Emmy, para toda la eternidad, cree él).

Pero el noviazgo se rompe. Cosmo, que en compañía de su novia ha partido con toda la pompa a Estados Unidos, Hawái, donde van a vivir y a construir una vida en común. Ella, como estudiante becada en una prestigiosa universidad para nadadores, él, como... Bueno, algo así como un «empresario», se supone... *at heart*.

Él regresa tan solo un par de meses después (llega a casa con el tren lento, por así decir).

Asegura que estaba muy inquieto *overthere*. Es una trola, claro. Todo el mundo sabe lo que pasa. Ella lo ha dejado. «No tengo tiempo, mi vida es la natación», le dice ella, pero resulta que hay alguien más entre bastidores, una mujer, tan alta y tan musculosa y tan guapa y tatuada como ella misma.

—Joder, vaya mierda, no me dijo que era bollera.

—Pero la vida es corta, el arte, largo, Gusten, de modo que ahora voy a dedicarme a mi otra pasión en la vida: el arte del cine.

Y solicita plaza en la escuela de Cine. Y lo admiten.

—Así que quién sabe, Gusten..., puede que vuelva al asunto un día, pero *de forma artística. I'll keep you posted.*

POR CIERTO, otra cosa que hay que contar. Acerca de ese periodo, el verano de 2009, durante alguno de los paseos sin rumbo después del manicomio, después de la vuelta a casa y después de que Gusten consiga entrar en la escuela de Teatro, esas semanas, antes de conocer a Emmy y de entrar en otra esfera… acude a casa de Nathan. Se pone a llamar a la puerta, en la acera. Como tantas veces hizo cuando era pequeño (así es como se siente, y quizá quiera sentirse: muy lejos de aquella adolescencia que se estrelló, que implicó el tener que ir escondiéndose por senderos y entrar con su propia llave, entrar a hurtadillas en casa de Nathan, ir a hurtadillas en general, *fingir que aquí estaba en casa*), se ve ahí una vez más, en el hogar de los Häggert, ring ring, en la entrada principal, como una visita, un niño… «¿No sale Nathan? ¿Está Nathan en casa? ¿Puede salir Nathan a jugar?».

Y siempre, como recuerda de cuando era pequeño (y hasta eso lo anima de pronto de un modo extraño; la situación se presenta como más clara en cierto sentido), siempre se trata de poner el punto final a algo y seguir adelante. Sí, tal vez sea eso lo que piensa, aunque no haya en realidad palabras para ello, porque en el fondo no sabe por qué está delante de aquella puerta como un idiota.

La grata sorpresa, cuando Nathan aparece, cuando Nathan aparecía del maravilloso interior de aquella casa.

Grippe. Gusten. Hola.

O solo un gesto con la cabeza. ¿Jugamos —a lo que sea que vayan a jugar— a algo en la sala de juegos: Supermario, PlayStation, World of Warcraft?

Ahora se encuentra con Annelise. Ella abre la puerta. Después de todo, incluido el manicomio (la última vez que se vieron fue en un puente, en la oscuridad, ella lo sujetó para que no saltara). Annelise vestida de blanco, seda, toda su figura fresca y los perros correteándole alrededor de las piernas (los animales ya no lo reconocen, es como aire para ellos). Toda la casa como un fondo frío, un trasfondo lleno de promesas…, esa calma, esa elegancia. Cuán engañosa, al menos eso lo sabe ahora perfectamente, después de todo, o cree saberlo (de un modo casi rebelde): ¿Qué tiene de malo una superficie hermosa?

Cree saberlo: justo ahora que está delante de la puerta de la casa donde una vez él fue como un hijo, *nuestro Gusten, tan querido*. Algo así como cierta seguridad en todo eso, porque no hace tanto que se hizo público que, tras un largo periodo de baja por enfermedad, Annelise Häggert renunció al puesto de directora operativa de La Fuente de Oro que, gracias al cambio de gobierno (toda la izquierda y, sobre todo, los socialdemócratas, han ido a parar a la oposición) tiene ahora viento favorable y colabora más estrechamente que nunca con el poder político del país. Y la gente que tenía puestos ejecutivos en el laboratorio de ideas se ha presentado a las elecciones y se han convertido en ministros. Dimitió «por motivos familiares», lo que es una trola, porque nadie deja un puesto así voluntariamente, y mucho menos Annelise, siempre con las pilas puestas, siempre preparada. Annelise, enérgica, magnífica… *¡qué mujer, qué capacidad, debería ser presidenta del país!* (iban diciendo muchos antes de que ocurriera todo).

O sea que, todos lo entienden, la han apartado. La han despedido. Y lo de dirigir la lotería de la tómbola de El Cinturón a beneficio de los enfermos de esclerosis múltiple suena… En fin, no es que suene mal, es que no suena nada, en comparación. «Qué reto tan maravilloso», sonrisa equina en las noticias del periódico. Pero ¿quién se va a tragar eso, en realidad? (Y, de hecho, el resultado es pésimo, luego la apartan para siempre y ella desaparece de la vida pública. Y en último lugar, tiene que marcharse de

Grawellska Allmännyttan. «Mi criatura», a consecuencia de algunas irregularidades en la contabilidad, lo cual no es verdad, pero basta con poner en circulación el rumor, porque lo que en realidad quieren es deshacerse de todo el edificio que es como un yugo. De modo que la derrota, la humillación es total. *Grippe, casi parece que fue ELLA la que violó y trató de asesinar a Sascha,* tal como dice Cosmo).

Pero… un momento… ahí está Annelise ahora, delante de él. Y Gusten Grippe, que en su cabeza *cree saber* alguna que otra cosa sobre ella y los Häggert y Nathan y demás, tiene de pronto un pensamiento exactamente contrario. Y que tampoco es tan nuevo, en realidad, que ha estado ahí todo el tiempo, pero que ha estado reprimido, que él ha reprimido porque es muy incómodo: que seguramente él, Gusten, no sabía en el fondo nada de esa familia, los Häggert.

Y que tampoco era esa la idea, que él supiera nada. Alguna vez, hace mucho tiempo, su madre le señaló ese carácter de misterio, de imprevisibilidad, de ese nosaber-pordóndesaldrá de su amiga. Le contó lo de aquel verano que volvió de un campamento de canto, y luego ganó el primer premio en un concurso importante de Gales, lo que fue el pistoletazo de salida de la fantástica carrera internacional que haría después (*todos* los que han ganado alguna vez ese concurso habían llegado a ser grandes). Su novio, Abbe, la recibió con un ramo de flores en el aeropuerto, en compañía de su mejor amiga, Annelise (salían mucho los tres, como un triunvirato). Fue en el coche más o menos a medio camino desde el aeropuerto hacia la ciudad de las villas cuando Angela comprendió que Abbe ya no era «suyo». Cómo, de pronto, se daban la mano aquellos dos, Annelise y Abbe, en el asiento delantero, mientras ella iba detrás como un pavo real en medio de flores de mil colores; como una mascota multicolor que llevara conocimientos y cultura (la música clásica) a un grupo que en general se caracterizaba por dinero y política de resultados. Claro, los dos eran estudiantes de la facultad de Empresariales, Abbe y Annelise. «*Y lo extraño fue, Gusten, que nadie habló del tema después tampoco, las cosas no iban bien con Abbe y era cuestión de tiempo que lo nuestro se acabara, pero esto... En fin, fue algo así como un* shock, *pero, Gusten, sobre todo tengo que decir que me fascinó la naturalidad con la que Abbe y Annelise me traicionaron así, delante de mis narices, sin pensárselo.*

Y de no ser porque las dos, Annelise y yo, nos quedamos embarazadas poco después y volvimos a conectar... Pues quizá habríamos roto para siempre. Qué sé yo, Gusten, nada es o blanco o negro, y tengo que decir que a esas alturas yo ya estaba harta de Abbe y embarazada del director de la orquesta escolar de Londres que, claro, estaba casado, y no tenía la menor intención de divorciarse, pero tampoco fue algo que se planteara, Gusten. YO quería tener aquel hijo, YO QUIERO, como bien sabes, querido, queridísimo hijo, Gusten, y no me he arrepentido nunca, NUNCA, Gusten».

En fin, poco después (después de aquel trayecto en coche desde el aeropuerto a la ciudad de las villas), Annelise también estaba embarazada de Nathan (mientras, o sea, quizá incluso ya allí mismo, en el coche, Angela llevaba un pequeño Gusten bastardo en la barriga).

Ahora, en el umbral, Annelise se sorprende al verlo.

—¡Vaya, eres tú! —dice, y se quedan los dos plantados mirándose en silencio.

Gusten, ¿estás bien? ¿Ya estás bien?

Tienes buen aspecto. Me da la impresión…, ¿has engordado? ¿Un poco? Estabas tan flaco como un palillo, me preocupaba. Gusten, ¿qué vas a… ahora?

La escuela de Teatro, quizá escribir, me han dado el segundo premio en un concurso de relato por una historia de dos hermanos que están en una torre después del suicidio de los padres… Sí, inspirado en Thomas Bernhard, un escritor austriaco. Me gustaría leer más libros suyos, pero no encuentro ninguno… en la biblioteca…

Fue raro lo de escribir ese relato. Como si se me hubiera ocurrido espontáneamente, se escribió solo, después no he… escrito, no he podido escribir nada de nada.

Gusten…

Te he echado de menos.

Nada de eso tampoco (ninguno pronuncia una sola palabra durante unos instantes).

—¿Está Nathan?

—No. No, qué va. Nathan está en Indonesia. En Bali. De mochilero.

—Ah, vale. Pensaba…

—¿Cómo está tu madre?

—Bien, muy bien.

—Salúdala de mi parte.

—Claro.

—Me alegro de verte, pero tengo que…

Y es como si él también lo oyera. Un grito del interior de la casa, una voz de hombre, inconfundible:

—¡Mamáá!

—Bueno, adiós.

—Adiós.

Cierra la puerta. Se mete en la casa. Y Gusten se marcha.

Albinus tiene otra mujer (siempre la tuvo, solo que nunca fue ningún secreto entre ellos, sino un acuerdo). La amiga que hace de compañera de viaje y secretaria, y que se ocupa de todas esas tareas femeninas, de *estar al cuidado de Abbe*. Todo lo que Annelise, en pleno desarrollo de su carrera, no ha tenido tiempo de llevar a cabo.

Después de la sentencia, Albinus pasa cada vez más tiempo en Suiza. Ya se ha «retirado», tiene una fortuna que administrar (y, «en principio», puede administrarla en cualquier parte).

Al principio Annelise está con él (o al menos eso dice ella). Pero regresa. «La vida en Suiza es totalmente vacía, siento que aún tengo mucho que DAR» (y es embarazoso, casi parece suplicante) en esa entrevista del diario vespertino que estaba abierto en la mesa del café aquel día de verano de 2009, la última vez que Gusten vio a Sascha Anckar. *«Mi vida está totalmente vacía»*, constataba allí Annelise, y dado que la organización benéfica necesitaba «un alma entregada», ella aceptó enseguida (o sea, lo que será El Cinturón, la campaña de recolecta, que no será un fracaso, pero tampoco un gran éxito, sino mitad y mitad).

Y la puerta se cierra en el interior de la casa, a cuyo alrededor crecen y crecen plantas trepadoras, como en un cuento (es una imagen): Madre e hijo en la casa, en la atemporalidad, es posible estudiar ese silencio, ver esa mudez, cómo resuena contra ti si por ejemplo estás ahí, al otro lado del lago.

La casa silenciosa, las ventanas oscuras. Madre e hijo.

GUSTEN EN LA NOCHE, 2
(THE HUNTERS)

A las 00:30 entra de pronto un mensaje. «Ya puedes entrar en la página web y echar un vistazo, Grippe. No te lo vas a creer. *Wish me luck, pal*».

Gusten busca la productora Cosmos Factory.

«*Big news*».

Una fotografía ocupa toda la pantalla. Ahí está Cosmo, y ahí está Abbe Häggert. Están estrechándose la mano. Cosmo con una amplia sonrisa, Abbe distinguido, quizá más viejo, pero perfectamente reconocible. Al pie de la foto se lee, de forma breve y concisa, que Abbe Häggert se ha convertido en accionista mayoritario de la sociedad anónima Cosmos Factory y que, por tanto, será el principal patrocinador del próximo trabajo de Cosmo Brandt: una película de acción con cabezas de cartel internacionales que se desarrolla después del Apocalipsis, *On the other Side of the Rainbow*, y es una aventura distópica trepidante basada libremente en varias historias de terror de H. P. Lovecraft.

«¿Una aventura distópica trepidante?». Gusten no da crédito.

Así que (en ese orden, porque más tarde tendrá que volver a la fotografía de la página web) entra rápidamente en la cuenta de Instagram de Cosmo. Ahí hay otras fotos, de carácter más privado.

«And then time for a little skiing with Ol' pals in the sunshine». Cosmo y Nathan, rodeándose los hombros con el brazo, en un extenso y blanco paisaje alpino bajo el sol. *Ol' pals...,* los dos con melena oscura y la raya en medio, como dos hermanos. Cosmo con las gafas de sol, y Nathan guapo, irresistible (curiosamente, se lo ve muy aseado, ni rastro de ese aspecto estragado, hundido). La mirada directamente a la cámara.

Y los Alpes, el sol, los corzos al fondo. Abbe con ropa deportiva. Y ella, la mujer de rasgos definidos, «Joan Crawford de mayor solo que joven», con equipo de esquí blanco.

Blanco blanco blanco... y luminoso...

Como una familia feliz al sol.

«Kill your darlings, Grippe. Kill your bambi».

Eso es, los corzos (de nuevo ante la otra foto, la de la página web). Detrás de Cosmo y Abbe, destacando en gris y con un pañuelo de seda colorido y exclusivo anudado al cuello, el cuadro de esos corzos grandes tan extraños, con unos ojos tan grandes que parecen surrealistas, en un bosquecillo.

Enormes ojos brillantes ofensivos de víctima.

El mismo óleo que en su día estuvo colgado sobre la enorme cama doble del dormitorio de Abbe y Annelise, en el Buque Fantasma, a orillas del lago Kallsjön.

«Los cazadores/ *The Hunters»*.

Who killed Bambi?

«Fuck Bambi, Gusten Grippe».

EPÍLOGO
(VARIOS MESES DESPUÉS)

Y podemos terminar aquí (Memorias de África, lo último). Ocurre más o menos al mismo tiempo. Emmy recoge sus pertenencias en su hogar, que va a abandonar ahora. Embarazada, con la barriga enorme estorbándole todo el tiempo y el perro correteándole alrededor de las piernas, no piensa dejarlo allí. Pero ¿está loca? No, no mucho. No ha pronunciado ningún discurso. La situación no ha sido apacible (¿por qué iba a serlo? Romper es un infierno, pero eso es lo que Emmy está haciendo ahora).

Ellos dos no se han quedado, Mats G. y ella, no se han quedado despiertos hablando. Discutir sí han discutido, pero, puesto que ninguno de los dos es muy dado a la comunicación verbal, se han lanzado sobre todo reproches de desengaños, acusaciones.

O sea, en realidad ella lo interpreta simplemente como que ha tomado una decisión.

Es mi hijo, piensa, yo decido.

Y luego, Gusten, que baja a la orilla del lago, el Kallsjön, en la ciudad de las villas, donde ya no vive, como tampoco vive Emmy, a la que ha jurado que dejará, pero a la que está ligado, consagrado de un modo extraño aunque ciertamente comprensible. Se queda ahí plantado entre los matorrales de una orilla mirando a la orilla opuesta, no es una bahía muy amplia, de unos cientos de metros solamente. Al otro lado, entre los árboles, asoma la casa, el Buque Fantasma. En su día imponente, hoy ya deshecha (o sea, más deshecha de lo que parece). Como un sueño.

Se queda ahí plantado y se deja llevar por el agobio. Piensa: nunca nunca volveré. Y a pesar de todo, siempre siempre vuelve.

No, no sé. Pero lo veo en mi cabeza. Veo que es así.

Y… ¿qué puede uno decir a eso?

—*Mamá.* —*Estoy en la puerta del cuarto de mi madre, en Gråbbå, llamo despacio.*

Ya es tarde por la noche. Entro sigilosa como un niño pequeño, «mamá», me siento en el borde de la cama. «Mamá», no hay reacción, mi madre está durmiendo, un sueño profundo y pesado, en la mesilla de noche tiene la artillería de somníferos, analgésicos, medicamentos.

—*Mamá.* —*Pero qué va, no oye. Me quedo ahí un rato sentada escuchando su respiración, que llena el dormitorio. Con su peso, su olor (dulce, metálico). Veo en la penumbra el contorno de un vestido colgado de una percha en la puerta del armario. Es «The Untamed Dress». (J. Peterman, dress no 356).*

«You have already worne this dress: in your other life…

»You wore it the night you danced the night away with the tall young naval officer resplendent in his dress-white uniform.

»You wore it to the train station, where you said goodbye to him forever.

»You wore it to that party in the Village where you met William Faulkner and Robert Lowell. Faulkner was gracious,

courtly: Lowell burned with intensity. It made you weak in the knees.

»You were glamorous in this dress. Untamed.

»One could tell that's where your heart was. In the wild and untamed».

¿Y qué quería decir yo ahora?

Uf, mamá. No sé.

Pero meto la mano por debajo del edredón.

Cojo la mano de mi madre.

Está caliente.

Y luego me levanto y me marcho de allí.

Salgo del apartamento que resuena hueco, y vuelvo al cuarto de Joel, donde he estado durmiendo todo este tiempo que he pasado clasificando y organizando la mudanza, y el verano, en un colchón en el suelo. En un viejo saco de scout, *el viejo saco de dormir de Joel.*

Me despierto temprano, me levanto, me visto, arranco las fotos de los ídolos de las paredes. Todos esos esquiadores noruegos y finlandeses sudorosos y contentos. Y me voy sigilosa. Fuera de la casa.

Y luego dejo Gråbbå en el coche, temprano una mañana callada de primavera —cruzo el puente, cruzo el arroyo que discurre por el centro, el agua corriente siempre igual de gris—. Salgo del centro (en realidad solo hay una plaza, unos comercios, el edificio del ayuntamiento con la estación de autobuses y la biblioteca donde trabajé en verano durante muchos años y más allá la iglesia y algo más allá el cementerio nuevo; no tengo ni idea de dónde se encuentra el viejo, lo que, en cierto modo, lo dice todo acerca de Gråbbå.

En todo caso, ya estoy fuera del pueblo camino de la carretera con los campos y los prados y las arboledas y las casitas

279

bastante pequeñas y estropeadas, algunas de ellas abandonadas, deshabitadas, a ambos lados. El camino es recto, oscuro y prometedor en la mañana. Paso por delante de la casa de Emmy, la casa en la que se crio, esa «granja de conejos» que en realidad no era una granja, solo un montón de jaulas de conejo en el jardín, delante de la casa del abuelo materno, donde ella vivía. Cada vez más y más, cuando los conejos empezaron a reproducirse sin medida hasta que al final resultaron imposibles de manejar. Una historia que fue la comidilla en la ciudad, como tantas otras que contaban sobre ella, sobre sus chicos también, sus novios, que iban y venían, y los hermanos en motocicleta, en moto y en coches hechos polvo que recorrían la ciudad y la protegían como si fuera una joya. Aunque más como un ritual, porque por lo demás no es que tuvieran mucho «trato». Esos hermanos tenían todos su propia casa y su trabajo y sus «mujeres», hijos…, su propia vida.

Sí, Emmy. Estaba rodeada de todo aquello (que luego, cuando llegó a la ciudad, dejó de importarle por completo).

Salgo de Gråbbå y pienso: exit Gråbbå. Sonrío, recuerdo de pronto otra última vez, Emmy y yo, en aquel entonces. El último año de instituto, exit Gråbbå, vivíamos para eso. Ese último tiempo, esos meses, esas semanas después de los exámenes finales: Grande Finale.

Que se produjo una mañana de junio, el primer domingo del verano. Uno de los chicos de Emmy, que nos llevó en coche hasta la parada del autobús en la carretera (iba a llevarnos mi madre, pero no oyó el despertador y estaba muy cansada, cansadísima). One Last Kiss (madre mía, ese no se olvida), y el tiempo que tardamos… ¿Tiene que ir restregando esas intimidades por todas partes (eso pensaba, también lo recuerdo, mientras Emmy y aquel chico al que yo apenas

280

conocía ni de nombre se besaban SIN PARAR en el asiento delantero y se prometían que iban a llamarse y a escribirse, aunque los dos sabían que… después de Gråbbå, nada, solo una imagen de prueba como la de la pantalla de un televisor viejo en esta historia, o un centelleo, blanco, blanco).

Hasta que al final, allí estábamos las dos, solas las dos. Emmy y yo en la orilla de la carretera, esperando un autobús que no llegaba nunca (seguramente lo habíamos perdido o habíamos mirado mal el horario), pero un coche frenó y nos recogió y nos llevó hasta la siguiente ciudad. A una estación de autobuses sucia donde todo estaba como abandonado, un reloj enorme que se había parado en la sala de espera, ni un alma a la vista, una mañana de verano callada callada callada…

Sin embargo, de ese silencio, del vacío, surgió un autobús, y lo cogimos. Fuimos durmiendo cada una en una fila, porque había bastante sitio. Apenas había más pasajeros camino de algún lugar aquella primera mañana de domingo del verano, pero cuando llevábamos un trecho, Emmy vino a la última fila, donde yo me había tumbado a mis anchas. Se acurrucó a mi lado, con la cabeza a medias en mi regazo, y la siguiente vez que nos despertamos ya estábamos en la estación de autobuses de la capital, y nos despedimos, porque Emmy cogió el tren de cercanías a una barriada del oeste donde, después de muchos intentos, consiguió encontrar una habitación de alquiler en el desván de un chalet.

En cuanto a mí, podía tomar el tranvía al campus universitario, donde encontré el bloque que buscaba, el bloque D. Me registré y me dieron un cuarto con cocina y baño, una minúscula celda de estudiante en pleno centro. Reflejos de sol en las paredes en un cuarto vacío y luminoso, todas las posibilidades. Mi futuro.

Ya he dejado Gråbbå atrás, y ahora salgo a la carretera nacional y, de pronto, recuerdo a Emmy en el autobús: su cabeza caliente en mi regazo. «¿Hemos llegado ya?». Se despierta, levanta la vista y me pregunta.

Emmy…, los almiares, las lentejuelas, las ratas, la choza de la que todos procedemos, en esa voz. ESA Emmy.

Y este preciso momento: el impulso es muy fuerte.

Me aparto a un lado de la carretera, paro el coche, saco el teléfono, tengo que llamarla.

Índice

Esta edición de   ,
compuesta en tipos AGaramond 12/15 sobre
papel offset Natural de Torras de 90 g, se acabó
de imprimir en Salamanca el día 9 de agosto de 2024,
aniversario del nacimiento de Tove Jansson

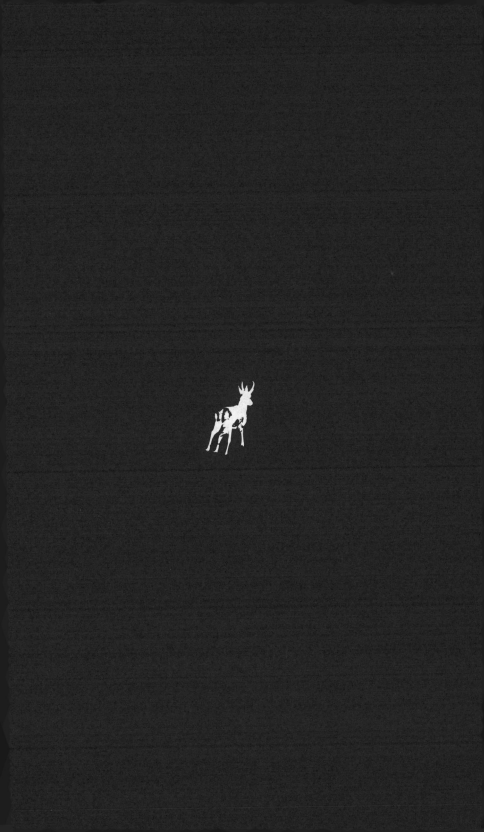